기도이거나 비평이거나

기도이거나 비명이거나 | 정은경 서평집 |

초판인쇄	2017년 5월 01일
초판발행	2017년 5월 15일
지은이	정은경
펴낸이	공홍
펴낸곳	케포이북스
출판등록	제22-3210호
주소	서울시 서초구 반포대로14길 71, 302호
	(서초동, LG에클라트)
전화	02-521-7840
팩스	02-6442-7840
전자우편	kephoibooks@naver.com

ISBN 978-89-94519-58-6 03800

값 17,000원
ⓒ 정은경, 2017

— 정은경 서평집 —

정은경 지음

기도이거나 비명이거나

케포이북스
KEPHOI BOOKS

오랫동안 글을 쓰면서 그 작가가 변하는 경우를 더러 보기도 한
다. 드물지만, 글쓰기를 통해 더 강해지고 담대해지고 자유로워지는
그런 작가. 그들을 보면서 '글쓰기의 무엇이 그 혹은 그녀를 바꾸어
놓았을까'라는 생각을 골똘히 하곤 했다. 십 년간 발표했던 짧은 해
설과 비평을 '서평집'이라고 묶어놓고 훑어보면서 '과연 나는 이 책
들을 읽으면서 더 멋진 사람이 되었나?'라는 생각을 해본다. 글쎄,
'책 속에 길이 있다'라는 말을 신앙처럼 떠받들면서 나는 과연 그 길
에서 무엇을 발견했고 무엇을 얻었을까.

작가 장정일은 "책을 파고들수록 현실로 돌아온다"고 했지만, 나
의 독서가 현실과 어떤 길트기를 했는지 잘 모르겠다. 텍스트에 현실
을 비춰보고, 현실을 텍스트에 기대어 읽으려 노력했지만 세상과 삶
의 행로를 더 잘 알게 되고, 더 잘 살게 되었는지는 잘 모른다. 그러
나 분명한 것은 책에서 길을 찾는 그 시간 동안의 '나'는 어떤 '나'보
다 정직했고 성실했으며, 절실했다는 것이다. 하여, 내가 무엇을 얻고

달라졌든 나에게 가장 중요한 것은 경배와 같은 그 시간이 아니었을까. 최소한 나는 독서하고 글을 쓰는 동안 정신적으로 육체적으로 가장 치열하게 싸우고 노동했으며, 그것으로 나의 비루한 현실을 채움으로써 비교적, 나는 잘 버텨왔다. 하여 지난 나의 시간이 부스러지는 종이 쪼가리나 의미없는 서평 같은 것일지라도 그것으로 충분하다고, 축복이었다고 생각한다.

등단 후 평론을 하면서 내가 느낀 문학이란 '기도이거나 비명이거나'이다. 그것은 예술은 근원적으로 '소망충족'이라고 했던 프로이트의 예술론과 유사한 것이다. 나는 이 생각을 아고타 크리스토프에 관한 글에서 다음과 같이 쓴 바 있다.

프로이트에 의하면 문학은 일종의 백일몽이다. 한낮에 꾸는 꿈, '백일몽'이라는 이 언급에는 꿈은 근원적으로 '소망충족'이라는 프로이트의 원칙과, 백일몽은 '헛된 공상'이지만 꿈보다는 훨씬 의식적인 작업이라는 의미가 들어있다. 프로이트에 의하면 꿈이, 그러나 항상 행복한 판타지는 아니다. 꿈 또한 다양한 검열 기제를 거쳐서 표출되는, 우리도 모르는 어떤 무의식적 욕망이기 때문이다. 그러니, 소망충족의 무대인 꿈은 때로 악몽일 수 있으며, 마찬가지로 작가의 의식적인 몽상인 '문학작품' 또한 행복한 판타지일 수만은 없다. 근원적으로 소망충족인 예술작품이 행복한 몽상과 악몽, 혹은 로맨틱 코미디와 잔혹 스릴러로 갈라지는 것은 무엇 때문일까.

『천일야화』에는 이런 이야기가 있다. 「어부와 마신」이라는 장에서 한 어부가 헛된 고기잡이 끝에 항아리를 얻는다. 그곳에서 튀어나온 '마신'은 이렇게 말한다. '단지에 갇힌 뒤 백 년, 나는 나를 구해주는 자의 소원을 들어주리라 맹세했다. 그러나 백 년이 지나고 삼백 년이 지나도록 아무도 나를 꺼내주는 자가 없어서, 나는 결심을 고쳤다. 앞으로 나를 꺼내주는 자는, 그 자리에서 죽일 것이다.'

고통에 갇힌 자의 첫 간절한 기도는, 세상의 선의와 신의 존재와 자비를 믿는다. 그리고 그의 맹세는 그 선의와 자비를 닮는다. 그러나 그의 소망, 혹은 사랑이 절대 불가능한 것이고, 신의 존재와 선의 따위란 없다는 참혹함을 깨닫고 절망에 빠진다면, 그의 맹세는 그 참혹과 비정을 닮는다. 맹목적 사랑이 대상에 대한 무조건적 수용이었다가, 부정을 거치면서 타인에 대한 무조건적인 증오로 바뀌는 불가해한 전복도 이러한 이치일 것이다.

시와 소설에서 내가 읽은 것은 『천일야화』에 나오는 저 마신의 것이다. '제발, 나를 꺼내주세요'라는 간절한 기도이거나 혹은 '죽일 것이다'라는 악에 찬 비명이거나. 정도의 차이는 있지만, 문학은 소망을 드러내는 판타지이고 그 판타지는 역설적으로 작가가 딛고 있는 고통스런 현실을 드러낸다. 안데르센의 『성냥팔이 소녀』처럼 슬픈.

성냥 하나를 켤 때마다 소녀는 따뜻한 난로와 맛있는 음식, 크리스마스 트리와 할머니를 보고, 그 백일몽을 좇아 하늘나라로 간다.

이 판타지는 결국 추운 겨울 거리에서 얼어죽은 성냥팔이 소녀의 싸늘한 시체 위에 있을 때 더욱 강렬해진다. 그러나 때론 현실의 비정함 속에서 행복한 판타지만으로 충분하지 않을 때가 있다. 그것이 '절대로 일어날 수 없는 거짓'이라는 절망이 거듭되면 그렇다. 그 속에서 영화 〈성냥팔이 소녀의 재림〉의 한 장면같은 일이 백일몽으로 들어온다. 라이타를 파는 소녀는 라이타를 사지 않는 사람에게 권총을 겨누는, 그런 위악적인 복수 혹은 악몽.

'기도이거나 비명이거나', 나는 책을 읽으며 성냥팔이 소녀가 켜놓은 성냥불 곁에서 따뜻하고 환했으며, 그와 더불어 황홀했고, 절망했다. 작품 안에서 울고 있는 그, 그녀들을 만나서 위로하고 분노했지만, 더 많이 위로받고 용기를 얻는 것은 아마도 '나'일 것이다. 그 온기와 결기가 나의 글을 통해 독자들에게 전해졌으면 좋겠다.

차례

책머리에 　3

더 기울어진 방으로 **방현석,** 『**세월**』 —— 11

반계몽과 키치의 사도 – 그림자를 판 사나이 **유하론** —— 23

갑을의 윤리감각 **장강명,** 「**알바생 자르기**」 —— 37

'21세기 자본'에 새겨진 조감도 **천명관,** 「**퇴근**」 —— 43

울지마, 인조엄마 **윤이형,** 「**대니**」 —— 47

꽃을 해부하다 **부희령,** 「**꽃**」 —— 51

러브레터를 쓰는 학자 **송하춘,** 「**마적을 꿈꾸다 – 김유정 평설**」 —— 57

서부극 연가 **오한기,** 「**나의 클린트 이스트우드**」 —— 63

괴물이 되어버린 서사, 진실이 되어버린 **허구**
　　최인석, 『**투기꾼들을 위한 멤버십 트레이닝**』 —— 69

다큐의 힘과 소설적 감동 **이현수,** 『**나흘**』 —— 85

윤리에서 에로스로 **정지아,** 『**숲의 대화**』 —— 91

무덤에서의 웨딩마치 **이승우,** 「**목련공원**」 —— 99

포스트모던 혹은 히키코모리적 민주주의'의 가능성
아즈마 히로키, 『일반의지 2.0 - 루소, 프로이트, 구글』——— 105

인간이라는 출구 혹은 굴레 백정승, 「극중」——— 117

정념과 이념의 레가토 권여선, 『레가토』——— 123

시뮬라크르의 진실과 짝퉁 이소룡의 순정
천명관, 『나의 삼촌 브루스 리』——— 129

백과전서파의 이데올로기와 '라이언 일병'의 행방
조남현, 『한국현대소설사』——— 137

집 없는 도시인들을 위한 애가 배수아, 『서울의 낮은 언덕들』——— 145

오렌지족의 상처에 대한 보고서 노희준, 『오렌지 리퍼블릭』——— 155

너울의 문장들 송하춘 작품론 ——— 161

토끼, 인간을 위해 울다 김남일, 『천재토끼 차상문』——— 181

달에 새긴 문자 구효서, 「사자월(獅子月)」——— 189

결빙을 견디는 방법 유시연, 『알래스카에는 눈이 내리지 않는다』;
황정은, 『일곱시 삼십이분 코끼리열차』——— 201

언어도단(言語道斷)의 거리에서
김남일, 「오생, 아무도 가지 않을 길을 가다; 오자외전(誤子外傳)」——— 217

불량한 노래의 진정성 황정산 시론 ——— 225

사건이 없을 때 우리는 무엇을 하나요
박형서, 박민규, 하성란의 소설 ── 231

어떻게 '비'인간적인 상황을 벗어날 것인가
송영, 『선생과 황태자』 ──── 253

틈새, 그 영원한 불화의 세계 **권여선, 『푸르른 틈새』** ──── 271

소음의 주저흔들 **박금산, 『생일선물』** ──── 281

더 기울어진 방으로

방현석, 『세월』(아시아, 2017)

2014년 4월 16일 이후에 청탁받은 어느 글(「상상력이 폭사당한 날, 절망은 수천, 수만 개의 소설을 쓰네」)에서 비평가인 나는 소설을 썼다. 그것은 유가족과 온 국민이 처한 또 다른 비통과 폭력, 테러로 이어지는 나날들 속에서 삐어져나오는 단말마 같은 것이었다. 도저히 잠들수 없는 밤에 흘리는 눈물 같은. 그 글을 쓰면서 나는 '예술은 낮에꾸는 꿈같은 백일몽이라고 했던 프로이트의 말'의 의미를 되새기게되었다. 상상력은 어떻게 말살되고 또 어떻게 되살아나는가. 사람들은 왜 말을 잃고, 말은 또 어떻게 사람들을 깨우는가.

재난 소설과 영화는, 일종의 평정 상태에서 발생한다. 일상의 사실성 아래 잠재된 층위에서 작가들은 재난의 가능성을 포착하고 그것을 픽션화한다. 4월 16일 우리가 목격했던 세월호 참사는 그 층위를 일거에 제거한 사건이었다. 문학적 상상력이 일체 허용될 수 없었던 날, 그날은 우리의 평정과 상상력이 폭사당해 세월호처럼 저 어두운 바닥에 침몰한 날이었다. 어떠한 상상력도 부면에 뜰 수 없었던 시간들, 참혹한 사실 앞에서 사고는 정지되고 상상력은 옴쭉달쭉도 못하고 그대로 고꾸라지고 말았다.

그러나 하루 이틀이 지나고 또 여러 날이 지나자 바닥에 완전히 잠겼던 상상력은 기어이 다시 살아나고 있었다. 바꿀 수 없는 완강한 사실, 그 무력함에 기대어 우리들의 애통과 비통과 충격은 기어이 다른 이야기들을 만들어낸다. 만약 선장이 책임감을 가지고 제대로 상황을 지휘했더라면, 만일 승무원이 대피하라고 안내방송만 했더라면, 선생님들이나 학생들이 '너무나 주체적이라' 안내방송을 무시하고 스스로 상황파악에 나서서 대피했더라면, 만약에 대통령이 급박한 상황을 파악하고 총체적인 진두지휘에 나섰더라면…….

'만약'의 상상은 사고 이전으로 되돌아가서 작동하기도 한다. 만약 단원고 학생들이 경주로 수학여행을 떠났더라면, 만약에 유병언 회장이 그토록 악착같이 돈에 집착하지 않았더라면, 만약에 세월호가 과적을 하지 않고 해운관리법을 잘 지켰더라면, 해운조합과 해수부, 해경이 그렇게 더럽게 결탁되어 있지 않았더라면, 만약에 선장이 자리를 지켰더라면. 위로받지 못한 슬픔과 아직도 용암처럼 들끓는 분노가 수천, 수만번이라도 고쳐쓸 수 있는 저 황당한 픽션을 자꾸 쓰자고 한다.

방현석의 「세월」은 그 수천만의 꿈 중 하나이고, '세월호'에 대한 애끓는 애도이다. 애도는 깊고 침통하지만 그의 울음은 애도에만 머물지 않는다. 「세월」은 어찌해볼 도리가 없는 완강한 사실이 울면서 토해내는 꿈이고, 심해로 가라앉은 배의 더 깊은 곳으로 들어가 물살을 헤집는 분노의 손길이다. 또한 방현석의 상상력은 단순히 4.16의 현장인 맹골수도와 한국에 머물지 않는다. 그의 상상력은 4.16이라는 전대미문의 사건을 저 멀리 떨어진 베트남의 까마우의 바다로부터, 아직 건져올리지 못한 9명의 미수습자라는 심해로부터 오는 것이다.

「세월」은 304명의 실종자 중에서 배제되고 차별받는 슬픔과 목숨에 대해 얘기하고 있다. 더 기울어진 방에 갇힌 베트남 여인과 그녀의 가족에 대해. 우리는 '안산 단원고 학생의 수학여행'이라는 사실과 조악한 여객선에 오른 수많은 서민을 통해 4.16에 새겨진 불평등과 계급에 대해 통감하지 않을 수 없었다. 방현석은 거기에서도 '베트남 여인'에 주목함으로써 애도로부터도 소외된 한 인간의 형상을, 그리고 그녀와 세월호를 엎어버린 신자유주의의 냉혹함을 우리 앞에 들이민다.

「세월」은 실제 세월호 사건에서 사망한 베트남 여인 판응옥타인(한국명 한윤지)과 가족을 모델로 하고 있다. 언론에 보도된 대로 베트남 까마우 출신 판응옥타는 한국으로 시집 온 이주여성으로 남편, 두 아이와 함께 제주도로 귀농하기 위해 세월호에 승선했다. 그리고 그들 가족은 막내 권지연 양만을 남겨둔 채 목숨을 잃었다. 그 중 남편과 어린 아들은 아직도 9명의 미수습자 명단에 남아있는 상태다.

소설은 베트남과 한국을 오가며 진행된다. 주인공이라 할 수 있는 '쩌우'는 한윤지(소설에서는 린)의 아버지로 베트남의 최남단 까마우라는 곳에서 어부로 살아가는 인물이다. 딸 린을 한국으로 시집보냈으나 베트남 전쟁의 전사였던 아버지와 장인을 둔 그는 나이 많은 사위와 국제결혼을 못마땅해한다. 그 자신도 해방전선에서 미국에 대항해 싸웠던 경험을 훈장처럼 간직하고 '고귀한 인간의 품격'에 대해 잊지 않고 있는 터라 통일된 베트남 사회에 불어닥친 자본주의 물결과 딸들의 운명이 마뜩치 않은 것이다. 그러나 성실한 사위와 손주들의 모습에 마음을 열고 그들의 방문을 위해 집수리를 하던 중 세월호 사건을 겪게 된다. 실시간으로 중계되는 TV를 통해 그 또한 '전원 구조'라는 오보와 충격, 망연자실로 이어지는 4월 16일을 보내고 둘째 딸인 로안과 함께 팽목항으로 달려온다. 그리고 그는 이 야만의 현장에서 유가족들과 함께 한없는 기다림의 시간을 보내면서 그에게 닥친 '세월'을 거슬러오른다.

'쩌우'는 21세기를 살아가고 있으나 좀처럼 달라진 세월을 받아들이지 못하는 인물로 그려지고 있다. 한국으로 시집 간 지 이년 만에 한국국적을 얻어 귀화한다는 딸을 두고 못마땅해하자 그의 아내는 이렇게 핀잔을 준다.

당신은 도대체 어느 세월을 사는 사람이에요? 다른 집 부모들은 딸

이 한국 국적 얻기를 얼마나 학수고대하는지 알아요? 시집가서 이년 만에 바로 국적 얻는 아이는 동네에서 린뿐이에요

　그는 또 자신의 생명의 은인인 쑤언 아주머니 가족들을 살뜰하게 챙기지 못하는 자신을 반성하며 이렇게 자책하기도 한다.

　자본주의를 찬양하던 남부정부 밑에서도 서로 목숨까지 나누며 살았는데 정작 사회주의로 통일을 한 나라에서 그 어떤 자본주의보다도 더 지독하게 제 몫만을 챙기는 세월을 살게 될 줄이야 어떻게 알았겠는가.

위에서 짐작할 수 있듯 쩌우가 거스르고자 하는 '세월'은 프랑스와 미국에 맞서 조국을 지켜낸 자랑스런 사회주의 국가 베트남도, 비록 분단되었으나 식민지를 거쳐 경제성장, 민주화를 일궈낸 대한민국도 비켜가지 못한 지금의 냉혹한 자본주의 물결을 의미한다. 세월호가 이 거센 자본주의 물결에 전복된 것이라는 것에 대해서는 너무 많이 이야기 되었다. '이것이 국가란 말인가?'라는 비명 또한 철저히 경제논리로 사유화되어버린 공권력과 국가시스템 부재에 대한 충격에 다름 아니다.
　작가 방현석의 성난 필체에 의하면 거대한 파도처럼 우리의 현실을 덮어버린 세월은 세월호 사건 현장 도처에 잔해처럼 널려있다. 어린 딸을 잃은 유가족 '박'은 또 다른 쩌우가 되어 딸을 묻어버린 '세

월'에 대해 이렇게 울부짖는다.

　　물이 들어오는데 왜 가만히 있어. 나와. 그랬는데 송희가 그러는 거
예요. 안 돼. 아빠, 나 우리 반 부회장이잖아. (…중략…) 난 선생님을 믿
었고, 선생님은 선장을 믿었겠죠. 배가 그렇게까지 많이 넘어간 줄은 저
도 몰랐죠. 넘어진 배가 뒤집히게 생겼으면 무조건 밖으로 나가게 하는
게, 탈출시키는 게 당연한 거잖아요. 그런데, 그 선장이란 새끼와 선원들
이 애들을 다 버리고 지들끼리 도망칠 줄 어떻게 알았겠어요. 더구나 이
시각엔 이미 인근의 어선들이 구조하러 달려와 있었고, 근처를 지나던
대형 유조선이 사백 명이고 오백 명이고 다 태울 수 있다고 빨리 탈출
시키라고 하던 중이었다잖아요. (…중략…) 뛰어내리게만 하면 되는데
관제소도, 해경도, 청와대도 보고만 받고 아무도 탈출시키란 지시를 않
고…… 애들이 살아서 발버둥치고 있었을 하루 동안 배 안에 잠수요원
한 명 투입하지 않고 사상 최대의 구조작전이라고 사기나 치고, TV는
그걸 하루종일 돌려댄 거예요. 올라온 애들 손톱 다 새카맣게 된 거 봤잖
아요. 애들이 차오르는 물속에서 살려고 발버둥치다 그렇게 된 거잖아
요. 송희네 반 애들만 스물한 명이 그렇게 간 거예요. 애들이 그토록 아
프게 죽어가는 시간에 젖은 돈을 말리고 있었던 선장과 어디에도 없었
던 나라의 책임자를 난 믿은 거예요.

승객들을 버리고 도망 간 선장, 구경꾼에 불과한 해경과 관망조
차 안 한 청와대, 불법 증축과 개조, 무리한 항해, 과적, 정원초과, 평

형수 조작, 무능하고 부패한 해수부 등등 이 총체적 난국의 세월호 사건은 한국사회의 총체적 부패와 자본 침식을 보여주는 실체이다. 배금과 이기와 관료주의로 미만한 이 배에는 '그것'이라는 사물만 있을 뿐이지 '사람'이 존재하지 않았다. 화물과 다름없는 승객 443명과 직업윤리조차 없는 선장과 선원들, 사람이 아니었으므로 '너와 나' 사이의 책임도 신뢰도 기대할 수 없었다는 것, 「세월」이 가장 통탄스러워하는 것은 바로 이 부분이다. 하여, 방현석은 쩌우를 통해 잊혀진 신뢰와 책임을 되살려낸다. 한낱 까마우의 어부에 불과한 쩌우의 가슴 깊이 박힌 신뢰와 책임의 위대함이란 이런 것이다. 베트남 전쟁 시기 베트남 해방전선은 까마우에서 필요한 어선을 징발했고, 쩌우는 연락원이자 항해사로 그 배에 타고 있었다. 어느 날 이 공작선은 정부군의 경비정에게 적발된다. 우두머리인 소조장은 당원들을 호명한다. 쩌우는 '당원들을 탈출시키겠구나' 생각했지만, 예상과 달리 소조장은 이렇게 명한다. "당원들은 배를 사수한다. 나머지 승무대원은 탈출한다." 더욱 놀라운 것은 항해사인 쩌우도 탈출무리에 끼게 된 것이다. 그것은 쩌우보다 겨우 한 살 많은 선장의 배려에 의해서이다. 배에 끝까지 남아 항해를 책임지겠다는 스물 한 살의 항해사에게 선장은 소리친다. "니가 뭔데 까불어! 마지막까지 배와 운명을 함께하는 게 선장이야." 당원들과 선장은 바다로 침몰하고, 그 덕에 쩌우와 소조원들은 목숨을 건진다.

쩌우의 스물 한 살의 기억이 허구인지 사실인지는 중요하지 않다. 중요한 것은 작가가 세월호를 둘러싼 무수한 사실들, 그것은 온 통 자본의 잔해에 불과한 돈쪼가리일텐데 거기에 이 베트남 전사의 위대한 마음을 새겨넣고 있다는 것이다. 작가는 '도안 3호' 선장의 용기와 책임에 어떤 사회주의 이념도 민족주의나 국가주의도 장식하고 있지 않다. 작가 방현석이 말하는 것은, 그런 거창한 것 말고 그냥 선장으로서 지도자로서 갖는 최소한의 책임의식 같은 것이다. "개자식들, 학급 부반장만한 양심도 책임감도 없는 개자식들"이라는 박의 절규가 외치는 '부반장만한 양심' 같은 그런 것 말이다.

세월호를 뒤집어버린 냉혹한 '세월'은 세월호 이후에도 여전히 완강하게 버티고 있는 우리의 현실이다. 냉동닭 공장에 다니며 유가족의 시신수습을 기다리는 쩌우 부녀를 향해 "보상금을 얼마나 받아 먹으려고 여기까지 와서 저러고 있냐"는 수근거림, "바다에서 난 교통사고잖아. 그걸 가지고 왜 나라를 시끄럽게 만들어. 대한민국에서 교통사고 당한 사람들은 다 나라가 책임져야 돼, 엉!"이라는 어르신의 일갈. "어쨌거나, 수억원씩 준다는 데도 더 받아먹으려는 거잖아"라는 이 노인을 향해 유가족 '박'은 이렇게 응수한다.

"돈이 그렇게 좋으세요?"

손등으로 얼굴을 훔치고 난 박이 안주머니에 손을 집어넣었다. 지갑에 든 지폐를 다 꺼내서 노인에게 내밀었다.

"다 가지세요."

박은 주춤주춤 물러서는 노인에게 바지 주머니에 든 동전까지 꺼내 내밀었다.

이 광경에 의아해하는 쩌우 부녀에게 박은 이렇게 설명한다.

"세상에서 제일 불쌍한 사람이잖아요." (…중략…) "세상에 우리같이 불쌍한 사람이 있어요? 그런데, 그런 우리를 질투하는 사람이니 그보다 더 불쌍한 사람이 세상에 또 어디 있겠어요. 그렇게 말하는 사람들은 우리가 몇 억씩 보상금을 받게 될 거라고 정부에서 떠드니까, 그게 부러운 거예요. 난 수백, 수천억을 준다고 해도 우리 애랑 바꿀 수 없는데 그 사람들은 애 잃고 타게 될 보상금이 질투가 나는 거예요. 생각해보세요. 그 사람들이 얼마나 불쌍하고도 무서운 사람들이지요. 자식 죽고 자기가 보상금 받았으면 좋아했을 사람이잖아요. 난 우리 송희만 살려준다면 단 일 초도 망설이지 않고 죽을 수 있어요."

주머니의 돈을 몽땅 털어버리는 박의 행위, 이는 단순히 시비 거는 사람을 쫓아버리는 것을 의미하지 않는다. "살려만 준다면 단 일 초도 망설이지 않고 죽을 수 있어요"라는 비명과 몸부림은 그의 진짜 마음이다. 수백, 수천억을 준다고 해도 다시 살아날 수 없는 '사람', 그 사람이 될 수 없는, 사람이 되지 못한 지금의 세태에 대한 분노이고 저항인 것이다.

방현석의 「세월」은 단지 '세월호'만을 문제삼지 않고 까마우의 바다로부터 팽목항까지 덮친 그 거대한 신자유주의에 맞서 하나의 물음을 던지고 있다. 우리가 탄 이 거대한 자본주의 여객선은 '지금 침몰 중입니까?' 라고. '안전합니까?'가 아니라 '침몰'의 기울기에 대해 묻고 있다. 왜냐하면 그가 생각하는 지금의 '세월'은 "사람이 될 길 없는" 완전히 파탄 난 시절이므로. 정말이냐고? 나는 작가의 성실성을 믿는다.

　　방현석은 세월호 사건 이후, 한윤지의 베트남 유가족을 돕고 그녀의 고향인 '까마우'를 방문하기도 했다. 호치민 시에서 차로 8~9시간 걸리는 최남단 까마우로 가는 그 일행에 동행했던 나는 그들에게 위로의 말을 건네는 작가의 숙연한 모습을 먼 발치에서 보았다. 그리고 그곳에서 또 다른 겹의 물결을 보았다. 까마우의 많은 처녀들이 한국으로 시집온다는 것과 그로 인해 까마우에는 유독 노총각이 많다는 사실. 또 까마우 여성들이 빠져나간 자리에 캄보디아나 근처의 또 다른 빈곤지역 여성들로 채워진다는 것. 한국의 노총각과 까마우의 노총각 사이에 흐르는 돈과 여성들의 물결에 대해 나는 오랫동안 생각했다. 세상 어느 것 하나 고립되지 않고, 신자유주의와 세계화의 물결을 따라 둥근 지구를 따라 돌고 있다. 그 거대한 물결 속에 과연 인류가 품었던 어떤 고귀함이나 마음이 남아있기는 한 걸까.

　　'사람이 될 길 없는 세월' 속에 초혼처럼, 작가의 외침을 따라 다짐하듯 '사람'을 불러본다. 그리고 나는 생각한다. 방현석의 이 치열한 절망과 외침이, 루쉰의 눌함(吶喊)과 같은 것이라고. 쇠로 된 방에 혼수상태로 잠들어 있는 불행한 사람들을 위해 루쉰은 시대에 압사당한 말들을 살려냈다. "그러나 몇 사람이 깬다면 그 쇠로 된 방을 부술 희망이 전혀 없다고는 말못하지 않는가?"라는 루쉰의 눌함은 지금 쇠로 된 방같은 '세월'에 갇힌 우리들에게 더 간절하지 않을까.

반계몽과 키치의 사도 :
그림자를 판 사나이
유하론

　〈그리스(Grease)〉라는 뮤지컬이 있다. 청년 존 트라볼타와 미녀가수 올리비아 뉴트존이 출연했던 영화를 각색해 만든 이 뮤지컬 공연을 처음 보았던 때의 충격을 나는 아직 잊지 못한다. '요조숙녀' '모범생'인 여고생이 놀림거리가 되고, 결국 섹시한 '노는 언니'로 탈바꿈한다는 이야기였기 때문이다. 제목처럼 느끼한 몸놀림, 록큰롤, 10대의 임신 등이 나오는 이 뮤지컬의 메시지는 '순결과 아가페'를 꿈꾸는 소녀적 감상을 집어치우라는 희한한 계몽주의를 앞세우고 있었으니.

　90년대 유하의 『세운상가 키드의 사랑』(문학과지성사, 1995)도 이와 유사한 것이었다. "나는 아무것도 깨닫지 않으리라" "내 노래도 달과 더불어 몰락해갈 것이다" "흑연의 영혼으로 걸어갈 것이다" "참을 수 없는 존재의 휘발성" 등의 도발적 데카당스 선언들은 마치 '하늘을 우러러 한 점 부끄러움 없기를 / 잎새 이는 바람에도 나는 괴로워

했다'를 '시'로만 알고 있던 이십대의 순진한 나에게는 벼락같은 센세이션이었기 때문이다.

　　이러지도 저러지도 못하는 지독한 마음의 열병,
　　나 그때 한 여름날의 승냥이처럼 우우거렸네
　　욕정이 없었다면 생도 없었으리
　　수음 아니면 절망이겠지, 학교를 저주하며
　　모든 금지된 것들을 열망하며, 나 이곳을 서성였다네

　　흠집 많은 중고 제품들의 거리에서
　　한없이 위안받았네 나 이미, 그때
　　돌이킬 수 없이 목이 쉰 야외 전축이었기에
　　올리비아 하세와 진추와, 그 여름의 킬러 또는 별빛
　　포르노의 여왕 세카, 그리고 비틀즈 해적판을 찾아서
　　비틀거리며 그 등록 거부한 세상을 찾아서
　　내 가슴엔 온통 해적들만이 들끓었네
　　(…중략…)
　　교과서 갈피에 숨겨논 빨간책, 육체의 악마와
　　사랑에 빠졌지, 각종 공인된 진리는 발가벗은 나신
　　그 캄캄한 허무의 블랙홀 속으로 빨려들어가고
　　나 모든 선의 경전이 끝나는 곳에서 악마처럼

착해지고 싶었네, 내가 할 수 있는 짓이란 고작

이 세계의 좁은 지하실 속에서 안간힘으로 죽음을 유희하는 것,

(…중략…)

금지된 생의 집어등이여, 지하의 모든 나를 불러내다오

나는 사유의 야바위꾼, 구멍난 영혼, 흠집 가득한 기억의 육체들을

별빛의 찬란함으로 팔아먹는다네

——「세운상가 키드의 사랑 1」 부분, 『세운상가 키드의 사랑』

　붉은 기운 가득한 종삼과 싸구려 불온물로 가득 찬 청계천 어름의 세운상가란 나같은 '범생'이에게는 깡패 소굴 같은 곳이었다. 87년 민주화 항쟁 직후 90년대 중반까지 대학생들이란 대체로 계몽적 이데올로기의 함성 속에 있었으므로, 80년대 말에 등장한 유하의 저 데카당의 포즈는 사뭇 불온한 것이었다. 그러나 그랬기 때문에, 민주와 정의의 이념은 나무랄데없이 옳았고, 그 이념은 성취되었기 때문에 그 외침은 더 이상 청춘들의 '열망'이 될 수 없는 것이기도 했다. 민주화 이후에 쏟아진 무수한 후일담 혹은 뒤늦게 당도한 자의 탄식을 읊은 김연수의 포스트모더니즘(『가면을 가리키며 걷기』), 김영하의 위악 등은 그래서 혈기방자한 청년에게는 새로운 매혹이 되기도 했던 것이다.

　'주윤발, 쳇 베이커, 최진실, 드루 베리모어, 이소룡, 용팔이, 전함 포템킨, 파리애마, 노스텔지어, 펜트 하우스' 등등 판도라 상자 같은

유하의 '세운상가'는 그러한 텅 빈 광장에서 열렸고, 그 중 많은 것들을 '지하'에 공유하고 있던 이들의 욕망을 분출시켰다. 물론 그 욕망은 단순히 파리애마의 '디퍼디퍼'로 상징되는 섹슈얼한 것만은 아니다. 학교와 제도로 상징되는 모든 것 후면에 있는 어두운 욕망들, 몰락의 충동, 환각의 매혹, 자학과 자멸의 유혹 등 '광명'과는 거리가 먼 금지된 것들.

> 눈앞의 저 빛!
> 찬란한 저 빛!
> 그러나
> 저건 죽음이다
>
> 의심하라
> 모오든 광명을!
> ─「오징어-여는 시」 전문, 『바람부는 날이면 압구정동에 가야 한다』, 문학과 지성사,
>
> 1999

위의 시에서처럼 유하는 그 광명과 계몽의 이름을 '죽음'으로 돌려놓는 반란자였고, "나 모든 선의 경전이 끝나는 곳에서 악마처럼/착해지고 싶었네"라고 울부짖는 진정한 탕아이자 암흑을 순례하는 구도자였다. 그 탕아의 손짓에는 빨간책, 만화, 무협지, 해적판 레코

드, 홍콩 느와르, 키치 등 이미 우리의 영혼을 잠식한 B급 대중문화도 있었고, 거짓 수정궁으로 비판받아 마땅한 소비 자본주의의 판타즈마고리(Phantasmagory)인 '압구정동'도 있었다.

압구정동은 체제가 만들어낸 욕망의 통조림 공장이다
국화빵 기계다 지하철 자동 개찰구다 어디 한번 그 투입구에
당신을 넣어보라
(…중략…)
이곳 어디를 둘러보라 차림새의 빈부 격차가 있는지
압구정동 현대아파트는 욕망의 평등 사회이다 패션의 사회주의 낙
원이다
가는 곳마다 모델 탤런트 아닌 사람 없고 가는 곳마다
술과 고기가 넘쳐나니 무릉도원이 따로 없구나
(…중략…)
해서, 세속도시의 즐거움에 동참하고 싶은 자들 압구정동의 좁은 문
으로 들어가길 힘쓰는구나(…중략…)
걸어가면 만날 수 있다 오, 욕망과 유혹의 삼투압이여
자, 오관으로 느껴보라, 안락하게 푹 절여진 만화방창 각종 쾌락의
묘지, 체제의 꽁치 통조림 공장, 그 거대한 피스톤이, 톱니바퀴가 검은
기름의 몸체를 번득이며 손짓하는 현장을
왕성하게 숨막히게 숨가쁘게

그러나 갈수록 쎅시하게

바람이 분다 이곳에 오라

바람이 분다 이곳에 오라

바람이 불지 않는다 그래도 이곳에 오라

—「바람부는 날이면 압구정동에 가야한다 2-욕망의 통조림 또는 묘지」 부분, 『바람부는

날이면 압구정동에 가야한다』

'홍청대는 현대백화점, 파리크라상, 영계들의 애마 스쿠프, 부디 크'로 버무려진 압구정동은 타도되어야 마땅한 자본의 병소였으나, 한편 청춘의 무의식에서 '반짝' 빛나며 유혹하는 찬란한 불빛이기도 하다는 것을 시인 유하는 기민하게 포착했다. 유하는 '세운상가'와 '압구정동'으로 상징되는 키치와 욕망의 형식을, 윤리와 계몽의 잣대 를 치워버리고 날것으로 시에 들여놓았던 시인이다.

"나는 세운상가 키드, 종로3가와 청계천의 / 아황산가스가 팔 할 의 나를 키웠다"라고 당당히 출생지를 밝힌 그는 "재즈처럼 꼴리는 대로 그렇게 살다 가리니 / 난 마음의 불협화음을 사랑하게 됐어"(「재 즈 1」) "내가 욕망하는 것이 아니라 / 욕망이 나를 낳았다는 생각"(「재 즈 6」) 같은 선언을 통해 욕망의 주인이 되기보다 기꺼이 욕망의 포로 가 되기로, 파도와 재즈의 리듬으로 영원히 부패와 퇴폐를 노래하기 로 작정한 시인이다.

하여, 새로 출판된 2012년 판 『무림일기』(문학과지성사)의 해설에

서 함성호 시인이 '키치 비판'이라 했던 김현의 평을 부정하고 '유하'를 비판자가 아닌 중독자로 규정한 것은 타당하다. 함성호 시인의 말마따나 유하는 키치에 대해 반성하고 성찰하기보다는 그것을 삶과 시로서 살아낸 중독자이고, 색(色)과 환(幻)에 잠식된 현세주의자이다.

> 해탈이 고작 이 비루한 세상이 환임을 아는 것이라면, 유하에게 풍자는 해탈이고, 해탈이 풍자다. 그래서 유하에게서는 어떤 계몽도 보이지 않는다. 깨달음도 없고, 비애를 조장하지도 않고, 폭력성을 드러내지도 않는다. 풍자하는 이의 도덕성 같은 것도 없다. 부덕을 질타하지도 않고 덕을 찬양하지도 않는다. 소비되고 소비하는 사회에서 이미 옳고 그른 것은 존재하지 않는다. 규정 불가한 거대한 시스템 속을 어딘지도 모르고 흘러간다.

─함성호, 「풍자이고 해탈인」, 『무림일기』 해설, 문학과지성사, 2012

그러나 계몽의지와 비판이 없다고 절망이 없는 것은 아니다. 황지우의 시를 패러디한 「바람부는 날이면 압구정동에 가야한다 3」에는 "미동도 않는 보도 블록의 견고한 절망 밑에서 / 아아, 마침내 끝끝내, 꽃피는 나무는 / 자기 몸으로 꽃필 수 없는 나무다"라는 단말마가 있고, 주윤발의 홍콩 느와르에는 '고민이 없기 때문'에 '모더니즘 무협지에 불과하다'는 통찰, "파괴욕의 대리 만족 현장, 본색은 간데없고 영웅, 스타들만 득실거리는 이 땅에 시산혈해의 (…중략…) 자, 다 함께, 홍콩 가는 표정으로, 따라하시오 싸랑해요 밀키스"라고 써갈기는 통렬한 풍자와 절망이 들어있는 것이다. 그러나 유하의 절망은 "선과 악의 획일화"를 기획하지 않는다. 그는 절망과 죽음을, 몰락에 몸을 맡기고 그것과 함께 출렁이고 망해버리기로 작정한 자이다. 유하의 정직과 진정성은 끝까지 이 혼돈과 일체가 되기로 한 그의 각오에 있다.

그의 절망은 곧 그의 시가 적극적으로 차용하는, 유하의 상상력과 감각의 모든 것이라 할 수 있는 대중소비문화물, 즉 무협지, 영화, 만화, 포르노 영상 등이 실체가 아닌 '환'이고, 원본이 아닌 짝퉁, 후끼[1]된 키치임을 깨달은 자의 것이기도 하다. 그러나 1987년 『문예중앙』 신인상 공모로 데뷔한 유하의 첫 시집 『무림일기』(중앙일보사, 1989)에서 무협지 문법을 차용하고 있는 '무림일기' 연작은 현실이라는 원본에 더 가깝다.

> 경천동지할 무공으로 중원을 휩쓸고 우뚝 무림왕국을 세웠던
>
> 무림패왕 천마대제 만박이 주지육림에 빠져 온갖 영화를 누리다
>
> 무림의 안위를 위해 창설됐던 정보기관 동창 서열 제이 위
>
> 낙성천마 金圭에게 불의의 일장을 맞고 척살되자,
>
> 무림계는 난세천하를 휘어잡으려는 군웅들이 어지러이 할거하기
>
> 시작했다.

---

1 후끼 : 중고 제품을 새것처럼 조작하는 기술을 가리키는 은어. - 유하 시의 각주

(…중략…)

이른바 소림삼십육방 통과보다 더 악명 높다는 지옥십관 훈련

(…중략…)

그 무렵 하남 땅에선 민초들의 항쟁이 있었다.

(…중략…)

천마대제는 갔지만 강자존 약자멸!

이 무렵의 대원칙이 깨질 것을 우려한 광두일귀 및 일부 뜻있는 고수들은

武曆은 무력으로밖에 지킬 수 없다는 평범한 이치 앞에 숙연해하며

한층 겸허하게 무공연마에 정진할 것을 다짐했다.

—「武曆 18년에서 20년 사이」 부분, 『무림일기』, 문학과지성사, 2012

위의 무림고수들의 이야기가 80년대의 지배 권력의 폭력성을 겨냥하고 있다는 사실은 명약관화하다. "그도 나도 한땐, 소림 대학의 견고한 나한진을 뚫기 위해 / 수십만 냥 들여가며 무공 과외도 했고 / 내공을 몇 갑자씩 증진시켜준다는 비급도 여러 권 읽었다 (…중략…) 그는 대학을 하산한 뒤 기껏 무협지를 쓰고 있었다 / 어제는 백 명 죽이고 / 오늘은 고민고민하다가 이백 명 죽였어 /"(「무협지 작가와의 대화」)라고 능청스레 무협세계를 말할 때, "소설은 현실의 복사가 아니잖소"라고 일갈할 때, 유하의 '키치'는 80년대 청년들이 놓인 핍진한 현실이라는 점에서 풍자와 아이러니를 획득한다. 그러나 『무림

일기』 이후의 유하 시에서 보이는 '키치'의 세계는 대체로 현실의 복사나 비유로서 기능하기보다는 원본 없이 부유하는 복제의 성찬이고자 한다. '드루 배리모어, 최진실, 빠삐용, 노스탤지어' 등의 가상(der Schein)을 호명하는 그의 육성에는 물론 실재의 편린들이 들어있으나, 유하는 좀처럼 환과 현실의 경계를 분명히 하려고 하지 않으며 오히려 그 복제 안에 몸을 담그려 한다.

환과 현실의 해체는 '어디 쑈가 한 두가지인가'(「프로레슬링은 쑈다!」), 혹은 "광어회를 주문했는데 / 가물치가 나온다 (…중략…) 광어가 광범위하게 / 광어 되는 날"(「광어와 가물치」)와 같은 '쑈'와 '짝퉁'의 인식을 통해 드러나기도 한다. 그러나 원본과 대지에 대한 미련을 버리고, 복제·짝퉁·키치와 몸섞었다고 해서, 완전히 그림자를 버린 것은 아니다.

유하의 시적 성취는 키치와 하위문화장르를 '시적인 것'으로 승화시켰다는 데 있으며, 그 승화는 매끈하고 납작한 복제물에 투신하여 '실재의 그림자'를 어른거리게 만듦으로써 가능했다. 하여, 그가 매혹당한 영상에도 다음과 같이 몸을 실은 감성과 성찰이 빛나는 것이다.

몇 명의 남자와 잤죠? 사내는 여자의 내부에 보일 듯 말듯한 컴컴한 다락방이 견딜 수 없이 궁금하다. 그녀를 사랑하게 된 것이다 (…중략…) 다락방에 대해 묻는다 사랑하는 사람들의 가장 큰 욕망이란, 서로의 뇌수

뚜껑을 열어 그 은밀한 다락방을 들여다보고, 그 공간을 완벽하게 지배하고픈 것일지도 모른다 그 다락방조차 햇빛 가득한 창문을 내고 자신의 살림살이를 들여놓고 싶다는 욕망, 두 사람은 서로에게 이해될 수 있게, 다락방을 털어 재빨리 케케묵은 상처를 윤색하고, 비밀의 서랍을 정리해보지만, 그래도 말할 수 없는 것들이 있다 그것은 숨길 수밖에 없는 그 무엇이 아니라, 원래 침묵의 편에 서 있는 것들이다 (두 사람 사이엔 침묵의 심연이 가로놓여 있다) 지금 이 순간의 '불타오름', 그리고 나머지는 온통 무심한 어둠, 그 불꽃의 저편은 내 격정의 영토와는 무관하다 그 어둠 속에, 내 불타오름의 '타인'인 내가 살고 있고, 그녀의 불타오름의 '타인'인 또 다른 그녀가 살고 있다 이 순간의 불쏘시개가 될 수 없는 상처들은, 타인인 '나와 그녀'가 사는 세계, 어둠 그 자체로 그냥 남을 뿐이다

— 「네 번의 결혼식과 한 번의 장례식」 부분, 『세운상가 키드의 사랑』

사랑하는 두 남녀의 복잡미묘한 심리와 욕망을 저렇듯 감각적이고 아름다운 시어로 묘사해낼 수 있는 것은 키치와 복제물 가운데 부유하면서 유하라는 육체성과 원본을 버리지 않았기 때문이다. 그는 그의 말대로 욕망과 소멸, 폐기물, 해적, 환각, 암흑에 몸을 내던졌으나, 그것을 자기만의 방식대로 연주했다. 아마도 이러한 유하의 시적 성취는 많은 논자들이 지적했듯 유하 시의 또 하나의 지평인 '하나대'라는 고향마을이 있었기에 가능했던 것으로 보인다. '하나대'의 세계는 세운상가, 압구정동과는 가장 먼, 자연과 대지, 원본의 세계를

의미한다.

지금 식으로 따진다면

자신이 내 놓은 물건 값보다

더 신세를 지고 가던 사람이 있었다

(…중략…)

담바우 방물장수 아짐

대나무 참빗 달랑 하나 풀어놓고는

골방 아랫목 드르렁 고랑내 밤새 풀어놓으며

새비젓 무시너물 쩍국에 척척 식은 밥 한술 말아 먹고

보리쌀 반 되 챙겨서 싸묵싸묵 새벽길 떠나가던

염치도 바우 같은 담바우 방물장수 아짐

그것만이면 진짜 양반이게

담바우 아지 자고 간 날 이후론 온 식구 머릿속엔

영락없이 이가 바글바글 들끓었다

그 예펜네 욕 직사하니 퍼대다가

그 빗살 촘촘한 참빗으로 득득 빗어내리면 와따

(…중략…)

허허 참, 그래도 담바우 아짐 참빗이

참말로 짱짱한 참빗이랑게

— 「참빗 하나의 시」 부분, 『무림일기』

방물장수라는 낯선 타인도 가족이 되는 시골의 정경, 유하의 서정은 어머니 품과 같은 이러한 '하나대'에서 빚어진 것이고, 그렇기에 이 진짜배기 '서정'으로 키치의 욕망을 시로 빚어낼 수 있었던 것이다. "보아라 무진장으로 해가 꾸어주는 저 빛을 / 달과 별이 빌려주는 저 빛을 / / 오후 다사로운 햇빛 빛더미로 쏟아지는 / 가을 들판 눈물 하나로 흔들린다(「햇빛, 달빛, 별빛」)", "큰베미 밤 논둑길 담박질쳐, 술 받으러 가면 / 점빵 할아버지는 깊은 주름살로 웃으시곤 / 우리 강아지 오능가 / 내 앞에 쏙 눈깔사탕을 넣어주셨다"(「점빵의 눈깔사탕」)와 같이 사람이 숨쉬는 자연의 시원이야말로, 유하라는 탕자를 성자에 비춰보게끔 하는 강력한 힘이었다고 할 수 있는 것이다.

오스카 와일드의 예술론에 따르자면, 예술이 자연을 모방하는 것이 아니라 자연이 예술을 모방한다. 유하는 '재현'을 중시하는 리얼리즘에 대한 모독일 수도 있는, 이 기이한 예술론의 가장 적극적인 지지자이자 실천가였다고 볼 수 있다. 불완전한 자연과 현실보다는, 차라리 매끈하게 조작된 환영을 택한 유하, 그는 그 복제와 환의 바다에서 시를 매개로 진정성과 의미를 일궈내고 가꿔왔던 시인이다.

우리는 더 이상 허풍이거나 사기라고 할 수 없는 가상현실의 일상 속에서 살고 있다. 우리는 매일 다니는 골목 담벼락보다 포털의 지도에 더 밝고, 친구의 표정보다 이모티콘의 표정에 더 민감하다. 포켓몬고의 캐릭터들이 거리의 빈틈을 메우고 있는 이 '증강된 현실'

과 쓰나미와 같은 영상더미 속에서 '나'와 '너'라는 실체와 소통은 어떻게 가능할 것인가. 유하의 시를 다시 읽어야하는 지점이다.

갑을의 윤리감각

장강명, 「알바생 자르기」(아시아, 2015)

　　장강명의 「알바생 자르기」는 '갑을' 관계에 대한 일반적인 편견과
기대지평을 뒤집어버리고 묘한 지점에서 독자를 불편하게 하는 소설
이다. 무슨 말인가 하면, 흥미로운 스토리텔링이라면, 응당 『미생』의
장그래 같이 착하고 정의로운 비정규직 약자가 등장하여 골리앗 같
은 상사의 파렴치하고 뻔뻔한 탄압에 맞서 싸우는, 그런 분명한 '선
악 대립'의 구도가 있어야 한다는 말이다. 그런데 장강명의 「알바생
자르기」를 읽기 시작하면, 어느 순간 알바생 '을'을 자르려는 '갑'에게
공명하고 감정이입되어 응원하는 독자 자신의 모습을 발견하게 된다
는 것이다. 어떻게 된 일일까?

　　「알바생 자르기」의 주된 초점화자는 과장 '은영'이다. 은영이 회
사측을 대변하는 '갑'이라면, '을'은 비정규직 아르바이트생 '혜미'이
다. 이들이 다니는 회사는 독일에 본사를 둔 한국 지사이며 직원 10

명 안팎의 소규모 조직으로 전문화, 체계적 시스템과는 거리가 먼 곳이다. '혜미'는 이곳에서 일종의 총무 및 잡일을 맡아 보고 있는 아르바이트생인데, 중요한 업무 책임자가 아닌 만큼 크게 문제될 것도 없는 그런 소소한 존재이다. 그러나 그런 '혜미'의 '존재감'은 탤런트 이다해를 닮은 미모로 드러나고, 그런 미모로 '차갑고 뚱한' 태도로 일관한다는 데서 사람들의 이목을 끌게 된다.

태국인 바이어 환송회 겸 회식 자리에서 한국 드라마 팬인 태국인 바이어가 이다해를 닮은 '미스 혜미'를 찾자, '파트타이머라 컴퍼니 디너'에 참석하지 못한 미스 혜미의 차갑고 뚱한 태도, 작은 지각과 '보면 뭐 일하는 거 같지 않게' 뮤지컬 사이트와 일본 여행 사이트나 들여다보고 있는 일과, '점심 때도 맨날 혼자 밥 먹고' 등의 행동 등이 직원들의 입에 오르내린다. 술김에 "그 아가씨 그거 안 되겠네. 잘라!"라고 말한 이후, 사장은 미스 혜미를 정규직으로 고용해야 하는 2년이 되기 전에 '자르고' 싶어하는 마음을 노골적으로 드러낸다. 그러나 중간자 '은영'은 "불쌍하잖아. 지금도 거의 소녀 가장인 거 같던데."라며 혜미를 보호하려고 한다. 은영은 "조직 생활을 하려면 붙임성이 있어야 한다"는 훈계로 적당히 혜미를 교정하는 한편 자신의 '알량한 동정심'을 무마한다.

그런 은영의 마음과 달리, '혜미'는 묘한 타이밍에 은영을 불편하게 한다. 업무가 많아 점심식사 대용으로 샌드위치라도 부탁하려하자 혜미는 근처 한의원에 다리 치료를 받으러 가고, 급기야 불법파업

규탄대회에 가서 '참석 확인증'을 받아오라고 하자 "여의도 공원이 어디인지 모르겠는데요"라며, 다리가 아파서 못 간다고 말한다.

진짜 깜찍하지 않아? 여의도 공원이 어디인지 모른대. 가라고 하니까 나중에는 나를 확 째려보더라고. 어이가 없어서……. 어떻게 사람이 그렇게 아군 적군도 구별을 못해? 사장님이 자르라고 할 때 막아 준 게 누군데.

화가 난 은영은 결국 알바생 혜미를 자르기로 결심하고 사장의 흔쾌한 승인을 얻어 혜미에게 해고를 통보한다. 그러나 '알바생 자르기'는 그렇게 쉽게 완수되지 않는다. 통보한 월말이 되어 명품 스카프를 내미는 은영에게 혜미는 이렇게 반격한다. "마지막 날이라니요? (…중략…) 회의실에서 과장님이 저더러 이제 그만둬야 한다고 말씀하신 건 기억나죠. 그래서 아웃백 갔던 것도 기억나고. 그런데 과장님이 언제부터 그만 나오라는 말씀은 안 하셨잖아요. (…중략…) 해고를 할 때에는 서면으로 예고를 해 주셔야죠, 과장님. 동네 편의점에도 그렇게 해요. 그리고 퇴직금 얘기 같은 것도 전혀 안 했는데, 저는 당연히 당장 그만두는 건 아니구나 생각했죠."

당황한 은영은, '1주일에 15시간 이상, 1년 이상 일한 피고용인이라면, 해고는 반드시 서면으로 통보해야 한다'는 관련 법규를 찾아내고 결국 '명확한 이유'가 불안한 은영과 사장은 권고사직 형태로 석

달 치 임금을 위로금으로 주고 해고를 마무리 한다. 그러나 두 달 뒤 다시 혜미로부터 '일하는 동안 4대 보험에 가입되지 않았다, 보험취득신고 미이행으로 회사를 고소할 수 있다, 4대 보험비 액수만큼 따로 챙겨달라'는 메일을 받는다.

머리 꼭대기까지 화가 난 은영은 근로계약에 민감한 독일 본사를 거치지 않고 자비로 처리하기로 한다. 500~1000만원 사이를 예상했던 은영은 겨우 '150만원'을 말하는 혜미의 요구대로 낙찰을 보고, 돈을 받으러 온 혜미는 '스태프 어시스턴트'를 '어드미니스트레이터'로 깐깐하게 교정한 경력증명서까지 챙긴다. 분에 찬 은영은 "이게 처음부터 다 계획이 돼 있던 거니?"라며 그녀를 힐난한다.

「알바생 자르기」의 핵심은 '을'을 해고하는 일이 호락호락하지 않으며, 을을 대표하는 혜미가 결코 착하고 약한 피해자가 아니라는 것이다. "걔 불쌍하다고, 잘 봐주려고 했었잖아. 가난하고 머리가 나빠 보이니까 착하고 약한 피해자일 거라고 생각하고 얕잡아 봤던 거지. 그런데 실제로는 그렇지 않거든. 걔도 알바를 열 몇 개나 했다며. 그 바닥에서 어떻게 싸우고 버텨야 하는지, 걔도 나름대로 경륜이 있고 요령이 있는 거지. 어떻게 보면 그런 바닥에서는 우리가 더 약자야. 자기나 나나, 월급 떼먹는 주유소 사장님이랑 멱살잡이 해 본 적 없잖아?"라는 은영 남편의 말대로, 갑 편에 서있는 은영이 '싸움'에서는 오히려 쑥맥에 헛똑똑이고 순둥이인 피해자이고, 을인 혜미는 영악하고 뻔뻔한 강자처럼 보이는 것이다. 은영에 감정이입되는 독자는 혜미가 '을' 답지 않게, '싹싹하거나 고분고분하지' 않으며 허드렛 일에 분주하지도 않으며, 근무시간에 뮤지컬과 여행 사이트나 기웃거리고, 지각과 치료를 핑계로 불성실하며, 근로노동법을 내세워 '갑'을 몰아세울 수 있다는 사실에 분노한다. 그러나 이러한 불편한 심기는 '갑'이 느낄 수 있는 일종의 허위적 윤리 감각에 불과하다.

을인 '혜미'의 입장에서 보면, 1호선의 잦은 고장으로 지각이 불가피하고, 제대로 된 찻잔 하나 없는 회사에서 손님 접대를 하기란 옹색하기 짝이 없는 일이고, 교통사고로 인해 다친 다리를 치료 하는 것 또한 어쩔 수 없는 일이다. 게다가 학자금 대출 독촉을 받고 있는 데다 퇴직금을 인대수술에 다 써버린 '혜미'에게 4대 보험 합의금 또한 그녀가 생각해낼 수 있는 가장 합법적인 생계비였던 것이다. 혜미의 지적대로, 조직의 합리성이라는 게 하루 저녁 회식비보다 못한 알바생 월급을 아까워하고 그것마저 삭감하려는 냉혹한 계산에 불과하고, 그리고 그 비용으로 '싹싹함'으로 포장된 남성들의 성적 요구까지 알은 체 해달라는 것이라면 이를 과연 정당하다고 할 수 있는가.

최근 보도에 따르면, 노동부는 2010~2014년 5년간 최저임금법을 어긴 사업장 4만 8349건을 적발했지만 검찰에 이송한 것은 55건에 불과했다고 한다. 근로자의 편에 서야 되는 근로감독관은 노동자들의 민원에 '대한민국에서 노동법을 다 지키면 어떻게 사업을 하겠느냐'고 되려 짜증을 내는 경우가 허다하다고 한다. '을'인 혜미가 정당하게 요구하고, 악착같이 챙기는 근로법은 거의 실효성이 없을 뿐 아니라, 실제로 '을'의 방어적 무기가 되지도 못하는 것이 현실이다. '갑'인 은영이 괘씸해하고 못마땅해 하는 이들의 윤리감각이란 을이 이 '무력한 법'을 실제로 가동시키겠다고 위협한 것일테지만, 을의 입장에서 보면 그것은 품위나 윤리 따위와는 거리가 먼 '생존'의 문제인 것이다.

이 간극 사이에서 어떤 양태의 싸움과 반전이 일어난다 해도 패자는 언제나 '을'이다. '쉬운' 해고가 아닐 수 있겠지만 '해고'의 주체는 언제나 '갑'이고 그들이 자르는 건 '을'의 양심이나 윤리가 아니라 '생존'이기 때문이다. 「알바생 자르기」에서 장강명이 놓치지 않고 있는 부분은 바로 이것이다.

'21세기 자본'에 새겨진 조감도

천명관, 「퇴근」(아시아, 2015)

마르크스는 자본주의 파멸을 예기하면서 '갈수록 소수의 손에 집중되는 자본'을 그 근거로 들었고, 『21세기 자본』의 토마 피케티는 역사적·경험적 자료를 통해 이 불평등을 입증한 바 있다. 마르크스의 종말론은 축적된 자본으로 인해 자본 수익률이 줄면 자본가들 사이에 격렬한 투쟁이 일어나거나 혹은 국민소득 가운데 자본가의 몫이 무한히 증가하여 노동자들이 폭동을 일으켜 자본주의를 끝장낼 수 있다는 것이다.

마르크스의 프롤레타리아 대동단결과 해방은 이제 한물 간 이데올로기가 되었지만, 토마 피케티에 의해 확인된 '부의 편중'은 그 실증적 자료와 함께 더욱 실감을 얻어가고 있다. 양극화의 심화, 실업률의 증가, 암암리에 성행하고 있는 음서제, 신분 상승 사다리의 격감, 중산층의 파괴 등등. 우리 사회는 피케티가 '21세기 자본'에서 진단한 바로 그 사회로 급강직하하고 있음을 부인할 수 없다. 즉, 자본의 힘이 점점 더 강해지고 자본의 소득 몫이 커지며, 자본이 자본을 낳는 이른바 세습자본주의(patrimonial capital)의 사회 말이다.

천명관의 「퇴근」은 마르크스와 토마 피케티가 가리키고 있는 자본주의의 종말 혹은 이후를 그린 디스토피아적 미래가상소설이다. 천명관이 아마도 현실의 지표를 따라가 당도했을 법한 '이후'의 세계에서는 10%의 슈퍼리치들이 모든 것을 소유하고 세상을 굴리며 90%의 실업자를 먹여살린다. '담요'라 불리는 90%의 실업자들은 '일'과 거기에 부수된 일상과 존엄 등등에서 제외된 채 정부에서 나눠주는 바우처를 받아 최소한의 생계만을 유지하고 있다. 이들 세계에서 구성원들의 꿈은 '회사원이 되는 것'이고 10%의 회사원들은 이들과 분리된 저쪽의 고층빌딩에서 '컴퓨터'를 통해 자본을 증식시킨다.

이러한 곳에서의 슈퍼리치 이외의 삶이란, 굳이 상상하지 않아도 될 만큼 현재 세계 곳곳에서 볼 수 있는 극빈자들, 실업자들, 난민들의 그것을 닮아 있다. 첫 장면은 고용공단 사무실에서 길게 줄을 서 있는 수천 명의 '실업자'들의 풍경에서부터 시작한다. 이들 사이를 가로지르는 '조정관'들과 '삐끼'들이 뒤엉켜 만든 풍광에는 "핵공격을 받은 중동에 투입될 용병을 모집하거나 제약회사의 피실험자들, 장기판매 안내"가 적힌 찌라시들이 나부끼고, 조정관들은 언제까지 이 무용지물들을 먹여살리느니 '살처분'하는 것이 낫겠다고 투덜거린다.

이 줄에 끼어있는 주인공인 '그'에게 '바우처'는 더욱 더 절실한 것인데, 그것은 천식을 앓고 있는 아이의 약을 구해야 하기 때문이다. 남편의 학대를 피해 한국에 건너온 인도 여성과 가죽 공장에서 만나 결혼했으나 공장이 문을 닫자 여자는 이들을 떠났다. 홀로 아이를 돌봐야 하는 '그'는 거의 굶다시피해서 아껴둔 바우처로 암시장에서 스테로이드를 구입해 아이를 치료한다. 하여 그에게 삶은 그야말로 서바이벌일 수밖에 없는데, 그런 그에게 고용공단 조정관은 솔깃한 제의를 한다. 아이를 슈퍼리치에게 입양을 하라는 것이다. 몇 년 전부터 슈퍼리치들 사이에선 아이를 입양하는 게 유행이었는데, 자신의 부와 노블레스 오블리주를 과시하기 위한 것이다. 입양 제의를 한 귀로 흘렸던 '그'였지만, 알코올 중독자이자 이웃집 여성인 '토끼 아줌마'에게 맡긴 아이가 혼절하자 생각을 바꾼다. "아이의 작고 약한 몸에 무작정 스테로이드를 투여해 당뇨가 심해졌으며, 당장에 병원에 가지 않으면 위험한 상태"라는 야매의사의 말 때문이다.

그는 아이를 데리고 회사원만이 출입할 수 있는 레스토랑에 가서 마지막 만찬을 즐긴다. 무일푼인 그가 어떤 곤욕을 치러야 하는 지점에 이르자, 옆 테이블의 한 노신사가 그들의 음식값을 내준다. 알고 보니 그 노인은 그가 열 살 때 집을 나갔던 것으로 알았던 아버지였던 것이다. '그'가 여동생의 불행한 죽음과 버림받은 자신의 처지를 들먹이며 아버지를 비난하자, 노인은 그에게 소리를 지른다. 집을 나간 게 아니고 "아직 퇴근을 못하고 있는 거야."

'퇴근하지 못한 아버지'와의의 극적인 상봉이라는 결말이 극심한 빈부 격차, 실업자 아버지와 천식을 앓는 아이 등의 흥미진진한 문제 제기를 잘 봉합하는 방식이라고 볼 수 없으나 이 작품이 애초에 제기한 '문제의식'은 이러한 다소 황당한 '끝맺음'을 넘어설 만큼 흥미롭고 강력하다. 그것은 「퇴근」의 세계가 사실 먼 미래가 아니라 '현재적' 실감 위에 있기 때문이다. 고액을 벌기 위해 제약회사의 피실험자가 되는 생동성 아르바이트, 장기밀매, 파병 지원 등등은 말할 것도 없고, 과시와 부자의 관용의 경계를 오가는 입양 문제, 갖은 스펙과 기술을 갖춘 고급 인력 양성과 상관없는 증가하는 청년 실업률, 그리고 '1:99'로 기억되는 월스트리트의 시위에 이르기까지 「퇴근」은 좀더 높은 곳에서 내려다 본 현재의 '조감도'라 할 수 있다.

마르크스, 토마 피케티와 더불어 2050년 쯤이면 전통적인 산업 부문을 관리하고 운영하는데 전체 성인 인구의 5%만 필요할 것이라는 제러미 레프킨의 『노동의 종말』까지 덧붙인다면 「퇴근」의 90% 실업률은 가상이 아니라 무시무시한 진짜 현실이 될 수 있다. 그저 일상에 널린 기계들, 하이패스, 세콤, 현금 인출기 등은 점점 '인간의 노동'을 소멸 혹은 해방시키고 있는 것들이 아닌가. 그러니 토마 피케티가 『21세기 자본』에서 강조한 중요한 결론, "부의 분배와 역사는 언제나 매우 정치적인 것이었으며, 순전히 경제적인 메커니즘으로 환원될 수 없다. 부평등의 역사는 관련되는 모든 행위자가 함께 만든 합작품이다"라고 했던 그 '인간 주체'는 불평등의 역사에 대한 통찰과 함께 다시 회복되어야 한다.

울지마, 인조엄마

윤이형, 「대니」(아시아, 2015)

    윤이형의 SF적 상상력은 욕망의 투영이기도 하고, 현실에 대한 절망이자 위로이며 격려이다. 자연은 주어진 그대로 완전한 게 아니라 결핍과 불완전을 내장한 '욕망'의 매개이므로, 작가는 '거짓말'과 '환상'의 픽션에서 백일몽을 펼쳐놓기도 한다. 윤이형이 「대니」에서 문제삼는 '자연'이란 '엄마'라는 보편적 존재인 동시에 한편 21세기 한국 엄마들의 '현실'이기도 하다.

    「대니」의 화자는 72살의 할머니이다. 올드타운에서 혼자 사는 그녀는 유유자적 시장을 구경하고 산책을 하고 바자회에 다니고, 노인복지센터에서 마련해준 일을 소일거리 삼아 하면서 살아왔으나, 복직해야 하는 딸의 청을 거절하지 못하고 6개월 된 아기를 맡게 된다. 아이를 보는 일은 엄마와 마찬가지로 할머니에게도 행복한, 고역이다. 그녀에게 손주는 "밤새 쌓인 첫 눈" 같고, "세상에 하나 뿐인 보석

들만 모아 정성껏 세공해서 만든 귀한 그릇" 같이 예쁘지만, 그 아이를 돌보는 일은 "그 빛나는 그릇에 매일같이 담기는 타는 듯이 뜨겁고 검은 약을 남기지 않고 받아마시는 것"과 같은 일이다.

그녀는 새벽 6시부터 자정까지 종일 서서 생각할 겨를도 없이 반사적으로 몸을 움직여야 하고, 혼자 만의 시간은 엄두도 낼 수 없을 뿐 아니라, 때로 "돌고래처럼 악을 쓰고 발을 구르고" 아이를 감당해 한다. 그런 전쟁같은 시간으로 인해 그녀는 자신이 "그저 기름 약간 거죽 약간을 발라 놓은 뼈 무더기"와 같은 기계로 전락했음을 깨닫는다. "나는 기계가 아니다" "차라리 기계라면 좋겠다"라는 그녀의 절규는 돌보미형 로봇인 안드로이드 베이비시터(AB)를 호출한다.

일명 '대니'라 불리는 스물 네 살의 돌보미형 로봇은 스물 네 살의 건장한 청년으로, 마흔 두 명의 아이들과 교사 여덟 명이 목숨을 잃은 킨더가든 참사로 탄생한 것으로 설정된다. 국가는 대책위원회를 꾸려 미국에서 만들어진 이 로봇을 개조해 50개의 가정에 시범적으로 제공한다. 기계로 된 뇌와 튼튼한 팔다리를 가진 예쁘장한 청년 '대니'는 인간처럼 지치거나 짜증을 느끼거나 침울해하지 않을 뿐 아니라, 아이의 요구를 정확히 파악하여 대처하도록 설계되어 있다. 무엇보다 '대니'는 사람이라면 누구나 지닌 '불안정한 감정'이 없어 아이에게 절대적 안정과 돌봄을 제공할 수 있는 '완전한 엄마'가 될 수 있다.

「대니」는 물론 '엄마'의 '완전체'에 대한 일종의 판타지로서 한편,

'엄마'라는 존재와 이를 대신하는 우리 시대의 '할머니'에 대한 작가의 실존적 성찰을 보여준다. 튼튼한 육체와 지치지 않는 마음을 가진 '대니'란 다름 아닌 모든 엄마들의 이름이다. '엄마'는 24시간 전적으로 아이를 위해 존재하지만, 그 '엄마'는 '엄마' 이외의 존재를 기억하고 있는 인간이기도 하다. 관계맺기에 서툰 '나'는 타인과 단절된 채, 하고 싶은 말이 있으면 "화, 목 토요일에 음식물 쓰레기와 함께 배출"하며 살아간다. 또한 '나'는 집이 비는 주말이면 소주를 마시며 "혼자만의 시간도 주기적으로 넣어줘야한다"며 사람이라는 더 높은 존재로의 회복을 꿈꾼다. 사람이 아닌 '기계인간'으로서의 엄마는 일종의 '아이'에게 봉쇄된 수도원에 갇힌 수녀인 셈이다. 이렇듯 고된 노동과 고독에 짓눌린 '나'에게 '대니'와의 만남은 '사람'으로의 회복을 의미한다. 놀이터에서 처음 만난 대니가 '나'에게 건넨 말은 '아름다워'이다. '나'에게서 노동하는 기계 이상의 것을 읽어낸 '대니'에게 이끌려 '나'는 그와 친구가 되고, 대니의 젊음과 유능함을 통해 '나'는 위안을 얻는다. 결정적으로 딸과 사위가 태국 여행을 떠난 동안 손자가 입원하여 속수무책일 때, 대니는 이런 '나'를 돌보기도 한다. 함께 장을 보기도 하고, 아이들을 돌보면서 대니는 '함께 사는 집'을 꿈꾸고, 천만원이 있으면 집을 빌릴 수 있다는 '나'의 말에 대니는 사람들에게 돈을 빌리기 시작한다. 그러나 이 기계의 '발칙한 꿈'은 결국 경찰에 의해 체포됨으로써 폐기되고 만다. 물론, '대니'도 그 꿈과 함께 폐기처분된다.

소외된 엄마들의 연대와 '인조엄마'의 판타지는 이렇게 파국을 맞지만, 이것이 곧 기계엄마의 가능성에 대한 실패를 의미하는 것은 아니다. 「대니」의 SF적 상상력은 기계엄마의 불가능성이 아닌, 기계와 다름없이 살아가는 모든 엄마들과 할머니에게 보내는 위로이자 격려이다. 그 위로와 격려는 대니가 처음 '나'에게 건넨 '아름다워'라는 말에 담겨 있다. 이 아름다움의 수사는 "행복한 순간에도 견딜 때가 있었고, 견디는 순간에도 맛있는 음식을 먹는 것 같은 표정일 때가 있어요"라는 대니의 말처럼, 인간이라는 한계를 지녔으나 '엄마'라는 이름으로 끊임없이 그 한계를 넘어서야 하는 모든 엄마들에게 보내는 찬사인 것이다.

꽃을 해부하다

부희령, 「꽃」(아시아, 2014)

부희령의 「꽃」은 여성 성애에 대한 일종의 보고서이다. '보고서'라는 의미는 일체의 낭만적 시선이나 욕망의 투사를 배제하고 있다는 뜻이다. 부희령의 「꽃」은 한국문학에서 일찍이 보지 못했던 성에 대한 대담한 노출, 외설적인 장면들을 담고 있지만, 이 낯뜨거운 문장들은 에로티시즘이나 성적 환타지와 전혀 무관하다. 오히려 그것은 일체의 낭만적 환상을 찢어내는, 냉정한 해부학자의 메스를 연상케 한다. 이 해부학자의 메스 앞에서 여성의 성기는 한낱 더럽고 퀴퀴한 냄새를 풍기는 '구멍'에 불과하다. 부희령은 이 '구멍'을 '꽃'이라는 수사와 대비시키면서 이 날것의 리얼리티를 극단적으로 보여주는 동시에 여성 성억압의 기원, 즉 한국사회에 뿌리깊은 '남존여비'의 사회적 풍속을 함께 드러낸다.

이 소설은 화자이자 주인공인 '나'의 의문으로부터 출발한다. 드라마의 한 장면에서 한 여자가 "그래서 너는 그 애에게 네 꽃을 바쳤니?"라고 말하는 장면을 보고, '나'는 "여성의 성기를 왜 꽃에 비유하는 것일까?"라는 의문을 품는다. 성기와 섹슈얼리티의 생물학적 진상을 은폐하는 사회적 은유, 즉 '꽃'에 대한 해부는 이렇게 시작된다. 이 소설에서 주인공이 성에 눈뜨고 성에 탐닉하는 과정은 차라리 이 '꽃'이라는 화려한 수사를 배반하는 '아이러니'적 각성의 순간들이라고 할 수 있다.

주인공은 사춘기 시절 손거울로 자신의 성기를 들여다본다. 그녀는 자신의 성기가 꽃과는 아무런 상관이 없으며, 차라리 정육점의 고깃덩어리들과 흡사한 "기이한 열기와 뻔뻔스러운 광기까지 품고 있는" 육체의 일부에 불과하다는 것을 깨닫게 된다. 그녀는 이후 주위의 여자들을 보면서 그들의 치마 속에 존재하는 기괴한 구멍들을 떠올리곤 한다. 그리고 주인공은 서서히 성애에 눈뜨는 과정에서 자신의 성기를 애무하는 행위를 하다가 동생에게 발각된다. 동생의 "엄마한테 이를 거야"라는 말을 듣고 '나'는 그러한 행동을 그만두게 되는데, 이 대목에는 어린 여성이 흔히 갖게 되는 '성의 억압과 죄의식과 자위에 대한 금기'가 고스란히 투영되어 있다. 주인공이 성에 눈뜸과 동시에 갖게 되는 죄의식은 "난 아빠가 술집 여자랑 뽀뽀하는 것 봤다"라고 말하는 동생의 귓속말과 함께 놓이면서 이를 더욱 증폭시킨다. 어린 여자의 성애는 아버지가 엄마 아닌 다른 여인과 통정하는 것과 등가관계에 놓인 엄청난 '비밀'이며 어둠의 진실인 것이다.

그 뒤 '나'는 사춘기를 거쳐 아이에서 여성으로 변모하는데, 이 변화 속에서 감정적, 육체적 혼란과 통증을 느낀다. '성장통'이라고 간단히 치부할 수 없는, 이 '죄의식과 두려움, 초조함'으로 범벅된 순간들을 작가 부희령은 섬세하고 핍진한 문체로 그려놓는다. 사춘기 무렵 어느날 '나'는 아버지의 땀냄새에 이끌려 그 곁에 누웠다가 아버지로부터 "넌 여기서 뭐 하는 거야?"라는 짜증스러운 목소리와 함께 밀쳐지고 만다. '나'는 어지럼증을 느끼며 일어나 골목길로 나가 시멘트 담벼락에 손등을 긁으며 걸어간다.

손등이 까져 쓰리고 아팠다. 여자애는 텅 빈 골목길을 자꾸자꾸 걸었다. 더 이상 아픔을 참을 수 없었을 때 여자애는 걸음을 멈추고 쓰린 손등을 혀로 핥았다. 시멘트 가루 냄새와 피비린내가 콧속을 파고 들었고, 울컥 올라오는 구역질과 함께 여자애는 뱃속에 든 것을 게워냈다. 뜨거운 담벼락을 붙들고 토악질을 하는 여자애의 눈앞에 어둡고 텅 빈 구멍이 어른거렸다.

위의 인용문은 신체적으로 아이에서 여성으로 바뀌는 순간, 또는 정신분석학적으로 엘렉트라 콤플렉스를 넘는 순간에 대한 서정적 묘파라고 할 수 있다. 아버지, 혹은 페니스를 갈망하는 딸의 절망과 체념, 금기의 수용과 성적 성장을 작가는 저렇듯 예민하게 포착하여 시적으로 그려놓고 있는 것이다.

「꽃」은 이렇듯 '성기'를 둘러싼 몸의 생리를 냉정하게 그리고 있을 뿐 아니라, 사춘기 소녀의 감성과 성애와 관련한 심리를 해부하듯 치밀하게 파헤쳐놓고 있다. 가령, 강간당할 뻔했던 경험에 대해 "아주 짧은 순간이었지만, 소녀는 죽음의 공포를 느꼈다. 그리고 강간이 단지 억지로 성관계를 맺는 정도의 사건이 아니라는 사실을 깨달았다. 강간은 무참하게 얻어맞은 끝에, 한 사람, 하나의 인격체는 사라지고, 그저 하나의 구멍만 존재하게 되는 일이었다." 혹은 주인공이 처음 남자의 성기를 보았을 때의 반응, "남자의 눈빛은 낯선 열기로 흐려져 있었으나, 한편으로 자랑스러움을 내보이며 반짝이고 있었기 때문이다." 등등. 그리고 이 성애학에 대한 보고서의 하이라이트라 자 '성관계란 무엇인가'라는 근원적 질문을 불러오는 섹스의 장면에 이르기까지.

주인공은 첫 섹스에 대한 분홍빛 환상을 품고 남자친구와 섬에 간다. 그러나 섬의 한 가게 뒷방에서 치른 첫 관계에서 섹스에 관한 환상이 모조리 깨져버리고 만다. '사람들의 말소리와 술주정 소리가 끊임없이 들려오는' 뒷방에서 남자친구의 손길은 폭력처럼 변하고, '나'는 불안과 두려움으로 식은땀을 흘린다. 정사를 치른 뒤 남자가 남긴 "더러워"라는 말은 곧 이 환멸에 대한 정직한 고백인 셈이다. 그 뒤 주인공은 다른 남자들과의 섹스를 통해 라깡이 말한 '성관계의 불가능성'을 깨닫게 된다. 섹스가 끝난 뒤, 여자가 남자에게 묻는다. 왜 날 좋아하는지? 남자는 여자가 자기를 좋아해주기 때문이라고 말한다. 여자는 동일한 이유로 자신이 남자를 좋아한다는 것을 깨닫는다. 즉, 이들이 생각하는 상대방의 애정이란 라깡식으로 말하자면 언제나 어긋나는 성관계를 은폐하는 '환상'인 셈이다. 완전한 만남이란 불가능하다는 라깡의 고찰을 부희령은 섹스 과정에서 주체와 타자가 사라지고 '구멍'만 남은 순간으로 이렇게 재현하고 있다.

남자의 성기가 여자의 몸 안으로 들어온다. 오래된 상처의 딱지를 떼어내는 순간의 짜릿한 아픔 같기도 하고 쾌감 같기도 한 감각이 여자를 휘감는다. 여자는 눈을 감는다. 여자와 남자는 이제 한 몸이 되었으나, 서로 아주 먼 곳을 향해 멀어져가고 있다.

부희령은 섹스의 거친 몸짓이 결국 멀리 달아나는 상대를 "내가 잡을 수 있다고, 내가 너를 잡을 수 있다고, (…중략…) 아늑하고 부드럽고 따뜻한 구멍 속으로 우리 둘이, 우리 둘만이 빠져들어가, 나의 갈고리가 되어 너를 잡아 당기고, 너는 내가 되고, 마침내 세상은 저 빛 속으로 사라지고, 우리는 하나의 꽃으로 활짝 피어날 것이라고" 믿고자 하는 처절한 몸부림임을 애도하고 있는 것이다.

「꽃」이 보여주는 섹스에 대한 슬픈 임상학에는 한국 여성, 혹은 여성에 대한 사회학적 고찰이 포함되어 있다. 이 작품에서 '나'는 딸만 내리 낳은 집의 '넷째 딸'로 태어나 축복이 아닌 '통곡'으로 시작된 삶을 산다. '나'의 죄의식, 열등감, 자기 모멸에는 여성 비하의 전통이 작동하고 있는 것이다. 그러한 사회적 통념이 여성이 페니스를 선망하고 여성의 성을 어둠으로 스스로 몰아넣게 했다는 사실을 작가 부희령은 놓치지 않고 있는 것이다.

러브레터를 쓰는 학자

송하춘, 「마적을 꿈꾸다-김유정 평설」(『현대문학』, 2013. 2)

송하춘의 단편 「마적을 꿈꾸다」는 부제 '김유정 평설'에서 짐작할 수 있듯, 소설로 쓴 김유정 약전이자 소설평이다. 작가 송하춘은 작고한 김유정과 그의 작품 속 인물들을 자신의 소설에 등장시켜 그들을 살아 움직이게 하고 그들과 대화를 나누고 그들을 새롭게 조명한다. 하여 단편 「마적을 꿈꾸다」의 작가 김유정 생애의 전기적 사실과 '가상'이 섞여 있는데, 그 전체적 줄거리는 다음과 같다.

시간적 배경은 김유정이 죽기 한두 해 전, 서울에서 글을 쓰고 있는 김유정은 청계천변을 산보삼아 걷다가 고향 실레마을의 '점순이'를 우연히 만나게 된다. 빨래를 하던 점순은 소설을 쓰는 유정에게 여적지 '그깟 연애편지'나 쓰느냐고, 한눈 팔다가 꿈꾸던 '마적'이나 되겠냐고 놀린다. 점순의 말에 화가 난 유정은 집으로 돌아오면서 그간의 일들을 되짚는다. 돈의동 소리꾼 기생에게 보냈던 숱한 연애편지, 병이 깊어져 고향 실레마을로 내려갔던 일, 거기서 만난 점순과 실레마을 사람들, 그리고 다시 서울에 와서 통인동 여학생에게 연애편지를 보냈던 일 등등. 유정은 이 성찰의 과정에서 '점순'으로 대변되는 실레마을 사람들이 그가 꿈꾸던 '마적'이었다는 사실을 깨닫게 된다. 그 후 유정은 혜화동 골목에서 다시 우연히 점순을 만나게 되는데 그녀로부터 소설에 대한 냉정한 비평을 듣게 된다. '소설'과 '편지'를 동일시하고 있는 점순이 말인즉슨, 실레말 사람들에게 보낸 '편지'는 잘 썼고 서울 사람들에게 보낸 '편지'는 안 좋다는 것이다. 점순의 소설 감식안에 놀란 유정은 그날 점순과 헤어지지만 다시는 그녀를 만나지 못한다. 병이 깊어진 유정은 '백마 탄 점순, 동백꽃 틈에 파묻힌 점순'을 꿈꾸면서 숨을 거두고 만 것이다.

위 줄거리를 통해 우리는 이 단편을 '김유정이 작품 「동백꽃」의 '점순'을 만나 가상의 이야기를 나누다' 정도로 이해할 수 있으나, 이들의 대화에 깃든 작가의 시선을 좀더 잘 이해하기 위해서는 김유정에 대한 약간의 전기적 사실들을 알 필요가 있다. 주지하다시피 30년대 한국문단에 「봄봄」, 「동백꽃」으로 대변되는 이채로운 소설세계를 남긴 작가 김유정은 2년 남짓한 짧은 기간에 31편의 단편소설과 20여 편의 수필, 그리고 2편의 번역소설을 남겼다. 1908년 천석꾼의 집안에서 팔남매 중 일곱째로 태어난 김유정은 예닐곱에 부모님을 여의고, 누이들의 애정으로 커나간다. 이 과정에서 유정은 심하게 말을 더듬어 눌언교정서에 다니기도 했는데, 이러한 열등감이 '글쓰기'

에 대한 열망으로 전화되었다고 볼 수 있다. 부모님이 돌아가신 뒤, 형 유근이 가산을 탕진하여 유정의 집은 몰락하게 되고, 유정은 휘문고보 시절부터 치질, 늑막염 등을 앓아 병고에 시달리게 된다.

한편, 휘문고보 졸업 무렵 유정은 목욕탕에서 나오는 명창 박록주를 보고 한눈에 사랑에 빠지게 된다. 4살이나 연상이던 박록주에게 유정은 연애편지를 쓰고 혈서를 써서 보내기도 하는 등의 병적인 구애를 하지만 끝내 외면당하고 만다. 박록주에게 실연당한 후 유정은 1930년 고향인 강원도 춘천 실레마을로 가는데, 거기서 그는 '작가 김유정'을 있게 한 '가난하고 순박하고 본능적인' 농촌사람들과 들병이를 만나게 된다. 고향 금병산의 자연 속에서 그는 「동백꽃」의 '점순이'들과 아내의 몸을 팔아 노름을 하는 「소낙비」의 '춘호'들, 남편과 아이를 위해 몸을 파는 '조선의 집시' 들병이들, 「금따는 콩밭」의 '영식이'들과 어울리면서 서울의 논리와 윤리, 셈속을 떨쳐내고 근대적 병명을 단 육체적 고통조차 잊는다. 그러나 1933년 다시 서울로 상경한 유정은 폐결핵 진단을 받게 되고, 구원처럼 글쓰기에 매달린다. 그리고 자신의 글이 게재된 잡지에서 시인 박용철의 여동생 박봉자의 글을 읽고 그녀를 사모하게 된 유정은 또다시 열렬한 연애편지를 쓴다. 그러나 박봉자는 평론가 김환태와 결혼하게 되고 더욱더 절망에 빠진 김유정은 비참한 생활을 하다가 결국 37년 3월 29일 29세의 나이로 생을 마감하게 된다.

「마적을 꿈꾸다」의 '가상의 유정'은 위의 김유정의 연대기 중에서 마지막 시간에서 불려온 유정이다. 그러나 작가 송하춘은 죽음에 임박한 유정의 고통스러운 운명에 초점을 맞추고 있지는 않다. 작가 송하춘이 이 단편에서 '김유정'을 소환하고 있는 동력은 크게 두 가지이다. 하나는 제목 '마적을 꿈꾸다'가 함축하고 있듯, 김유정의 소설세계가 지니고 있는 '무법적' '탈근대적' 원시성에 대한 그리움이다. 유정은 '장차 뭘 하려느냐'는 점순의 질문에 '마적이나 할까'고 답하는데, 훗날 그가 꿈꾸던 '마적'의 세상이란 '만주벌판'이 아니라 바로 자신의 고향 실레마을이었음을 깨닫게 된다.

그동안 서울서 나고 자란 나에게 처음 가본 실레말은 딴 세상이었다. 노루랑, 멧돼지랑, 다람쥐랑, 산토끼처럼, 실레말 사람들이 거기 방생되어 살고 있는 것이다. 남의 눈치 살피지 않고, 각자 욕망을 발산하며 거기 산짐승처럼 흩어져 사는 모습들이 물고기처럼, 혹은 들짐승처럼 자유로웠다. 시골 아낙들이 뿜어내는 거침없는 시기와, 질투와, 사랑과 욕망과, 그것들은 서울서는 못 보던 마적들이었다.

위 인용문의 '마적'이란 일제식민지 치하의 독립투사와는 무관한, 그리스 로마 신화의 신들과 유사한 그러한 형상이라 할 수 있다. 노름을 위해 아내에게 몸을 팔기를 종용하고, 아무런 죄의식 없이 유부녀를 취하고, 병든 남편을 위해 기꺼이 헐값에 몸을 내주는 들병이들의 세계란 근대인의 상식으로서는 도저히 납득할 수 없는 '마적'의 세계이기 때문이다. 그 '딴세상'에서 그들은 '먹고 마시고 시기하고 질투하고 욕망하고 탐진'하지만, 근대인의 법질서에서 새겨진 죄의식과 불행의식에 결코 짓눌리는 법이 없다. 「마적을 꿈꾸다」에서 보여주는 유정에 대한 각별한 애정은 곧 이 낭만적인 세계에 대한 작가 송하춘의 열망, 즉 '서울의 빌딩 속에 갇힌' 초라한 지식인의 로맨티시즘에서 비롯된 것이라 볼 수 있다.

이 작품에서 '점순이'의 김유정 소설에 대한 평가, 즉 「정조」를 비롯한 서울 이야기보다 「동백꽃」으로 대변되는 실레마을 이야기가 훨씬 더 낫다는 비평도 (대체적인 김유정 소설에 대한 평가이기도 하지만) 위의 로맨티시즘과 잇닿아 있다. 또 한 가지 눈여겨 보아야 할 것은 연구자 송하춘에 의해 강조되고 있는 '연애편지적 글쓰기', 즉 김유정의 '문학관'이라고 할 수 있다. 이 작품에서 점순이 '편지'와 '소설'을 혼동하거나 동일시하는 것은 작가 송하춘의 치밀한 의도에 의해서이다. 김유정은 수필 「病床의 생각」에서 "내가 당신에게 편지를 쓰든 그 동기를 따져 보면 내가 작품을 쓸 때의 그 동기와 조금도 다름이 없습니다. 만일 그때 그 편지를 안 썼더라면 혹은 작품 하나를 더 갖게 되었을지도 모릅니다"라고 밝힌 바 있다. 유정은 소설이 곧 연애편지와 다르지 않다고 보고 있는데, 그 공통된 본질이 '사랑'이라고 보고 있기 때문이다.

이러한 유정의 문학관을 작품에 저렇듯 긴밀히 새겨넣은 것은 그것이 곧 작가 송하춘의 소설론이기도 하기 때문이다. 소설가 송하춘

은 자신의 소설이 '어떤 대상'에 대한 에로스에서 출발한 연애편지
이고 동시에 소통에 대한 열망이어야 한다고 믿고 있을 뿐 아니라,
그 에로스를 바탕으로 「마적을 꿈꾸다」를 통해 화석화된 '김유정'의
형상에 호흡을 불어넣고 있다. 자신의 조각상을 사랑한 피그말리온,
「마적을 꿈꾸다」는 서재에서 김유정에 골몰하고 있는 학자의 연애
편지이자, 그가 살려낸 '김유정'과 아름답게 조우하고 있는 창작자의
한 초상화라 할 수 있다.

서부극 연가

오한기, 「나의 클린트 이스트우드」(아시아, 2014)

오한기의 「나의 클린트 이스트우드」는 클린트 이스트우드에 대한 오마주이자 서부극 연가이다. 주지하다시피 클린트 이스트우드는 마카로니 웨스턴이라 불리는 '황야의 무법자'의 그 멋진 건맨이자 일련의 작가주의 영화로 아카데미 상을 수상한 감독이다. 「나의 클린트 이스트우드」는 주름진 눈에 시가를 잘근잘근 씹으며 권총 한 자루로 무법천지를 평정한 서부극의 '총잡이' 클린트 이스트우드와 한편 할리우드라는 자본주의 시스템에서 속박당하면서도 〈그랜토리노〉 같은 고전적 영웅주의 영화를 연출한 집념의 감독, 더불어 공화당원으로 보수적 정의감과 마초적 강인함으로 무장한 채 고집스럽게 늙어가고 있는 실제 클린트 이스트우드를 동시에 보여주고 있다. 문제적 인물 '클린트 이스트우드'의 매력은 서부극에서 연출된 '영웅'과 그의 실제 삶의 이력이 겹쳐지고 있는 지점에서 발생한다고 볼 수 있으며, 오한기의 소설 또한 이 지점을 포착하고 있다.

그렇다면 왜 클린트 이스트우드인가? 소설의 주인공은 시나리오 작가 지망생으로 암에 걸려 요양원에 입원한 숙부를 대신하여 펜션과 낚시터를 관리하고 있다. '나'는 고독을 벗삼아 시나리오를 써대지만 공모전에서는 연달아 떨어지고 영화잡지 기자 친구로부터는 '서사가 너무 단순하다', '과거에 붙잡혀 있다'는 등의 비아냥을 듣는다. '찰스 브론슨' '알 파치노'와 같은 '진정한 남자'를 흠모하지만 실제로 자신은 우디 앨런 같이 "몸은 빼빼 말랐고 눈은 지독히 나빴으며 할 줄 아는 건 수다뿐"인 나약한 남자에 가깝다고 생각한다. 그러던 어느 날 클린트 이스트우드가 펜션을 찾아온다. 고전적 서사에 집착하는 '나'에게 클린트 이스트우드는 약자를 위해 타락한 공권력과 싸우고 악당을 처단한 영웅, 그리고 실제에서도 위대한 감독이자 모범적인 공화당원으로 총기 소지를 반대하는 감독 마이클 무어 따위는 "만약 당신이 우리 집 현관에 카메라를 들고 나타난다면 난 당신을 죽이겠다, 진심이다"라며 한방에 보내버리는 '최고의 남자'이다. 그러나 펜션에 들어선 클린트 이스트우드는 이러한 영웅적 면모와는 무관한 퇴락한 노인일 뿐이다. 카우보이 모자에 낡은 권총을 차고 나타난 이 비현실적인 인물은 구부정한 허리에 온몸에 주름이 가득한 볼품없는 노인, 제작자와 다투고 한국으로 숨어든 도망자, 숙박비가 없어 돈이나 훔치는 좀도둑, 과거의 향수에 젖은 수다쟁이와 허풍쟁이, 젊은 창녀의 몸을 탐하고 여자나 폭행하는 치졸한 인간에 불과했던 것이다.

클린트 이스트우드의 실체에 실망한 주인공은 영화와 현실의 간극을 깨닫는다. 연극이 환상임을 끊임없이 각인시키는 브레히트의 소격효과를 원망하며 "영화가 환상이 아니라면 대체 무엇이란 말인가"라며 한탄해마지 않는 '나'는 영웅 클린트 이스트우드가 아니라 실제 인물이 발 딛고 있는 할리우드라는 강고한 자본주의 시스템, 그리고 그곳에서의 지난한 여정, 그리고 서부극의 종말에 대해 생각한다. 퇴물 총잡이를 형상화한 〈용서받지 못한 자〉로 영웅주의 실체를 고발한 클린트 이스트우는 아카데미감독상과 작품상을 수상했고 이후에도 〈그랜토리노〉 같은 수작을 만들었지만 영화들은 돈벌이가 되지 못했고 퇴물이 되어 쇠락해가고 잊혀져가고 있을 뿐이다. 이 망가진 영웅의 실체와 영화를 오가며 갈팡질팡하던 주인공은 클린트 이스트우드가 떠나고 숙부가 죽자 펜션을 처분하고 미국 텍사스로 날아간다.

사람들은 서부극의 종말을 이야기하지만, '나'에게 서부극은 여전히 유효한, 아니 '그래야만 한다.' "서부극은 사라지지 않았다. 서부개척시대와 베트남 전쟁, 자본주의와 냉전체제, 마르크스와 나치와 무솔리니까지 서부극은 당시 현실과 맥락이 닿아 있고 그 정신은 현재까지 유효했다. 내 생각엔 우리가 오히려 아무 맥락 없이, 혹은 너무나 많은 맥락에 닿아 최면에 걸린 것처럼 비틀거릴 뿐이었다."

'영웅'을 입증할 만한 분명한 선과 악, 직접적인 고통과 화끈한 응징, 그리고 끝없는 사막을 그리워하며 '나'는 비루한 현실에서 벗어나 서부극의 본고장인 텍사스와 리오그란데강으로 향한 것이다. '올드 텍사스'라는 펍에 한번 들르라는 클린트 이스트우드의 말을 무슨 희망처럼 가슴에 안고 '진짜 서부극'을 만나기 위해 거리를 헤매지만 펍은 오간데 없고, 리오그란데강에는 급류타기를 하러 온 관광객들과 특산품을 팔고 있는 메스티소 인디언이 들끓고 있을 뿐이다. 콘크리트로 메워진 사막, 친절한 현지인, 경찰들의 빈틈없는 치안, 합법적인 매춘, 그리고 온통 호텔과 카지노와 클럽뿐인 시내에서 절망한 주인공은 클린트 이스트우드를 찾아헤맨다. 결국 '올드 텍사스'가 '블루 씨'라는 클럽으로 바뀌었다는 이야기를 듣고 그곳을 찾아간 주인공은 흑인과 실랑이를 하게 되고, 육탄전을 벌릴 찰나 클린트 이스트우드가 나타난다. 흑인의 관자놀이에 총을 겨누고 "이봐, 애송이. 그 손 놓게. 내 친구라네."라며 활짝 웃는 클린트 이스트우드. '어때? 여기가 텍사스야'라는 듯한 그의 표정은 결국 서부극 종말에 대한 완전한 승인을 의미한다. "아름다운 여자로 인해 갈등이 생기고 영웅이 나타난 악인을 처단한다"라는 시나리오는 '블루 씨'라는 막막하고 지저분한 술집에서의 코미디보다 못한 해프닝이 벌어지는 현실로 추락하면서 주인공이 품은 서부극에 대한 환상은 완전히 막을 내리게 되는 것이다.

오한기의 이 단편은 서부극에서 총잡이로 종횡무진했던 클린트 이스트우드, 그리고 영화의 그 총잡이와 다르지 않은 강인한 투지로 할리우드와 미로와 같은 현실에서 고군분투하고 있는, 그러나 패배

할 수밖에 없는 클린트 이스트우드에 대한 헌사이자 애도이다. 또한 철저한 자본시스템에 복속된 헐리우드와 텍사스라는 우리 시대의 서부극, 우디 알렌의 포스트모더니즘에 대한 절망, 공화당이라는 새로운 악당으로 변한 클린트 이스트우드에 대한 착종된 오마주이기도 하다. 한 가지 덧붙이자면 이 작품은 서부극이라는 낭만적 서사에 대한 그리움을 내세우고 있지만, 한편에서는 이에 대한 체념과 자조적인 조롱을 함께 품고 있다. 그리고 이것은 더 이상 화끈한 드라마를 만들어내지 못하는 문학과 현실에 대한 비가이기도 하다.

'인종 갈등과 베트남전처럼' 더 이상 명확한 적의 실체가 보이지 않는 이 교묘한 현실에서 작가라는 건맨은 어디에다 멋지게 한바탕 총을 쏘아댈 수 있단 말인가. 오한기의 이 슬픈 농담은 정의를 찾아 헤매는 현실의 투사들에게, 그리고 멋진 이야기를 찾아 방황하는 작가들에게 오래 공명하리라.

괴물이 되어버린 서사,
진실이 되어버린 허구

최인석, 『투기꾼들을 위한 멤버십 트레이닝』(실천문학사, 2013)

최인석의 『투기꾼들을 위한 멤버십 트레이닝』은 실험적인 소설이다. 딱히 이렇다 할 만한 서사도 없고, 감정이입할 만한 주인물도 없으며 긴밀한 플롯도, 특정한 화자도, 일관된 시점도 없다. 물론 대강의 이야기는 있다. 영화 〈투기꾼들〉에 관련된 사람들 — 감독, 투자자, 투자회사 직원, 평론가, 배우들—이 펜션에 모여 술 마시고, 잡담을 나누며 포커를 치는 것. 그러나 서사는 이 대강을 중심으로 파열한다. 이야기는 펜션의 회합 장소에서 벌어지는 일들과 이곳에 모인 인물들에 대한 인터뷰로 갈라지고, 다시 '지금-이곳'에 대한 묘사는 무수한 잡담과 요설로 파편화되고, 서사적 시간은 시작-중간-끝이 아니라 '시작'으로 끝나며, 장소 또한 펜션 〈구름다리〉의 건물이 종국에는 사라지고, 펜션에 모인 진짜 사람들의 이야기조차 나중에는 '가짜'로 바뀐다. 이 소설에 진입하자마자 독자들은 우선 끝없는 여담에서 길을 잃을 것이고, 소설 속 이야기가 진짜인지 영화인지에 의혹을 품을 것이며, 진짜라고 믿었던 한 줌의 그마저도 배반당할 것이며, 종국에는 거꾸러진 시간 속에서 거꾸러지고 '안개'에 갇혀버릴 것이다. 닿기도 전에 형체를 잃고 부스러지는 이야기, 한 무더기의 잡동사니라고도 할 수 있는 이 뒤죽박죽의 서사 끝에, 뒤편에, 혹은 저 심연에라도 어떤 냉혹한 '진실' 내지는 '의미'가 있으리라 믿는 것은 작가의 전작에 대한 신뢰일 것이나, 이것 또한 근대적 '강박'이라면 그야말로 무시무시한 소설이라 할밖에.

소설에 대한 일반적인 기대지평을 허물어뜨리는 만큼, 이 소설은 독자의 능동성을 요구한다. '피로사회'에 지친 독자들을 위해 몇 가지 '능동'의 지침들을 적어둔다.

페이크 다큐멘터리(fake documentary)

펜션에 모인 영화 종사자들의 이야기는 극적인 소설 장치가 아니라 '사실의 나열'에 의해 리얼하게 펼쳐지는데, 이러한 다큐형식은 인터뷰와 함께 이야기의 '사실성'을 증폭시킨다. 이야기는 영화 〈투기꾼들〉의 관계자들―양주일 감독, 주기훈 조감독, CK 엔터테인먼트의 부장 구영서, 배우 박성근, 영화평론가 심연우가 투자자 김시헌의 펜션 『구름다리』에 도착하면서 시작되는데, 여기에 또 한 명의 투자자인 퇴역군인 한만수 장군과 여배우 임정아가 합류하게 된다. 이들 모임을 향한 작가의 눈은 마치 카메라처럼 '그대로 찍듯' 그들의 모습을 담아낸다. 먹고 마시고, 취하고, 노래하고, 노름을 하는 내내, 이들의 담화는 '실제'처럼 가닥없이 질주하고, 인물을 향한 '줌' 렌즈 또한 빠르게 전환된다. 가령 다음과 같은 혼돈 '덩어리'.

왜 안 와, 우리의 여자 주인공은? 한장군은 심심해지면 한번씩 투덜거렸다. 더 이상 대꾸하는 사람도 없었다. 중구난방으로 여기저기에서 얘기가 진행되고 있었다. 〈대부〉가 재미있다고? 내 영화보다 재밌어? 양감독님 영화만 빼고요. 당신이 영화를 보질 않으니까 그렇지. 돈 따려고 눈이 벌개져서 다른 건 돌아볼 생각도 않잖아. 거긴 골프하우스 편의 시설이 너무 낡았어. 투자를 하질 않는 모양이야. 내가 보기엔 아무 지장 없던데. 거기 음식이 음식이야, 어디? 된장찌개 하날 제대로 끓일 줄을 모르잖아. 우디 앨런이야 그냥 미국놈일 뿐이지. 아니, 뉴요커라고 해야 하나. 그놈 영화 좋다는 이 나라 연놈들 난 이해 못하겠어. 샤워 잘 나오고 물 시원하면 됐지, 뭐. 왜 거기 가서 된장찌개를 먹냐? 한 발자국 나오기만 하면 느티나무집 음식이 얼마나 맛깔스러운데. 거기 사장이 어디 빌딩 짓다가 상투를 잡았다던가. 속이 시원합니다, 감독님. 지들이 그런 영화 좋다고 떠들어대면 뉴요커 될 줄 아는 건지, 원. 코스가 아마튜어들에겐 너무 고약해. 그러니 돈 내기 골프 치기 딱 좋지, 이 양반아. 그 친구 영화, 말이 얼마나 많아. 미국판 김수현이라니까. 등장하자마자 모든 인물들이 떠들어대기 시작하는데, 이건 뭐, 정신이 하나도 없잖아. 영어 알아들으면 다행이지만, 알아듣지 못하는 이 나라 관객들은 자막 쳐다보기 바쁜데 영활 어떻게 온전히 보겠어. 그 영어 알아듣는 놈들이 몇이나 되겠어, 이 나라에? 우디 앨런이 지 시나리오 들고 우리나라 대형 투자 회사 찾아갔다고 가정해봐. CK라거나. 거기서 계약해줄 것 같아? 천만에. 1회용 커피믹스 한 잔 얻어먹고 고스란히 쫓겨나지. 떠들썩한 웃음소리, 웃음소리……. 비가 온다고 골프공이 안 나가? 시계 5미터 안개 속에서도 내가 골프를 친 사람이다. 왜? 그게 자랑이냐? 시나리오는 쓰레기통에 처박히고. 알았어. 다음 주엔 거기로 한번 가봅시다. 그 옆에 한양 컨트린가. 당신 거기 딱지도 있다면서? 딱지가 있으면 뭐 해? 부킹이 안 되는걸. 다 되는 수가 있어. 닭백숙집이 좋지, 거기. 아주 잘해줘. 식당 아줌마도 제법 미인이고. 거, 이마 좁다랗고 새초롬한 여자 말이지? 과부래. 서른에 과부가 됐다던가. 거 좋네. 이 사람 보게. 남 과부 됐다는데 당신이 뭐가 좋다는 거야? 그게 아니라……. 내 돈 내고 술 먹는 게 불법이야? 아니지? 내 돈 내고 내 차 사서 내 돈으로 기름 사서 몰고 다니는 게 불법이야? 아니죠. 음주도 합법이고 운전도 합법인데, 어째서 음주운전은 불법이야?

위의 장면에서 이야기는 '아직 오지 않는 여주인공'에서 골프하우스로, 우디앨런 영화로, 닭백숙집으로, 과부로, 끝없이 갈라지고 비약하면서 방향없이 전진한다. 말하는 사람이 누구인지, 끼어든 자가 누구인지, 누구의 웃음소리인지도 모른 채 뒤엉킨 말들의 향연을 내놓고 작가는 '이것이 현실'이라고 주장하고 있다. 다큐멘터리의 민주적인 이 '무'편집은 중요한 것과 사소한 것의 구분을, 주인물과 부인물의 차별을, 진담과 헛소리의 위계를 통째로 전복하고 있는 '사실'의 위력을 보여주는 듯하다. 그렇다면 이 다큐멘터리적 기록에는 '진실'만이 있는 것일까. 물론 그렇지 않다. 이 다큐적 소설에는 '노동면허법' 혹은 '청와대의 악어'와 같은 허구도 있고, 사실을 가장한 허구도 있다. 사실 속에 미만한 허구를 가장 적극적으로 드러내는 것은 여주인공 임정아의 존재이다. 아직 투자확정이 발표되지 않은 상태에서 배우 임정아에게 투자자들과의 만남은 일종의 '오디션'을 뜻한다. 하여, 임정아는 짙은 안개를 뚫고 반드시 펜션에 와야 했으며, 그 어떤 무대에서보다도 빛나는 연기를 해야 했던 것이다.

그녀는 배우로서 여기 왔다. 여기 와 있는 누구나 그녀를 배우로 보고 있었다. 그녀는 배우였다. 그러니 배우를 연기해야 하는 것이다. (…중략…) 연기 같지 않은데 연기인가. 연기 같은데 연기가 아닌가. 이런 때마다 그녀는 자신이 도마 위의 고기점처럼 조각조각 찢기고 해체되는 것 같았다. 자신이 사라져 버리면서 자신의 진실마저 종적이 묘연해지는 듯 여겨졌다. (…중략…) 아무리 사소하고 보잘것없는 진실이라 할지라도 그마저 남아나지 않았다면, 그렇다면 그녀는, 그녀의 연기는, 그녀의 삶이란 무엇인가. 찢기고 해체되었다는 것 역시 진실이라면 진실일 것이다. 그 존재를 부정할 수는 없을 것이다.

뒤늦게 도착한 임정아는 어디가 무대이고 무대 밖인지 모른 채, 이미 시작된 '공연'에 참가하여 서사의 줄기를 따라간다. 폭탄주와 포커로 이루어진 "인물들 사이의 관계"에서 즉각적으로 비롯되는 플롯들을 포착하는 것이 임정아가 맡은 역할이고, 또한 영화 〈투기꾼들〉의 내용이다. 소설은 영화 『투기꾼들』 관계자들이 모여 한바탕 노는 것으로 진행되는데, 이야기를 따라가다 보면 사실, 이것 자체가 영화임을 알 수 있다. 이를테면 얼마 전 상연된 영화 〈여배우들〉과 같은 일종의 페이크 다큐멘터리나 최근 유행인 리얼 버라이어티. 가짜 다큐, 〈여배우들〉이 그렇듯 〈투기꾼들〉은 진실을 가장한 허구이다. 물론 다큐멘터리인만큼 어떤 '진실'과 '핍진성'을 지향하고 있는데, 〈여배우들〉에서 그것이 프레임 밖 여배우의 '진짜 모습'이라면, 영화 〈투기꾼들〉은 영화계 혹은 예술계의 속물성의 실체일 것이다.

영화 종사자들이 모여 벌이는 하룻밤의 파티는 최인석이 『연애, 하는 날』에서 보여준 중산층의 욕망의 축도와 크게 다르지 않다. 양감독 영화를 지지하는 평론가이자 여교수 심연우는 양감독과 부적절한 관계임이 드러나고, CK 부장에게 추파를 던지는 배우 박성근은 '감독에게 비굴하고 대중에게 오만한' 스타 배우들의 뒤틀린 욕망과 열등감을, CK 엔터테인먼트 회사 부장 구영서는 이윤 기계에 불과한 제작사의 냉혹함을, 퇴역군인 한만수 장군은 군대사회의 부패를, 한

장군의 부인 안미순과 김시헌의 불륜은 불구적 가정의 현실을 드러
낸다.

이들이 모여서 쏟아내는 냉소와 풍자, 가령 노동면허법 기습 상
정과 음주단속에 대한 비판, 그리고 영화평론에 담긴 혁명적 비전은
'과부댁' 운운의 잡담과 '이번 달 결제액' 문자, 그리고 팬티 알아맞히
기 베팅과 권총을 내놓은 한 장군 등의 충격적인 행위와 함께 뒤범벅
되고 뭉개져버린다. 그러나 '우리' 모두가 그렇듯, 이 속물성과 난잡
함이 다는 아니다.

인터뷰

소설 속 영화의 인터뷰는 그런 의미에서 중요성을 띠는데, 표면
적인 천박함과 속물성 뒤편에 있는 인물의 내면과 진정성을 보여주
기 때문이다. 그 중 가장 많이 조명되고 스토리가 부여되는 인물은
구영서와 한만수이다. 대학에서 도서관학과 천문학을 공부한 구영
서는 별들을 바라보며 사는 게 꿈이었으나, 어려운 가정 형편 때문
에 CK 그룹에 입사, 실제 '스타'들에 둘러싸여 살게 된다. 그러나 그
녀는 남다르게 스타를 '돌' 보듯 하고 그러한 냉철함과 업무 능력 덕
분에 '부장직'까지 오른다. 그런 그녀에게도 낭만적인 시절은 있었다.
과거 남자친구인 정우석과의 로맨스. 그러나 정우석은 결혼 제도를

냉소하고 '세상의 끝'을 향해 외국으로 떠나버리고 만다. 그 후 구영서는 모나코 영화제에서 우연히 정우석을 만나게 되는데, 직접 제작한 단편영화로 영화제에 초청받은 그는 이미 스웨덴의 어린 여자와 결혼한 상태. 미련을 버리지 못한 구영서는 정우석을 찾아가 '세상의 끝'으로 가자고 우회적으로 말하지만, 그는 "거기가 어딘데? (…중략…) 찾아봐. 날이 갈수록 분명해질 거야. 지금 여긴 결코 아니라는 게."라며 그녀에게 등을 돌리고 만다.

두 번째 인물 한만수는 8년 전 대령으로 예편해서 현재 펜션 〈피엑스〉를 운영하며 살아간다. 호전적이고 유쾌하며, 무기력하고 천진하기까지 한 한 장군은 아내 안미순과 열 아홉일 때 결혼하여 1남2녀의 자녀를 두었으나, 아들을 군대에서 잃고 만다. 인터뷰는 한 장군이 평생을 바친 군대에서 비극적으로 죽은 아들 성구의 이야기에 초점이 맞춰진다.

시골 초등학교 소사의 집안에서 태어난 한만수는 군대에서 승승장구, 곧 스타로 진급하기 직전 군복무 중인 아들의 사망 소식을 듣는다. M16 두 발로 자살을 했다는 충격적인 사실을 전해 듣지만, 군을 잘 아는 한 장군은 아들의 죽음이 자살이 아니라 타살임을 직감한다. 그러나 'A사단의 안소장'으로 대표되는 군은 이를 자살로 조작하여 공식발표하고 분개한 한 장군은 A사단을 찾아간다. 한 장군은 실상은 '하극상'에 의한 타살이고, 이 죽음 뒤에 군대의 부패상이 있음을 간파하지만, 끝내 진실 규명을 포기하고 만다. 그는 자신이 군의 명예를 위해 과거 비슷한 죽음을 은폐했던 일을 떠올리고 자신 또한 공범에 불과하다는 것, 그리고 애초에 진실을 밝히는 일이 불가능하다는 것, 즉 안소장이 "백 번이라도 더 조사하겠다는 것은 백번이라도 더 은폐하겠다는 뜻"임을 깨닫는다.

구영서와 한만수의 서사는 왜 중요하게 다루어졌는가? 전혀 상관없는 두 이야기는 왜 같이 있는가? 이에 대해서는 두 개의 답이 가능하다. 굳이 공통점을 찾자면 모두 '스타'에 관한 이야기라는 것. 그들의 사연에 의하면, '스타'란 가짜이거나 허구이다. 펜션의 영화배우 박성근과 임정아에 의해 드러나는 '스타'의 실상이란 비루하고 졸렬할 뿐이고, 구영서가 '세상의 끝'이라 명명했던 별, 즉 낭만적 사랑 혹은 초월적인 삶이란 허구일 뿐이다. '세상의 끝'을 향해 질주했던 정우석은 히피차림으로 완강한 현실 속에 '들어앉은 채' 그녀에게 '지금-여기가 아닌 곳', '그런 곳'은 없다고 암묵적으로 말한다. 한 장군이 꿈꾸었던 세속적인 별, 즉 '장군'이란 부패할 대로 부패한 '군' 위에 군림하는 가짜 영예일 뿐이고 젊은이의 숱한 죽음을 딛고 선 '썩은 별'이었던 것으로 드러난다. 낭만적인 초월이든, 세속적인 성공이든 이 둘의 실패는 모두 진정한 '바깥은 없다'는 것을 증명한다.

이것은 앞서 배우 임정아를 통해 다음과 같이 작가가 토로하고 있는 '세계 내 존재', '세계 내 이야기'에 대한 변주이다.

인물도 이야기도 없는 연극이라는 것이 있을 수도 있을 것이다. 그러나 이야기가 없다는 주장 역시 하나의 이야기였고, 그 이야기를 전달하기 위해서 역시 인물이 필요했다. 인물이 필요없다고 선언하기 위해서 인물이 필요하고, 이야기가 필요없다고 주장하기 위해서 이야기가 필요했다. 그리고 인물은, 이야기는 어디에 있는가? 무대 밖에, 이 세계에 있었다.

이 세계로부터 벗어날 길은 없었다. 인물도 이야기도 그리고 이 세계로부터 벗어나고자 하는 욕망마저 이 세계 안에 존재했다. 만일 이 세계가 마음에 들지 않는다면, 그 세계를 부정하기 위해 세계를 필요로 하는 것이 연극이고 연기였다. 저 망할 놈의 세계. (…중략…) 세계가 만일 저 밖에만 존재한다면, 그것이 분명하다면 차라리 연기는 크게 어렵지 않을지도 모른다. 그러나 세계는 동시에 그녀의 내면에, 그녀의 생각과 욕망 가운데, 아아, 그녀의 가장 깊은 곳에, 꿈 속에, 가장 가느다란 혈관과 미세한 신경줄 속에, 그녀가 감히 들여다보려 시도해본 적조차 없는 영역에도, 그녀가 그 존재마저 의식할 수 없고 알 수도 없는 캄캄한 곳에 그 징그러운 뿌리를, 그 날카로운 촉수를 찌르고 있었다. 구별하고자 해도 자신과 세계는 더 이상 구별되지 않았다. 언제부터? 그마저 알 수 없었다. 그녀의 욕망은 세계의 욕망이었다. 그녀의 혐오는 세계의 혐오였다. 그녀의 절망과 희망, 그녀의 기쁨과 눈물, 그녀의 것에 그치지 않았다. 다 세계의 것이었다.

배우 임정아는 영화 〈투기꾼들〉의 여주인공이 되기 위해 모임에서 '여배우'를 연기했고, 또 '실화'는 그대로 영화 〈투기꾼〉이 되었다. 영화 바깥이 아니라 영화 안이었고, 무대 밖이 아니라 무대 위였다는 것. 이것은 다시 또 저 위의 문장에서 이렇게 반복된다. '이야기 없는 이야기, 인물 없는 인물이란 불가능하고, 우리는 절대로 세계를 벗어날 수 없다.' 이 말은 곧 '별'을 욕망한 구영서와 한만수의 좌절을 뜻하고, 한편 사실과 허구와 모호하게 뒤엉킨 『투기꾼들을 위한 멤버십 트레이닝』의 전체 서사를 가리키기도 한다.

그러나 또 다른 답도 가능하다. 그것은 '왜'라는 논리에 대한 거부이다.

악어라니?

지극히 다큐멘터리적인 이 작품 안에는 이런 이야기가 삽입되어 있다. 펜션 사람들이 바야흐로 노래방 무드로 진입한 순간, 구영서는 한 통의 문자를 받는다. 악어에 물린 회사 사람의 수술이 불가하다는 소식. 이들의 전언에 의하면 청와대의 악어가 CK 엔터테인먼트 회사에 난입해 직원을 물었을 뿐 아니라 남대문 시장 사람이며, 삼청공원 노인들도 물었다는 것 .

악어라니? 그것도 청와대의 악어라니? 이 믿을 수 없는 이야기는 『투기꾼들을 위한 멤버십 트레이닝』의 서사를 의도적으로 교란하고 있는 작가의 냉혹한 얼굴과 마주치게 한다. 그리고 이것은 펜션 사람들의 잡담에서 다음과 같이 직접적으로 표명되기도 한다.

왜? 왜라고 하셨습니까? 왜? 이유를 중요시하는 분이셨군요. 기훈과 양감독 사이에 왜, 왜, 왜, 하고 대화가 반발하는 탁구공처럼 오갔다. 왜 카드를 하십니까? 왜 졌어요? 왜 허풍을 쳤어요? 결혼은 왜 했어요? 애는 왜 낳았어요? 도대체 왜 살아요? 왜 죽지 않아요? 펜션은 왜 만들었어요? 장사가 왜 안 된다는 겁니까? 도박을 왜 그렇게 좋아해요? 마누라는 왜 패요? 애는 왜 죽여요? 애는 왜 안 낳아요? 이혼은 왜 안 해요? 돈은 왜 그리 못 벌어요? 한장군이 술병을 쥐고 돌아와 앉았을 때 탁구공은 이렇게 튀었다. 술은 왜 자꾸 퍼먹냐구요? 한장군은 탁구공으로 이마를 맞은 사람처럼 멀거니 양감독을 쳐다보았다. 이 많은 '왜'에 하나라도 제대로 답할 수 있습니까, 한장군 각하? 숨막히네요, 감독님들. 왜, 왜……, 왜. 왱왱거리지 좀 말아요. (…중략…) 왜냐고 자꾸 묻는 건 세상이 아직 이치에 따라 돌아간다고 믿는 사람의 습관이라고 할 수 있겠지요. 세상이 이치에 따라 돌아가야 한다는 어리광이거나. 세상이 이치에 따라 돌아가지 않는다는 것에 대한 불평, 혹은 앙탈이거나. (…중략…) 사실 왜, 라는 질문은 이유나 이치가 아니라 사실은 욕망을 추구하는 경우가 많아요. 이치라뇨. 이치를 거부한다면서요. 내가요? 천만에요. 누가 그걸 거부하겠습니까. 이거 왜 이래, 하고 말하는 건 사실 이유를 묻는 게 아니거든요. 그러지 말아달라는 뜻이죠.

'왜'라고 묻는 것은 세상이 이치에 따라 돌아간다고 믿는 사람들의 습관이고, 그것은 그렇지 않은 세상에 대한 어리광이나 앙탈 혹은 거부에 불과하다고, 작가는 인물을 통해 말한다. 이것이 『투기꾼들을 위한 멤버십 트레이닝』이라는 '어처구니 없는 서사'에 대한 방향타이자 작가의 해명이다. 구영서와 한만수의 서사가 왜 같이 있어야 하는가? '세상의 끝'으로 간다던 정우석은 왜 겨우 제도 안으로 기어들어갔는가? 왜 군은 한만수의 아들의 죽음을 은폐하는가? 왜 '악어' 같은 거짓말을 하는가? 이 모든 비논리와 허구, 오류 밑에 존재하는 것은 '진리'나 '의미'가 아니다. 그 밑바닥에는 '욕망'이 있을 뿐이다. 소설 내부에도, 그리고 세계 내부에도.

펜션의 밤이 절정으로 향할 즈음, 갑자기 서사는 돌변한다. 불이 꺼졌다 켜진 후, 펜션 사람들은 한만수 장군과 시헌을 제외하고 한통속이 되어 장군에게 총을 겨누고 욕하고 걷어차며 결국은 어디론가 끌고 가 버린다. 작가는 이제까지의 아슬아슬한 페이크 다큐멘터리를 집어치우고 전혀 새로운 이야기를 덧댄 것이다. '사실'이라고 믿었던 펜션 사람들은 한 패거리의 '가짜'로 바뀌는데, 이 '가짜'들의 행동과 말에는 논리가 없다. 이들 무리는 한 장군에게 '왜 반상회에는 안 나가느냐?' 라고 따지고 '북한에 두고 온 한만수의 정부' 사진을 내밀기도 한다. 그러나 그들이 누구인지, 한만수를 어디로, 왜 끌고 가는지, 어디서부터가 연기였는지 등등에 대한 답은 없다. 그저 이렇게 『투기꾼들을 위한 멤버십 트레이닝』의 서사는 괴물이 되어버린 채 끝나고 만다.

작가의 욕망이라고? 물론 그러하다. 그것은 처음부터 서사를 조작하고 교란하고 속여왔던 작가 최인석의 욕망일 터이다. 괴물을 탄생시킨 작가의 욕망은 양감독을 통해 이렇게 표출되기도 한다. "바로 이런 게 서사라니까. 이런 돌발적인 반론, 이 순간 생기는 균열, 거기 파고드는 성에처럼 신비롭고 서릿발처럼 낯선 사고." 그리고 심연우 교수는 이렇게 말한다. "죄가 원인이라면 벌은 그 결과야. 인과응보. 하지만 정말 그래? 그 둘 사이에 이런 필연적 관계가 있다는 게 사실이야? 아니야. 사람들이 그렇게 믿는 것뿐이야. 일종의 이데올로기야. 허구야."

'세상이 이치에 따라 돌아간다는 생각, 서사는 개연성과 인과관계로 이루어져야 한다는 생각', 작가에 의하면 그것은 이데올로기이고 환상이다. '진짜'란 비논리적이고 불합리하며, 파편적이며 거짓말이고 분열증적이다. '진실'로 통용되는 것은 한성구 중위의 죽음처럼 강요된 허구일 뿐이고, 사람들은 말도 안 되는 '청와대의 악어'에 물려죽기도 한다(물론 '청와대의 악어'는 공안정국에 대한 메타포로 해석할 수 있다). 이러한 부정과 허무는 시공간적 착란-김시헌이 옛날 집에서 발견한 묵서(墨書)에는 서기 2658년이라 적혀있고, 일꾼 장씨의 기억은 시간을 초월한다-으로 이어지고 또 한편 서사적 시간의 교란으로까지 이어진다. 이 작품의 끝은 김시헌이 손님 맞을 준비를 하는 '처음'으로 다시 이어지는데, 이 또한 에필로그에서는 호접지몽처럼 없었던 일로 '무화'되고 만다.

　『투기꾼들을 위한 멤버십 트레이닝』를 읽으면서 든 느낌은, 작가의 치열한 풍자정신이 어느 지점을 넘어서고 있다는 것이다. 그러나 '너머'가 반드시 좋기만 한 것은 아니다. 『투기꾼들을 위한 멤버십 트레이닝』 안의 어떤 에너지들은, 작가가 맞세운 힘들에 의해 거꾸러지거나 분산되고 만다. 이 글은 작가가 던져놓은 많은 이야기들 중 하나의 독해에 불과하다. 그러나 어떤 지점에 집중하고 능동적으로 움직여야할 지는 독자의 몫이 아니라 우선, 작가의 몫이어야 하지 않을까.

다큐의 힘과 소설적 감동

이현수, 『나흘』(문학동네, 2013)

이현수의 『나흘』은 노근리사건을 소설화한 작품이다. 1950년 7월, 양민 수백 명이 미군에 의해 사살당한 이 끔찍한 사건은 수십 년 동안 은폐되었다가 1999년에서야 세상에 폭로되었다. 그뒤 이를 보도한 AP통신 기자들은 퓰리처상을 수상했고, 이 사건은 BBC 다큐멘터리로, 또 〈작은 연못〉으로 영화화되면서 그 진상이 알려졌다. 그러나 아직 충분하지 않다. 왜냐하면 이 사건은 뉴스와 특종이라는 프레임에 갇혀 전달된 소문일 뿐, 아직 우리의 '기억'으로 육화된 것은 아니기 때문이다.

역사적 사실을 소설화한다고 했을 때, 그것은 대체로 다음과 같은 의도를 포함하기 마련이다. 첫째, 과거 비극적 사실을 문학적으로 재구성하여 추체험하게 한다. 이를 통해 단 몇 줄의 '사실'은 감각적으로 재현되고 이를 통해 '과거'는 환기될 뿐 아니라, 다시 현재적 사건으로 소환된다. 둘째, 루카치식으로 말하자면 사건의 맥락화와 풍부한 실체를 통해 과거 비극적 사건을 둘러싼 '역사적 총체성'을 제시할 수 있다.

역사적 사실을 소설화한다고 했을 때, 그것은 또한 다음과 같은 난관을 포함하기 마련이다. 첫째, 사실과 허구의 경계는 어디까지인가? 이는 허구화된 인물들이 '밝혀진 사실'을 완성할 뿐 아니라, 이 '밝혀진 사실'에서 더 나아가 어떻게 소설적 감동을 더할 수 있게 하는가의 문제일 것이다. 둘째, 아우슈비츠와 광주항쟁의 경우에서 볼 수 있듯 사건 자체가 스펙터클하고 충격적일 때, 그것은 어떻게 사실 재현을 넘어 작가라는 개인의 미학적 구성력 안에서 재탄생할 것인가? 사건의 실체는 플롯을 갖지 않는다. 폭발적인 순간들이 모두 클라이맥스이고 종결이고, 다시 도입부일 수 있는 카오스 같은 덩어리에서 작가는 어떻게 처음과 끝의 실마리를 잡아낼 것인가? 이 지난한 문제들을 소설가 이현수는 어떻게 해결하고 있는 것일까?

『나흘』은 두 개의 시점이 교차되면서 서술되어 있는데(그 중간에 노근리사건의 목격자였던 미군 병사의 초점이 한 번 들어 있긴 하지만), 이 두 명의 주 인물에서 출발한 이야기 얼개들이 방사형으로 펼쳐졌다가 '노근리'에서 모아진다. 우선 '김태혁'이라는 인물의 축. 김태혁은 내시 집안의 양자이자 노근리사건 현장의 목격자이며 생존자로 등장한다. 또 한 명의 초점 화자 '김진경'은 다큐 전문 제작사의 감독이고 김태혁의 외손녀이다. 김진경은 영동이 고향이라는 이유로 국장으로부터 '노근리사건'을 다큐로 만들라는 지시를 받지만, '내시의 딸'이라고 조롱받던 기억 때문에 이를 회피하려고 한다. 결국 후배 감독의 보조 역할로 참여하기로 한 김진경은 고향을 방문하고, 그곳에서 그녀는 젊은 남녀들의 연애 장소로만 생각했던 노근리 쌍굴을 비롯해 심상한 마을 풍경과 사람들, 명신상회 뻐들네, 외조부, 그리고 자신의 내력을 '새롭게' 보게 된다.

"다큐감독인 김진경과 내시의 증손녀 김진경"은 사실을 알아내고자 하는 욕망과 이를 은폐하고자 하는 욕망 사이에서 치열하게 싸우면서 '노근리 쌍굴'의 어둠을 향해 조금씩 전진하고, 노근리사건 실체와 집안의 비극을 알게 되는데, 이는 세 가지 서사로 펼쳐진다.

첫 번째, 내시 집안의 이야기. 양세계보(養世系譜)라 하여 이성(異姓)의 입양을 통해 혈족적 가계를 잇는 내시가의 양자 '김태혁'은 황간의 유명한 내시 반종학의 손자이다. 반종학은 고종, 순종을 모셨던 이 땅의 마지막 내시로, 한일합방의 소식을 듣고 비분강개해 황간 장터에서 자결한다. 반종학의 양자 김치석은 개에게 고환을 물려 고자가 된 뒤 내시가에 입양되지만, 정식 품계를 받지 못해 '반쪽짜리 내시'로 식민 시대를 살고, 양세계보를 끝내기 위해 먼 친척뻘인 김태혁을 입양하는데, 김태혁은 결혼하지 않고 호적에 김진경을 외손녀로 올린 채 홀로 살아간다.

두 번째 서사는 김태혁의 청년 시절과 노근리사건. 이웃인 내시 집안과 막손네 집안은 과거 주종관계였으나 그들의 자손인 김태혁과 박기훈은 친구 사이이자 '인영'을 사이에 둔 라이벌관계. 옹기장수 인영 아버지에게 도자기를 배우러 다니던 김태혁은 1950년 7월 26일 인영 아버지와 태명(김태혁의 사촌)과 함께 도자기를 운반하다가 폭격을 맞는다. 인영 아버지는 목숨을 잃고, 태명과 함께 노근리 쌍굴로 피신한 김태혁은 그곳에서 박기훈을 만나게 된다. 26일 오후에서 29일 아침까지 나흘에 걸쳐 김태혁은 양민들이 무차별적 폭격과 총격으로 인해 목숨을 잃고, 눈을 잃고, 낳은 아이를 부모 스스로 죽이고 하는 일들을 목격한다. 또한 미군 그레이에게 성노리개로 차출된 '명희'의 처참한 죽음을 보게 된다. 김태혁은 명희를 데려가려는 그레이에게 항의하지만 실패하고, 그 바람에 사촌 태명은 김태혁을 대신해 코를 잃게 된다.

노근리사건 이후, 인영은 김태혁이 아닌 박기훈과 결혼하고 박기훈은 노근리 학살의 상흔으로 인해 아편중독에 빠진다. 코가 없어진 태명은 사람들을 피해 산으로 가서 화전을 일구며 산감으로 살아가게 되고, 그곳에서 노근리의 또다른 희생자인 여자와 살며 딸 '채희'를 얻게 된다.

세번째 서사는 채희의 딸 김진경이 다큐 작가로 내려와 명신상회 주인 뻐들네와 외조부, 월류다방의 윤자를 통해 노근리 쌍굴의 비밀을 알게 되는 과정이다. 뻐들네의 의안이 노근리사건 때문이라는 것, 노근리사건에 대한 마을 사람들의 침묵이 명희를 미군 그레이에게 보내는 것을 묵인한 죄책감 때문이라는 것, 뻐들네의 마을 사람들에 대한 횡포 또한 그녀의 언니 명희로 인한 원한 때문이라는 것. 그리고 궁극적으로 미혼모였던 자신의 어머니 채희는 산후우울증으로 죽은 것이 아니라 노근리 쌍굴에서 목을 맸으며, 그 이유는 어릴 적 그녀가 부모의 흉터를 없애기 위해 산속 오두막에 불을 질러 부모를 죽게 만들었기 때문이라는 것 등등. '내시'가 환기시키고 있는 한말 망국의 비애는 이렇듯 1950년 7월 '나흘'에 모이면서 그 비극성을 증폭시킨다.

앞서 제기한 역사적 사실과 소설의 문제를 놓고 보자면, 이현수의 『나흘』은 노근리사건이라는 역사적 비극을 구체적인 인물들을 통해 체현함으로써 과거의 고통을 현재적 사건으로 소환하고 있으며, 이를 둘러싼 당대 거대한 힘들을 규명하고 있고 나아가 이를 흥미로운 서사로 창출하고 있다는 점에서 다큐적 사실을 픽션화하는 데 성공했다. 그러나 '소설'의 관점에서 놓고 보면, 충분하지 않다고 할 수 있다. '김태혁, 박기훈, 서인영'의 서사적 전개는 다소 빈약하며, 당시 노근리사건의 현장과 긴밀하게 연결되지 않는다. 김태혁, 박기훈, 김태혁에 의해 진술되는 노근리사건의 '나흘'과 이들의 엇갈린 행로는 개략적이어서 노근리 다큐물과 크게 다르지 않다. 『나흘』이 '노근리사건'에 관한 한 다큐적 사실을 뛰어넘지 못했다면, 그 원인은 개인적으로 내시 서사의 성공에 있다고 본다. 앞서 언급한 세 개의 서사 중에 가장 흥미롭고 매력적인 것은 첫번째 김태혁의 내시 집안 이야기이다. 작가는 여기에 충분한 분량과 공을 들인 것이 역력하다. 그러나 내시의 서사는 엄밀히 말하면 노근리사건과 무관하다. 작가가 밝히고 있는 반종학의 모델 반학영은 파주 사람으로 영동과는 아무런 관련이 없다. 그러나 아이러니하게도『나흘』의 활력은 이 내시 반종학 이야기에서 비롯되고 있다는 것, 이것이『나흘』의 문제성이다.

노근리 학살이라는 다큐적 사실을 뒷받침하기 위해 동원된 허구 '김태혁, 박기훈, 서인영'의 삼각관계와 계급 문제는 '사실'을 충분히 살려내지 못했고, 또다른 허구 '내시 집안 이야기'는 지나치게 비대하고 강력해서 '다큐적 사실'을 잊게 만든다. 또한 작가가 허구적으로 설정한 것으로 보이는 미군 성폭력의 희생자 '명희'서사는 노근리사건의 폭력성과 비극성보다는 마을 사람들을 일종의 공모자로 그리는 데 치중하여 뼈들네와 마을 사람들의 대결을 지나치게 강조하고 있다. 물론 뼈들네는 이 소설을 통틀어 노근리사건에 가장 적절한, 가장 성공적으로 형상화된 캐릭터라고 할 수 있지만.

소설은 다큐의 사실적 힘과 경합할 수 없다. 즉 진실 규명이 목적일 수는 없다. 그러나 소설은 허구를 통해 사실들에 생동감을 부여하고 이를 현재화할 수 있을 뿐 아니라, 사실 너머의 삶의 진실을 드러낼 수 있다. 노근리사건은『나흘』을 통해 현재화되고 있는 중이고, 이를 통해 우리의 기억과 삶의 지층은 갱신될 수 있으리라 믿는다.

윤리에서 에로스로

정지아, 『숲의 대화』(은행나무, 2013)

　정지아의 소설집 『숲의 대화』 단편들의 기저에 깔린 것은 대체로 한스러움과 허무주의이다. '한'과 '허무'는 절망과 관계되지만 절망과 다른 것은 이미 그 문제적 상황이 종료되었으며, 때문에 어떤 변화나 회복이 가능하지 않다는 것이다. 하므로 '허무주의'는 그 '한'에 대한 일종의 치유적 기제가 되겠다.

　이 작품집에 담긴 소설적 정황들은 가령 이런 것이다. 빨치산으로 죽어간 도련님의 여자와 아이를 품어준 머슴 운학은 자신의 아내로 살았으나 끝내 도련님과의 마지막 이별 장소에 묻히기를 원했던 아내를 보낸 뒤 그 숲에서 젊은 도련님과 가상의 대화를 나누고(「숲의 대화」), 파란만장한 생을 보낸 팔순의 세 과부들이 서로를 위로하며(「봄날 오후, 과부 셋」), 중증장애인이 남편의 폭력에 상처받은 베트남 여인을 보듬고(「천국의 열쇠」), 노부부가 교통사고로 식물인간이 되다시피 한 아들을 23년 동안 지극정성으로 돌보며(「브라보, 럭키 라이프」), 칠순 노인이 텃밭에서 우연히 발견한 바위에 집착하다가 결국 '봉황 바위'의 꿈을 접게 되고(「인생 한 줌」), 가족부양을 위해 고시원을 버리고 노숙을 자처하며 막노동을 하던 노숙자 '김'은 결국 간암에 걸리고 만다(「절정」).

이상에서 볼 수 있듯 이들 정황의 특징은 대체로 그 절망 혹은 비극적 상황이 도무지 어찌 손 써볼 수 없을 지경으로 압도적이거나 이미 완료되었다는 것이다. 「숲의 대화」에서 '빨치산'으로 대변되는 비극은 여전히 정지아 인물들의 주요한 상처로 언급되곤 하지만, 과거 빨치산의 경험이나 그 이후에 강박되어 있지 않다는 점에서 후일담 차원을 벗어나 있다. 「숲의 대화」는 '백운산' 그 이후의 행로를 그리고 있으나, 이 행로를 담담하게 그리고 있는 작가의 필치는 분노나 증오, 유토피아적 열망 등의 정념을 떨쳐버리고 있다. 자신이 주인으로 모셨던 혁재 도련님은 오래 전 백운산에서 목숨을 버렸고, 도련님의 아이를 밴 순심은 '그'의 아내로 아이들을 낳고 평생을 살았으나 결국 임종에서 '고맙소'라는 말로 온전히 '도련님'의 여자로 돌아가고 만다. 이들이 묻힌 곳에서 젊은 도련님과 나눈 '숲의 대화'는 결국 이 둘 관계에 이방인일 수밖에 없음을 깨달은 '그'의 회한을 위무하는 일종의 치유적 행위인 셈이다. 이 숲의 대화를 통해 작가는 이들 인물이 왜 그 '운명'일 수밖에 없는지를 보여주며 서로를 그리고 자신과 화해하게 한다. "죽을 중 암시롱도 목심을 걸어야 허는 일이……있드라"며 이데올로기에 목숨을 바쳤던 도련님에게나, 죽을 때까지 사랑을 '신앙'으로 섬겼던 순심에게나, '눈 먼 송아지에 마음 쓰여' 도련님을 따라 입산하지 못하고 모든 것을 다 품었던 '그'에게나 지난 삶은 어떤 식으로든 억울하고 한스러운 것이다.

이 회한을 통한 성찰에서 알 수 있듯, 작가는 '빨치산'의 후예들이 '반복강복' 대신 여전한 '삶'을 '견디며 살아가고 있음'을 거듭 강조하고 있다. 이러한 견딤은 '빨치산'의 후예 뿐 아니라 그와 유사한 파고를 겪은 자들에게 공통되는 삶의 태도이다. 보통학교 시절의 일본식 이름이 더 친숙한 동창생들의 팔순의 일상을 그린 「봄날 오후, 과부 셋」에서 늘 1등만 하던 '사다꼬'는 동경제대 나온 남편을 '빨치산' 시절에 잃고 재혼한 남편의 10년 옥바라지를 해야 했으며, '하루꼬'는 전교조로 해직된 남편과 고향에 내려와 자식도 없이 쓸쓸히 서점을 꾸리며 살아왔고, '에이꼬'인 '그녀' 또한 일찍이 멋쟁이 남편을 첩에게 빼앗기고 악착같이 치부와 아이들 교육에 매달리다 바람을 피우기도 하였으나 결국 이 셋은 오갈데 없는 과부가 되어 똑같이 죽음에 다가서고 있는 중이다. 꼿꼿한 사다꼬가 매달렸던 '사상'이나 자식없는 설움을 대신했던 하루꼬의 지극한 '사랑'이나, 에이꼬의 돈과 자식에 대한 욕망이나 모두 "빨래를 걷듯 목숨줄을 획 걷어"버릴 듯한 여든의 끝자락에서는 그저 신산하고 굴곡많은 한자락 삶일 뿐이라는 것. 작가는 이들이 할 수 있는 일이란 그저 이제 얼마 남지 않은 시간을 견디고 서로를 위로하는 것일 뿐임을 이야기하고 있다. 이 완료형에서 비롯된 가치의 평등성과 존재의 긍정성은 궁극적으로 '치유'를 겨냥하고 있으나 어쩔 수 없이 허무주의를 동반하고 있다.

「혜화동 로타리」의 칠팔십 대의 노인 '박', '최', '김' 또한 세 명의 과부들과 흡사하다. 공부를 잘한 덕에 '켈로(Korea Liason office)' 부대원으로 일하다가 전쟁 후 술로 세월을 보낸 '박', 남도부 부대원이었던 과거 전력을 가지고 있으며 월북한 가족과 아버지의 좌익 사상 덕분에 일찍이 인생의 철퇴를 맞았던 '최', 은행장 아버지의 넓은 인맥 덕분에 어정쩡하게 이데올로기 싸움에서 빗겨나 국립대학 정치학 교수를 지낸 '김', 이들의 지난 삶의 행로는 각각 다르지만 역사의 희생자라는 점에서, 그리고 이제 평등하게 죽음을 앞두고 있다는 점에서 이들의 좌우익 사상의 대립과 상처의 모양은 그 예각을 잃고 만다. 상대의 허무와 상처를 꿰뚫어 보고 절친이 된 '박'과 '최'에게나 일찌감치 허무를 배워버린 '김'에게나 인생이란 "이듬해 봄이면 흔적 없이 사라질" 한송이 눈과 다름이 없는 것이다. "예순 넘으면 잘난 놈이나 못난 놈이나 똑같고, 일흔 넘으면 배운 놈이나 못 배운 놈이나 똑같고, 여든 넘으면 산 놈이나 죽은 놈이나 똑같다더라"라는 박의 말과 '빨치산이나 켈로나'라는 최의 진술은, "그러니 술잔이나 기울일밖에"라는 허무주의로 이어진다.

「천국의 열쇠」, 「브라보, 럭키 라이프」, 「인생 한 줌」, 「절정」은 비극적 상황이 압도적이라는 점에서 위의 '완료형' 소설의 정황과 크게 다르지 않다. 3년 전 어머니를 여의고 중풍과 알콜 중독의 아버지와 단 둘이 사는 중증 장애인, 남편의 폭력 앞에 속수무책인 베트남 여자 '호아'(「천국의 열쇠」), 교통 사고로 거의 식물인간이 되다시피 한 아들을 23년간 돌보고 있는 노부부(「브라보, 럭키 라이프」), 바위에 미쳐 몇 년간 흙만 파고 있는 칠순 노인(「인생 한 줌」), 그리고 간암 선고를 받은 노숙자 '김'(「절정」)을 통해 작가가 강조하고 있는 것은 8년 만에 인공호흡기를 떼고 팔을 들썩거린 '행운'이 아닌 그 '행운'과 '실낱같은 희망'에 깃든 절망과 무력감이고, 더 나은 삶을 위한 처절한 몸부림에도 불구하고 노숙에서 벗어나기는커녕 죽음을 선고받은 '김'의 파산이며, '날개 꺾인 봉황바위'로 상징되는 현실의 중압감이자 삶의 무위이다.

아이러니에 가깝긴 하지만 「즐거운 나의 집」이나 「핏줄」 또한 이들과 크게 다르지 않다. 「즐거운 나의 집」의 주인공은 전원생활을 꿈꾸며 시골에 집을 짓지만 날벌레와 파렴치한 이웃에 경악하고, 「핏줄」의 주인공은 투철한 가문의식과 순혈주의를 지녔음에도 불구하고 결국 베트남 며느리에게서 후손과 행복을 얻을 수밖에 없음을 깨닫는다. 희비극적 상황이 더욱 두드러지지만 이들 두 작품 또한 스스로의 운명을 결정하는 '인간 주체성'에 대한 부정이라는 점에서 앞서 작품들과 유사하다고 볼 수 있다. 이러한 절망 혹은 회한, 허무의식은 상황을 타개하고 전개하기보다는 이들 인물을 비극에 포박된 정물로 유폐시켜놓는다. 그곳에서 강조되는 것은 희망이 아니라 '견딤'과 무한한 긍정과 허무로 완성되는 '치유'이다.

문제는 회한이나 허무주의, 인내와 치유에 대한 강조가 아니라 이를 위해 성급하게 닫힌 플롯에 가둔 작가의 윤리적 시선이다. 남루한 존재들을 '착하고 성실한 희생양'으로 그리고 있는 이러한 '윤리'는 도처에서 흔히 볼 수 있는 것이다. '인간극장'으로 대표되는 이러한 형상화의 문제는, 그것에 담긴 윤리가 정답과도 같이 이미 주어진 것이라는 데 있다. 고진의 말을 따라 '윤리'가 타자에 대한 책임이자 응답이라면, 진정한 윤리는 그 책임과 응답을 무한 긍정으로 서둘러 던져버리는 것과는 다른 것일 것이다. 진정한 윤리는 그 타자의 부름에 성실하게 귀를 내주는 것에서부터 시작되어야 하는 것이 아닐까. 사회적 약자를 '착하고 성실한 희생양'으로 '타자화'하기 전에 그들에 공감하는 애정이 우선되어야 한다. 에로스는 어떤 경우에도, 죽음 앞에서라도, 타인과 삶을 포기하지 않으며 결코 타인을 단정 짓거나 상황을 종료시키지 않는다. 에로스의 본질은 질문이며 그것은 어떤 상황에서도 다른 가능성을 열어젖히기 때문이다. 비록 허무를 가장할지언정 살아있는 누구도 실제로 허무에 완전히 굴복하거나 이를 통해 '치유'되지 않는다.

　이런 맥락에서 필자가 이 작품집에서 가장 흥미롭게 읽었던 작품은 세 모녀의 하루를 그린 「목욕 가는 날」이다. 늙은 노모와 중년의 자매가 함께 목욕탕에 가는 이 이야기는 소재의 가벼움과 에피소드적 성격에도 불구하고 실감나는 디테일과 치유력을 지니고 있다. 다른 작품에서는 감지되지 않았던 정지아의 미문들 ― 이전 작품집

『행복』『봄빛』에서 충분히 활력이 있었던 미문들 — 이 이 작품에서
는 반짝거리고 있다. 아마도 그 이유는 역사적 비극의 관용적 사용과
타자에 대한 성급한 윤리 대신, 에로스에 충분히 머물고 있는 작가의
'진실성'에 있지 않을까. 그런 의미에서 정지아 소설의 윤리는 분노,
증오, 공포, 욕망 등의 정념을 버릴 게 아니라 더 많이 가져야 한다고
생각한다.

무덤에서의 웨딩마치

이승우, 「목련공원」(아시아, 2013)

　　이승우의 1981년 데뷔작 『에리직톤의 초상』은 '기독교'를 내세워 현실 세계의 종교 권력에 대한 비판적 성찰을 보여주고 있는 작품이다. 이후 그의 소설에 대한 평가에 '관념적, 사변적, 형이상학적, 초월적'이라는 비평적 수사가 자주 붙는 데서 알 수 있듯, 그의 문제의식은 대체로 '근본적이고 실존적인 것'과 맞닿아 있다. 이는 신학대학과 신학 대학원 졸업이라는 그의 이력에서 빚어진 부분이기도 할 터인데, 신에 대한 사유나 세속적인 종교 문제 외의 현실 문제를 다룰 때에도 이승우의 시각은 다른 작가들에 비해 훨씬 근원적이고 심층적, 우의적인 경우가 많다.

　　「목련공원」에서 보여주는 욕망에 대한 탐구 또한 이승우 문학의 특징을 잘 드러내고 있다. 이 소설에는 '삶과 죽음'이라는 대립이 여러 가지로 변주되는데, 가령 '결혼식과 장례식', '찻집 여자의 뜨거움과 아내의 차가움' '공원묘지와 미술관의 예식장' 등이 그것이다. 그리고 이러한 것들은 별개의 것이 아니라 생을 구성하면서 혼류하는 하나의 것이라는 것, 즉 욕망의 실체라는 것이 이 소설의 궁극적인 메시지라 할 수 있다.

욕망의 실체로서의 삶과 죽음을 향한 에너지, 프로이트는 이를 일찍이 에로스와 타나토스라고 명명한 바 있는데 「목련공원」은 프로이트적 이론에 대한 소설적 형상화라 할만큼 이 극단적 에너지의 대비와 혼재를 잘 그리고 있다. 이승우는 이 소설에서 두 명의 인물을 내세운다. 하나는 아내의 형부, 즉 손윗동서이고 또 다른 하나는 '목련공원'의 찻집 주인 여자이다. 화자인 '나'는 해외출장에서 돌아온 후 별거 중인 아내로부터 전화를 한 통 받는다. 40대 중반인 손윗동서가 사망했고 다음날 목련공원묘지에서 장례식을 치른다는 것. '목련공원'이라는 지명에서 '나'는 다음날 같은 장소 미술관에서 있을 어떤 결혼식을 떠올리고 폭음을 한다. 그리고 다음날 늦게 '목련공원'으로 향하면서 그 결혼식의 '신부'와 있었던 기이한 정사를 떠올린다. 그녀는 목련 공원묘지 찻집의 여주인으로, 현재 '나'와 아내의 별거의 원인이 되었던 여인이다. 1년 전 쯤 '나'는 아는 화가의 전시회를 보기 위해 목련공원의 미술관에 갔고 그곳에서 그녀를 만나고 외도를 하게 된다. '나'는 죄의식과 수치심에 매번 '마지막'이라고 생각하며 그녀로부터 벗어나려고 하지만, 불가항력적인 어떤 끌림은 그를 파멸의 수렁으로 이끌고 들어간다. 작가는 이 끌림을 '나'의 아내의 차가움과 냉정함과 대비되는 어떤 뇌쇄적이고 치명적인 유혹으로 그리고 있는데, 이 에로티시즘의 불꽃은 사마귀의 교미로 우의화되고 있다.

사마귀가 교미하는 걸 봤어요? 암컷은 얼마나 정열적인지 정사를 할 때면 수컷을 통째로 먹어치워 버려요. 수컷은 단 한 번의 불같이 뜨거운 정사의 대가로 목숨을 내놓는 거지요. 나는 그런 뜨거움이 좋아요. 그렇게 먹고 먹임을 당하는, 목숨을 건 사랑이 좋아요. 알아요? 내가 지금 당신을 통째로 먹어버리고 싶다는 걸?

에로티시즘은 인간의 근원적 충동인 생의 충동과 죽음의 충동이 동시에 분출되는 어떤 정지의 순간이다. 주인공 '나'는 '팜므파탈적' 찻집 여주인과의 섹스를 통해 이 불꽃놀이 같은 희열을 맛본다. 그러나 이 감각의 축제는 라깡이 말했던 죽음과 맞닿아 있는 '향유(jouissance)'로, 일상적으로 금지된 향유이다. 즉 희열과 에로스의 어떤 지점을 지나치면 그곳에는 죽음이 도사리고 있는 것이다. 어떤 '불량스러운' 위험을 감지한 '나'의 차가운 이성은 그녀의 뇌쇄적 마력으로부터 벗어나도록 요구한다. 그러나 '나'는 그녀를 두려워하면서도 끌려가고 결국 '나'는 '얼음처럼' 냉정한 아내로부터 내쳐지게 된다. 그 후 '나'의 전체를 틀어쥐고 있던 '그녀' 또한 '나'를 놓아준다.

작가 이승우는 남녀의 섹슈얼리티를 통해 욕망의 이중성을 묘파하고 있는데, 이는 '생'에 대한 인식으로 확장된다. '장례식'의 주인공인 '나'의 손윗동서는 겨우 40대 중반으로 간암으로 생을 마친다. 그는 '아파트'로 표상되는 미래의 행복을 위해 모든 향락을 포기하거나 지연시켜왔던 금욕과 절제의 인물이다. 그는 독서실의 한 구석의 조그만 방에서 살면서 학원 운전기사, 서적 도매상의 영업 사원을 전전해왔으며, 그의 아내 또한 백화점 점원 노릇을 하며 '아파트'를 위해 모든 것을 희생해왔다. 15년 동안 여름휴가라고는 단 한 번도 가보지 못하고 그 흔한 노래방조차 멀리하면서 근검절약했던 이들 부부는 아파트 장만이라는 꿈을 이루면서 드디어 환희로 전환되는 듯한 순간을 맞는다. 그러나 바로 그 절정의 순간, '그'는 '간암'이라는 죽음의 판정을 받게 되고 결국 2개월 만에 무덤으로 들어가게 된다. "오로지 자기 소유의 집을 한 채 소망했고, 그 소망 하나를 등불처럼 가슴에 걸고 모든 것을 유예한 채 살아온 사람", 그 소망을 이루자 곧 '죽음에 포식되고 만 그'라는 작가의 인식은 곧 욕망과 생 자체의 동일성에 대한 성찰을 보여준다.

섹슈얼리티의 감각적이고 즉각적인 향락에 내포된 에로스와 타나토스는 삶 자체의 근간이라는 것. '살아가면서 죽어가기' 혹은 '죽어가면서 살아가기'로 요약되는 생에 대한 통찰은 '그녀'와의 묘지 산책을 통해 선명하게 그려진다. '나'는 그녀와 묘지 사이에서 정사를 나누면서 고통과 쾌락을, 그리고 환멸을 동시에 느낀다. 고통과 쾌락, 삶과 죽음이 동시적일 수밖에 없는 이 역설을 그녀는 "죽음이 삶을 먹고 있다"고 표현한다. 우리는 어떤 뜨거운 열정에 이끌려 에로스를 분출하면서 살아가는 듯 하지만 결국 삶이란 자신의 목숨을 내주면서 나가는 과정일 뿐이고, 욕망의 얼굴을 한 죽음의 아가리일 뿐이라는 것. 삶의 미혹에 대한 작가 이승우의 이러한 메시지는 오래된 진실의 반복일 수 있으나 잔잔한 문체 이면에 배어있는 차가움과 뜨거움의 파토스, 장례식과 결혼식, 묘지와 정사 등의 몽타주로 인해 다시금 섬뜩하게 환기되는 두려운 실재일 것이다.

포스트모던 혹은 히키코모리적 '민주주의'의 가능성

아즈마 히로키, 안천 역, 『일반의지 2.0-루소, 프로이트, 구글』

(현실문화연구, 2012)

인터넷, 트위터, 페이스북 등 다양한 소셜 네트워크가 현대인의 일상은 물론 정치를 바꾸고 있음을 우리는 현재 목격하고, 또 체험하고 있다. 이를 통한 '직접 민주주의'의 가능성에 대한 기대 또한 높아지고 있으며, 그 기대는 다양한 방식의 진단으로 쏟아져 나오고 있다. 이 기대와 열망은 모든 시민이 모든 국가적 사회적 사안에 대해 일일이 의견을 표명하고 표결하는 '직접' 민주주의는 아닐지라도 대체로 개개의 의견이 정부와 관리들에게 직접 전달되고 소통될 수 있으리라는 믿음과 연결되어 있다.

아즈마 히로키의 『일반의지 2.0』이 흥미로운 것은 이러한 비전을 구체적화하고 있다는 것이고, 그것보다 더욱 놀라운 것은 그것이 '의사소통없는 정치'를 도출해내고 있다는 점이다. '선거, 토론회 등 공론장에 나가지 않고 모두가 방안에 있어도 인터넷에 의해 개개인의 욕망과 의사가 자동적으로 반영되는 민주주의'. 이것이 바로 아즈마 히로키가 설계하고 있는 '민주주의 2.0'이자 "각자가 모든 사람과 연결되어 있으면서도 오직 자기 자신에게만 복종하고, 그 전과 마찬가지로 자유로울 수 있다"는 루소의 민주주의 사상의 현대적 진화라고 아즈마는 주장한다.

우선, 이 급진적 사유가 '루소'와 '프로이트'의 사상, '구글'의 첨단 알고리즘과 어떻게 접목되고 실현되는지 살펴보자. 그가 이 책에서 거듭 반복하고 있는 중요한 명제들은 다음과 같은 것이다.

① 의사소통 없는 정치, 루소가 사유한 근대 민주주의의 출발점은 이것이다.
② 숙의(토의) 민주주의는 한계에 이르렀으며, '다른 민주주의'를 꿈꿔야 한다.
③ 일반의지 2.0은 무의식이며 인터넷은 이를 가시화한다.

첫 번째 이 책에서 가장 중점을 두고 있는 '의사소통 없는 정치'란 루소의 『사회계약론』의 새로운 해석에서 비롯된 것이다. 아즈마 히로키는 개인주의자이자 전체주의자로서의 모순, 즉 고독과 몽상을 즐기며 『신엘로이즈』라는 연애소설을 쓴 낭만주의자이자 사회보다 자연을 신뢰하는 『에밀』의 루소와 『사회계약론』에서 개인보다는 공공성을 강조하는 루소라는 '모순'을 현대에 와서 기술적으로 극복할 수 있다고 본다. 루소의 일반의지란 사회계약에 의해 "자신이 지닌 모든 권리와 함께 자기 자신을 공동체 전체에 완전히 양도"함으로써 탄생하는 것으로 특수한 개인의지나 사적 이해의 총합과 다른 '공통의 이해에 관계되는 공동체 의지'를 뜻한다.

아즈마 히로키는 루소와 마찬가지로 이 '일반의지'가 민주주의 실현에 중요한 근간이 된다고 보고 있으나, 다른 정치사상가들과 달리 이 '일반의지'가 의사소통이나 토의를 전제하지 않은 것이었다고 해석한다. 그는 그 근거로 "만약 인민에게 충분한 정보가 주어져 숙고할 때, 시민들이 서로 어떠한 의사소통도 하지 않는다면, 작은 차이가 많이 모여 그 결과 항상 일반의지가 생성되어 숙고는 항상 바른 것이 될 것이다"라는 루소의 말을 든다. 양당제라든가 대의제 등에 의해 좁혀진 합의, 혹은 줄어든 차이들에 의해서 일반의지는 잘 드러나지 않으며, 오히려 합의와 소통을 거치지 않는 있는 그대로의 다양한 차이들이 '일반의지'를 드러낼 수 있다고 한 루소의 말을 아즈마 히로키는 "루소는 오히려 일반의지를 성립시키기 위해서는 정치에서 의사소통을 몰아내야한다고 주장했다"라는 극단적인 지점까지 몰고 간다. 아즈마 히로키에 의하면 루소의 '일반의지'란 전체의지의 합계가 아닌, 그 단순한 합에서 '상쇄되는' 부분을 제거한 후에 남은 '차이의 합'이며 사물 혹은 수학적 존재와도 같은 것이다.

여기에서 오해하지 말아야 할 것은 아즈마 히로키가 의사소통을 굳이 배제하고자 하는 것은 의사소통 자체를 부정하는 것이 아니라, 정당제와 대의제의 한계, 일본에 팽배한 정치적 무관심 등의 현실에 대한 대안을 제시하기 위한 것이다. 즉, '정권이 바뀌어도 아무것도 달라지지 않는 일본 현실 정치, 너무 복잡해지고 전문화되어서 엄청난 시간적·경제적 비용을 치르지 않으면 참여할 수 없는 공론장'에서 민주주의 한계를 읽고, 새로운 민주주의의 모델을 제시하고 있는 것이다. 한나 아렌트와 하버마스 식의 '의사소통과 합의'의 정치는 다양해진 생활양식과 전문화라는 현실에 무력화되었다는 것이 그의 주장이다.

타자를 만나서 의견을 나누고 토론과 투표를 거치는 지난한 과정 없이, 가만히 있어도 개인의 의지가 반영되고 이를 합치해낼 수 있는 민주주의? 이 도깨비 방망이 같은 유토피아를 아즈마 히로키는 정보기술에 기대어 다음과 같이 제시한다.

정부나 지자체가 이들 공공사업의 착공여부를 결정할 때, 밀접한 이해관계가 있는 주민들의 민원이나 전문가의 의견뿐만 아니라 실제로 누가 그 도로나 공항을 원하고 있는지, 그곳을 얼머나 많은 사람들이 통과하고, 익명의 이용자들은 어떤 생각을 하고 있는지를 스마트폰의 위치정보나 고속도로 이용료 자동 징수 시스템 기록부터 시작해 인터넷에 투고된 트윗에 이르기까지, 모든 정보를 빠짐없이 모아서 분석하고-물론 개인 정보 보호는 충분히 배려해야 할 것이다-나아가 그 분석방법까지 공개하겠다고 하면 어떻게 될까?

요컨대, 아즈마 히로키의 '의사소통 없는 민주주의'는 트위터, 페이스북은 물론 구글 등 네트워크망에서 노출된 시민의 무의식을 정보처리함으로써 실현가능해진다. 아즈마 히로키는 이 '데이터베이스'에 기초한 민주주의를 숙의의 민주주의와 변별하여 '민주주의 2.0'으로, 의사소통과 공공적 이성의 '일반의지 1.0'에 대비해 데이터베이스에 의해 추출된 일반의지를 '일반의지 2.0'로 구분하고 있다.

여기에서 한 가지 짚고 넘어가야할 것은 아즈마 히로키가 언급하는 데이터베이스적 일반의지가 '의식'이 아니라 '무의식'이라는 점이다. 이는 루소의 이념적·이성적 성격의 일반의지가 '무의식' 혹은 '욕망'으로 변모한 것으로, 이 변곡점은 프로이트와 구글을 연결함으로써 탄생한다. 그렇다면 왜 무의식이고 욕망인가?

아즈마 히로키는 소셜네트워크에 모든 생활이 정보화되는 '총기록 사회'를 새로운 민주주의의 기반으로 제시하지만, 이곳에 축적된 개인 정보가 '의식'이라기보다는 '무의식'에 관여하고 있다고 지적한다. 가령 구글 서제스트(자동완성기능)에 '남편'을 치면 '남편 용돈' '남편 죽어라'와 같이 자동완성된 단어들에서 대중의 무의식을 읽을 수 있으며, 구글 검색의 알고리즘인 페이지랭크의 특징이 이념이나 평가와 무관하게 인간의 욕망을 그대로 보여준다. 구글의 페이지랭크가 고려하는 것은 얼마나 많은 페이지가 해당 페이지에 링크를 걸고 있는지 그 참고 구조 뿐이고 그 내용과 관련이 없다. '유태인'을 검색했을 때, 반유태주의 사이트가 최상위로 표시되어 여러 단체로부터 항의를 받기도 했던 사례에서 알 수 있듯 인터넷망은 부정을 모르는 '프로이트의 무의식'처럼 욕망을 그대로 표출한다는 것이다. 그러나 이 지극히 무질서하고 사적인 무의식 혹은 욕망이 민주주의를 구성하는 데 과연 어떤 기능을 할 수 있다는 것일까? 이에 대해 아즈마 히로키는 리차드 로티의 사유를 들어 보완하고 있다. 보편적 진리를 부정하는 상대주의자 리처드 로티는 미래 사회의 공적 영역이 어떤 유형의 정의나 미적 판단을 보편적 가치로 설정하지 않는 '가치중립적이고 탈이념적'이어야 하고 더불어 인간의 연대는 이성이 아니라 타인의 고통을 '상상하는 능력'에 의해 오히려 가능하다고 본다. 아즈마 히로키도 이와 같은 맥락에서 미래 사회의 연대와 공공성은 과거의 '이성'과 '숙의'가 아니라 '동물적' 감성을 기초로 삼아야 하며 이는 감정의 맹목적 힘을 신뢰한 루소의 사유와도 일맥상통하는 것이라고 언급한다.

의사소통과 토론을 데이터처리로, 이성적 합의를 욕망으로 대체한 아즈마 히로키의 민주주의 구상은 그리하여 다음과 같은 결론에 이른다.

"민주주의 2.0의 사회에서는 사적이고 동물적인 행동의 집적이야말로 공적인 영역(데이터베이스)을 형성하며, 공적이고 인간적인 행동(숙의)는 이제 밀실, 즉 사적 영역에서만 성립한다."

아즈마 히로키의 이 '민주주의 2.0'의 구상은 서브컬처 비평에서 보여준 포스트모던의 정치적 버전이다. 가령 『동물화하는 포스트모던』, 그리고 그 후속작이라 할 수 있는 『게임적 리얼리즘』에서 그가 힘주어 강조하고 있는 것은 '큰 이야기' 혹은 '이념, 가치의 쇠퇴'와 이야기가 아니라 기호에 맞게 캐릭터와 모에(대중들이 열광하는 기호들)을 조합한 '데이터베이스를 소비하는 동물'로서의 대중이다. 현실이 아니라 게임과 허구에 몰두하는 오타쿠족, 그리고 특정 관심 외에 소통을 거부하고 자기 안에 틀어박힌 히키코모리(은둔형 외톨이)에서 아즈마 히로키는 일본 사회가 코제브가 진단한 '스노비즘'에서 '결핍-만족'의 회로에 갇힌 '동물화'로 변모했다고 보는 것이다.

『게임적 리얼리즘』에서 아즈마 히로키는 이 '동물'의 실존 모색을 잠깐 언급한 바 있는데(이는 다른 기회에 논의하도록 하겠다), 『일반의지 2.0』의 문제의식 또한 이 동물화한 사회의 공공성과 민주주의 모색과 맞닿아 있다. 보편적 이념과 가치, 큰 이야기, 공공성이 사라지고 '타자'와 단절된 채 사적 욕망에 갇힌 히키코모리의 민주주의란 어떻게 가능한가? 여기에 대한 답이 바로 『일반의지 2.0』인 것이다. 이 일반의지 2.0에 의해 구성된 유토피아는 앞서 살펴보았듯, 개인의 자유를 무한히 허용한다는 점에서, 그러면서도 '사회'와 '민주주의'를 가능하게 한다는 점에서 매혹적이다. 그러나 그렇기 때문에 아즈마 히로키가 서두에서 거듭 밝히고 있듯, 현실 불가능한 '꿈의 사상'에 가깝다. 이 '꿈의 사상'은 그가 종횡무진으로 펼쳐놓은 지식과 사유들만큼이나 현란하고 매혹적이지만, 그 급진성만큼의 비약과 오류가 있다고 할 수 있다.

우선, 일반의지 2.0의 설계의 근간이 되는 루소의 의사소통 없는 일반의지에 대해 짚어보자. 루소의 전문가가 아닌 필자의 독해 또한 한계가 있겠지만, 아즈마 히로키의 루소 일반의지 독해는 자의적이고 과장되어 있다. 루소는 '직접 민주주의'를 주장했지만, '소통과 토론' 자체를 부정한 것은 아니다. 아즈마 히로키가 읽은 부분은 개인의 생각이 어떠한 외압이나 편견에 의해 변질되지 않고 공론장에서 그대로 표출되어야 한다는 것이지, 소통이나 토론을 통해 합의에 이르는 것을 부정한 것은 아니다. 원문이 아니라는 한계가 있지만 아즈마 히로키가 독해한 부분과 이에 대한 한국어 버전은 아래와 같다.

> 만약 인민에게 충분한 정보가 주어져 숙고할 때, 시민들이 서로 어떠한 의사소통도 하지 않는다면, 작은 차이가 많이 모여 그 결과 항상 일반의지가 생성되어 숙고는 항상 바른 것이 될 것이다.
>
> — 아즈마 히로키, 안천 역, 『일반의지 2.0』, 현실문화연구, 2012

> 인민이 충분한 정보를 가지고 심의할 때, 만일 시민이 서로 의사를 전하지 않는다면, 다시 말해 도당을 짓는 따위의 일이 없다면 사소한 차이들이 모여 언제나 일반의지를 만들어 낼 것이고, 토론과 의결은 언제나 좋은 것이 될 것이다.
>
> — 장 자크 루소, 최석기 역, 『인간불평등기원론/사회계약론』, 동서문화사, 2007

아즈마 히로키는 "루소의 일반의지에 관한 기술 자체가 의식된 합의의 집합이 아니라 오히려 무의식적 욕망의 집합으로 해석"하고 있지만, 루소의 일반의지는 개인의 특수의지들과 다른 '공통의 이해'를 위한 이념이나 이성이고, 권력자나 특정 개인에게 귀속될 수 없다는 측면에서 어떤 초월성을 띤 것이지 무의식과는 무관하다. 그럼에도 불구하고 아즈마 히로키가 루소의 일반의지를 '무의식과 의사소통 배제'로 과도하게 해석하는 데에는 앞서 살펴보았듯 그의 '포스트모던' 사유가 적극적으로 작용했기 때문이다.

그러나 과연 의사소통 없는 민주주의 실현이 가능한 것일까? 다양한 SNS를 통한 직접 민주주의에 대한 기대는 그것이 의사소통과 참여를 확대할 수 있으리라는 믿음 때문이지 '자동 데이터처리' 기능에 근거한 것은 아니다. 또한 소통과 토론은 단순히 합의와 정책 결정을 위한 수단만을 의미하는 것은 아니다. 비록 합의에 이르지 못하더라도 소통과 토론은 공동체 구성원들의 차이를 서로 이해하고 좁히는 방법이고 전체 의지를 받아들이게끔 하는 과정이기 때문에 사회공동체에 필수불가결한 것이다. 가령 아즈마 히로키 방식대로 어떤 사안을 놓고 '일반의지 2.0'이라는 프로그램에 백만개의 데이터를 입력하고 결과물을 얻어 그것을 공표하고 시행한다면 과연 시민들 모두 이를 그대로 받아들일 수 있을까? 소통과 토론이 아무리 비효율적이라 할지라도 불가피한 것은, 그것이 시민을 주권자로 하는 '민주주의'의 근간이 되기 때문이다.

또 한 가지 아즈마 히로키가 '의식' 대신 내세운 '무의식'은 공적 영역의 드라이브가 될 수 없을뿐더러 인터넷망에 노출된 정보를 처리해서 '일반의지'를 추출해낼 수 있다고 생각하지 않는다. 소셜 네트워크의 무수한 정보를 통해 대중 심리를 읽어낼 수는 있어도 이 대중 심리가 곧 일반의지가 될 수는 없다. 가령, 아즈마 히로키가 예를 들고 있듯 '유태인'을 검색해서 반태유주의라는 대중심리를 추출해낼 수는 있지만 이것을 '일반의지'로 정책에 반영시킬 수는 없다는 것이다. 더 나아가 판단과 평가 없이 인간의 무의식과 욕망이 무질서하게 기록하고 있는 네트워트 바다는 산더미 같은 용어들과 용례를 적은 사전과 다름없다. 사전에도 많이 쓰이는 단어는 많은 페이지에 걸쳐 그 용례가 적혀있다. 그런데 사전을 통해서 일반의지를 도출해낸다면? 아즈마 히로키는 집단지성을 얘기하면서 "히키코모리의 집단지성을 활용한 새로운 공공의 장"을 얘기하고 있지만 집단 지성은 무의식과는 또 다른 차원의 것이다.

무의식을 정책사안에 적극적으로 수용한다는 것 또한 문제가 있다. 사적 영역에서 개인은 욕망의 무한한 만족을 추구할 수 있지만, 공론장과 사회정치영역에서의 '시민'은 타인과 마주한 간주체로서 의식적이고 이성적인 의장을 갖추는 것을 전제로 한다. 타자와 함께 가야한다고 했을 때 스스로 개인의 무의식적 욕망을 바꾸지 않으면 안 된다는 것, 그것이 바로 '공동체'의 출발이기 때문이다.

물론 아즈마 히로키는 이 데이터베이스 민주주의만을 유일한 대안이라고 주장한 것은 아니다. 아즈마 히로키는 이 사유가 곧 대중의 무의식을 그대로 따르자는 포퓰리즘이 아니라 대중과의 대결을 뜻하는 것이고, 이를 숙의의 민주주의를 보완할 수 있도록 제도화할 필요가 있다고 주장하고 있다. 그러나 그의 글에서는 의사소통의 배제, 가치의 부정이 훨씬 더 도드라진다는 측면에서 그의 사유는 보완이기라기보다는 대안을 향하고 있는 것처럼 보인다.

아즈마 히로키가 비관적으로 진단한, 혹은 현실 수리로 긍정한 '이념과 가치, 큰 이야기의 쇠퇴, 동물화'가 어쩔 수 없는 우리의 현실일 수 있다. 그러나 그것이 아즈마 히로키가 로티를 빌어 얘기하듯 우리들의 미래 사회이거나 꿈일 수는 없다. 어떤 것도 절대 진리가 아니라는 것에는 동의하지만, 인간은 '단단한 땅'에 대한 믿음 없이는 단 한발자국도 나갈 수 없는 존재기 때문에 이데올로기를 폐기할 수는 없다. 그렇기 때문에 지젝은 모든 이데올로기가 아무리 허위일지라도 필연적인 것이라 했으며, 아즈마 히로키 또한 '민주주의'라는 보편적 이념에 대한 흔들림 없는 믿음 아래 저렇듯 급진적 사유를 펼쳐놓는 것이 아닌가. 또한 그의 '탈이념, 사적 욕망의 극대화'의 주장 또한 하나의 이데올로기임은 부정할 수 없다. '전통은 아무리 더러운 전통이어도 좋다'는 김수영의 말을 빌자면 이데올로기는 아무리 더러운 이데올로기더라고 인간에게 필연적일 수밖에 없으며, 우리의 몫은 최선을 다해 그것을 많은 사람들에게 '좋은 것'으로 바꾸는 것이 아닐까.

인간이라는 출구 혹은 굴레

백정승, 「극중」(웹진 『문장』, 2012.7)

　　더러 보편적인 '인권'이라는 이름으로 행해지는 박애적인 행동에 대한 의문이 제기되곤 한다. 가령 서구 문명에 의해 만들어진 인도의 사티 금지법(Sati-힌두교 여인들의 순장 풍습 금지)이라든가, 북아프리카 여성의 할례를 비인권적인 행위로 비판하는 것, 혹은 서구 문명 관점에서 본 야만인의 비위생적이고 비인간적인 전통관습에 대한 교정 등등. 이런 맥락에서 보자면 TV에서 방영되곤 하는 노숙자, 정신질환자, 실업자 등을 교정하고 구제하는 행위 등이 어쩌면 보편적 '인권'을 앞세운 '타자'에 대한 폭력일 수 있다는 생각이 든다. 이러한 문제의식을 확대하면, 종국적으로 개인의 자유와 '공동체'의 질서와의 갈등 및 대립이라는 문제가 놓여있다. 가령, 각종 교통법과 위생법, 간통법 등에 암시되어 있는 '안전'과 '위생' '성애'에 대한 국가 통제에 대한 이의제기는, 프랑스와 사강같이 '나는 나를 파괴할 권리가 있다'라며 마약할 권리를 주장하는 극단적인 개인 자유의 옹호 쪽에서 보면, 개인 행복권에 대한 침해일 수 있다는 것이다.

백정승의 「극중」(웹진『문장』7월호)은 이러한 문제의식과 함께, '인간적'이라는 의미에 대해 고찰하고 있는 작품이다. '로트 페터'라는 원숭이 존재에서 짐작할 수 있듯 이 소설은 카프카의 「학술원에 드리는 보고」의 패러디이자 후속편이라 할 수 있다. 지속적으로 '사회적 존재'에 의문을 품었던 카프카는 이 작품에서 '인간'으로 훈련된 한 원숭이의 독백을 통해 계몽주의에 의해 추동된 인간의 자유와 진보가 헛된 망상일 수 있음을 풍자하고 있다. 황금 해안에서 붙잡힌 원숭이 페터는 악수하기, 침뱉기, 술마시기, 담배 피우기 등을 흉내내면서 '유럽인의 평균 교양'에 도달한다. 그리고 그 인간의 자부심을 연기하는 장면에서 원숭이 피터는 "자유란 선택될 수 없다는 것을 언제나 전제로 한다"라고 일갈한다. 침팬지에게 '인간되기'란 '강요된' 탈출구라는 점에서, 그리고 '조련'이라는 점에서 자유가 아니라 굴레이고 진보가 아니라 제약이었던 것이다.

카프카의 원작과 한때 추송웅이라는 걸출한 배우에 의해 한국 연극계에서 오랜 동안 상연되었던 〈빨간 피터의 고백〉(카프카의 원작을 각색한 모노드라마)을 모티브로 한 작품 「극중」은 '원숭이 / 인간'의 대립구도를 '노숙자 / 시민'의 구도로 치환하면서 현재의 '평균적인 인간-근대시민'에 대해 의문을 던진다. 주인공 '나'는 일자리와 가족을 잃는 등의 전형적인 '배제'의 경력을 거쳐 시민사회에서 쫓겨나 역 광장을 배회하는 노숙자이다. 이 노숙자, 즉 호모 사케르(벌거벗은 생명)에 대한 통념과 사회적 처우는 '희망의 집'이라는 노숙자재활지원소에 함축되어 있다. 노숙자들에게 무료로 음식을 나눠주던 급식소를 없애고 '희망의 집'이라는 재활지원센터를 설립한 시(市)의 취지는 기본적으로 노숙자들을 돕고자하는 것이겠지만, 결과적으로 급식소가 사라짐으로써 노숙자들은 더 굶고 밤마다 지하도 입구의 셔터마저 내려지자 거처를 잃어버리고 '희망의 집'은 거짓 희망이 되어버리고 만다. 보호와 구분이 배제와 격리가 되어버리는 역설. 이는 경로자 우대석이 생김으로써 일반석의 노인들이 눈칫밥이 되는 것이나 흡연실이 생김으로써 흡연이 전면 금지되는 것, 또는 야생보호구역이 생김으로써 야생이 격리되는 것 등과 다르지 않다. 「극중」에서 재선을 노리는 시장이 역광장을 '클리어'하게 만들고자하는 의도가 함축되어 있는 이 조치에 의해 노숙자들은 더욱 '시민'의 경계 밖으로 내몰리게 되고, '나'는 결국 배고픔에 몰려 '희망의 집'에 가게 된다.

그곳에서 주인공은 시장의 전시행정인 '노숙인을 위한 명사들의 재능기부 프로그램' 참가 권유를 받게 되고, '노숙자 연극'을 내세운 '빨간 피터' 공연에서 주인공을 맡게 된다. 그는 카프카의 인간으로 조련된 원숭이를 연기하면서 요청된 '인간성'의 핵심을 다음과 같이 파악한다. 첫째 인간이란 '나'라는 자의식을 가진 동물로서 '보여주고 본다'는 무목적적 몰입과 쾌락을 즐긴다. 둘째, 인간이 자부하는 개성과 고유성이란 텅 빈 실체로 진정한 의미의 개성이란 없고 타인을 끊임없이 모방함으로써 갖게 되는 '전형들'에 불과하다. 셋째 어떤 일정한 역할, 즉 무엇이 되고자 하는 지향 속에 놓인 존재로 의미와 신념을 지닌 것 같으나 실제로는 '개성'과 마찬가지로 그 내용이란 텅 비어있을 뿐이다. 원숭이 페터에 의해 토로되는 것은 결국 '인간성'의 본질이란 없으며 '주체되기'란 다만 '나'와 '너'를 가르는 자의식에 의해 끝없이 복제되는 단순한 제스처, 혹은 모방하기에 불과하다는 것이다. 작가 백정승은 이를 원숭이 페터가 처음 체험하는 격리된 방의 비유를 통해 다음과 같이 말하고 있다.

> 제 인간학습에서 제 방은 아마 가장 큰 역할을 한 것 같습니다. (…중략…) 네 벽으로 이뤄진 나만의 공간. (…중략…) 이 괴상한 적막의 공간이란 정신세계나 내면 그 자체라고 말할 수 있습니다. (…중략…) 이것은 정말이지 인공적이고도 관념적인 구조물입니다. 정신이나 내면이란 저에게 하나의 공간개념에 가깝습니다. (…중략…) 내면이란 바로 그런 것이었습니다. 방의 창가에 서서 창밖을 바라보는 것 말입니다. 창의 존재를, 그것을 통해 나눠진 안과 밖을 의식하는 것입니다. 그것이 곧 내면의 행위였습니다. (…중략…) 방은 내면과 바깥을 동시에 만든 것입니다.

안과 바깥을 나누는 창가 즉, '자의식'에 대한 이러한 비판은 근대적 자아에 대한 겨냥이자 끝없이 구획되고 경계지워진 근대 메커니즘과 인간 소외에 대한 성찰을 담고 있다. 또한 원숭이 페터가 동물원이 아니라 쇼를, 노숙자가 광장이 아니라 무대의 '강요'에 의해 인간 주체로 거듭났다는 것은 고진이 지적한 전도(顚倒), 즉 주체Subject란 결국 자신의 주인됨을 포기하고 '신' 혹은 '기율'에 굴종하는 것을 의미하기도 한다. 결국 노숙자에게 연극을 통해 학습된 '시민'이란 그가 동경한 쇼윈도의 마네킹, '진지함과 의지로 가득한 인간의 모습으로 눈에 힘을 주고 먼 곳을 바라고 있으나 텅 빈 플라스틱 덩어리'에 불과한 것으로 인식된다. 그에게 주어진 '시민'이라는 출구는 결국 관객들, 연출가가 요구하는 회개한 노숙자의 굴레를 뒤집어쓰는 것이었다. 그리고 그것이 가능했던 것은 애초에 그에겐 지향도 내면도 부재했기 때문이다. 그러나 이 소설을 지향도 내면도 없는 전근대적 인간, 혹은 비근대적 인간에 대한 우화이자 보편 인권으로 상정된 표준 인간에서 벗어난 인간에 대한 비극으로 읽어서는 곤란하다. 동물화되고 평준화된, 지극히 근대적인 인간들, 이 소설이 진짜 겨누고 있는 것은 바로 '우리들'이기 때문이다.

정념과 이념의 레가토

권여선, 『레가토』(창비, 2012)

첫사랑에 대한 기억에 있어 남녀의 차이에 대한 새로운 발견 하나, 여자는 대체로 애틋하고 아름다운 과거로 추억하는 경향이 있고 남자의 경우는 치욕과 관련하여 되새긴다는 것이다. 남자의 경우, 첫사랑은 자신이 사랑했던 여인의 아름다움이 아니라 자신의 사랑을 저버리는 그 어떤 지점에 강박되어 있기 쉽다는 것인데, 물론 이건 모든 남자가 그렇다고 일반화시킬 수 있는 것은 아니다. 다만 '첫사랑'이라는 이루어질 수 없는 '사랑'에 대한 코드에 있어 개인차가 있으나 아련하고 아름다운 것이라는 통념 밑에서 어떤 이들은 거절당한 치욕을 떠올릴 수 있다는 것. 자신에게 사랑을 고백한 여학생에게 폭력을 휘두르는 저 기이한 박남철의 「첫사랑」이라는 시도 사실, 이러한 알 수 없는 정념의 겹을 이야기하고 있는 것이 아니었던가.

요는 남녀의 차이를 말하는 것이 아니라 단순해 보이는 감정들

안에 도사리고 있는, 혹은 사실 밑에 켜켜이 새겨진 감정의 층위들을 말하는 것이고 특히 통념적으로 애틋함과 행복함이라 생각되는 '사랑' 안에 숨겨진 수치와 모욕의 기억에 대해 이야기 하려는 것이다. 단편집『분홍 리본의 시절』의 작가 권여선은 이렇듯 안전하게 정리된 듯이 보이는 감정들을 헤집고, 논리를 뛰어넘는 정념들의 역학을 성찰하는 데 탁월한 작가이다.『푸르른 틈새』이후 처음 펴낸 장편『레가토』에서도 권여선의 이 특장은 그대로 작품의 훌륭한 프레임이 된다.

"앞선 음이 아직 끝나지 않았는데 다음 음은 이미 시작되는, 그렇게 음과 음 사이를 연주하는 '레가토' 주법"(「작가의 말」)은 이 작품에서 세 가지 코드로 진행된다. 첫 번째 시간적 차원에서, 현재에 겹쳐 있는 과거의 흔적. 국회위원 박인하, 그의 보좌관 조준환, 출판기획사 사장 신진태, 국문학과 교수 이재현 등의 중년에게 어느 날 유하연이라는 여인이 나타난다. 유하연은 과거 이들과 '전통연구회'라는 운동 서클을 함께 했으나 실종된 오정연의 동생임을 자처하는데, 이 유하연이라는 돌연한 존재의 등장은 이들에게 79년의 한 시기를 되돌려 준다. 79년, 이 엄혹한 시절에 이들은 '카타콤'이라는 불리는 지하 동아리방에서 함께 독재자를 비판하고 시위에 나섰던 운동권 동지들이었다. 피세일(유인물 배포)에 처음 나선 오정연은 그날 뒷풀이에서 '공포'에 대해 고백하고, 이용호라는 선배에게 언어맞고 만취되어 회장 박인하의 자취방에 업혀가게 된다. 그리고 그곳에서 오정연은 박인하에게 순결을 잃게 되는데, 이 오정연과 박인하가 겪은 하룻밤은 또 하나의 중요한 정념의 레가토가 된다.

냉혹한 이념의 화신이자 민주투사인 박인하는 오정연을 안으려다 거절당하자 그녀를 강간한다. 그러나 이 '성폭행'은 단순히 폭력만을 의미하지 않는다. "그녀를 보는 순간 그녀를 만지고 싶었고 살을 맞대고 싶었다. 한편으로는 그런 매혹이 낯설었고 거절당할까봐 수치스러웠다. 그 낯선 수치감이 이렇게 끔찍한 사태를 불러올 줄은 몰랐다."라는 고백에서 알 수 있듯 오정연의 강제 성추행에는, 여배우의 사생아라는 자신의 콤플렉스와 소영웅주의, 열망과 치욕으로 얼크러진 사랑의 정념을 처리하지 못한, 미숙한 젊은이의 치기가 들어있는 것이다. 오정연의 편에서도 이 얼크러짐은 마찬가지이다. 표면적으로 오정연은 박인하에게 일방적으로 폭행을 당한 피해자이지만 밑그림은 이와 다르다.

"새빨간 증오와 혀를 깨무는 무력감과 미칠듯한 분노가 획획 스쳐가다 마침내 서리처럼 하얗게 체념이 내리는 표정"으로 박인하를 받아들여 '한 스푼의 피'를 쏟고 만 오정연은 박인하를 밀쳐내면서도 한편 그에게 끌린다. 오정연은 인하에게 일을 당한 뒤, 곧 그를 떠나지 않고 체한 그의 손을 따고, 김밥을 먹인다. "나도 잘 체하는디 혼자도 잘 따요. 하나도 안 아파요. 체해서 아픈 데 비할까이. (…중략…) 나가요, 지금 본께 어저께 뭣이 그리 무서버서 그 고약을 떨었는가 모르겠소."라며 다정하게 박인하를 어루만져주고, 또 "벌거벗은 채

엉거주춤한 자세로 서서 싸구려 휴지로 아랫도리를 닦으며 〈보헤미안 랩소디〉를 흥얼"거리는 그녀에게 박인하는 단순히 가해자가 아니라 육체의 비루함과 '치욕'을 공유한 동지이자 무의식이 갈망했던 정념의 대상이 되는 것이다.

이 불가해한 사건 이후, 냉담한 거리를 유지하던 이들은 한 달이 지난 즈음 다방에서 만나기로 하지만, 이 화해와 새로운 결속을 암시하는 만남은 끝내 이뤄지지 않는다. 박인하는 정연을 만나러 오다가 결국 '짭새'에게 붙들려 오랜 동안 감방에 있게 되고, 박인하의 아이를 밴 정연은 휴학계를 내고 어머니 유보살이 있는 성암사로 내려온다. 그곳에서 오정연은 딸 하연을 낳고, 80년 5월 광주에 나왔다가 실종되고 만다. 30여 년이 흐른 뒤, 박인하를 비롯한 '저년'(전통연구회) 멤버들은 대개 '인간의 형질'을 바꾸는 정치판과 현실 속에서 젊은 날의 매혹과 순결을 잃어버리고 체념과 비속함 속에 늙어간다. 박인하는 서클 후배였던 준환을 비서관으로 채용하지만 그를 모욕하면서, 아니 모욕하기 때문에 지독히 증오하고, 오정연과 박인하의 비밀을 눈치 챈 준환은 노예처럼 비굴한 태도와 술만 마셨다 하면 '누구든 가리지 않고 개새끼 씹새끼' 등의 욕설을 퍼붓는 난폭한 태도를 오가는 기괴한 인간으로 변질된다. 따라서 이때 등장한 유하연이라는 존재는 과거 박인하의 허물을 수면 위로 떠올리게 하는 불길한 물증이 아니라, 박인하를 비롯한 서클 멤버들이 세월 속에서 잃어버리고 가둬버린 과거 청춘의 꿈이자 순수를 의미한다고 볼 수 있다. 물론 거기에는 청춘의 치졸한 객기까지 포함되어 있다.

　한편, 『레가토』는 이렇듯 시간과 정념의 겹침과 단절 뿐 아니라, 이념의 층위 또한 중요한 바탕을 이루고 있는데, 이는 이 서사의 핵심이 79, 80년에서 시작하고 있다는 데에서 충분히 암시되고 있다. 작가 권여선은 80년 5월 딸 하연을 성암사의 어머니 유보살과 이모 권보살에게 잠시 맡기고 나온 오정연을 통해 통념적으로만 알던 금남로의 참상을 다시 한번 오롯하게 형상화시키고 있다. 오정연은 그곳에서 79년의 비겁한 자신의 태도와 임신으로 인해 시위현장을 떠나야했던 자괴감, 박인하에 대한 연모 등을 한꺼번에 쏟아놓으려는 듯, 거침없이 싸우다가 큰 부상을 입게 된다. 그 시위 현장에서 다친 오정연을 목격하게 된 프랑스 교수 '에르베 리샤르'는 정연을 구하지만 정연은 기억을 상실하고 '에르베'를 따라 프랑스로 떠나게 된다.

　결국 『레가토』는 박인하는 유하연이 자신의 딸임을 알게 되고, 프랑스에 영화 촬영 차 간 '전통연구회' 멤버들과 에르베의 우연한 만남에 의해 오정연이 그 모습을 드러내게 되는 것으로 끝이 난다. 광주 서사의 재현과 추리 서사적 모티브라는 측면에서 보자면 이 작품은 과거 권여선이 『푸르른 틈새』에서 선보였던 후일담의 반복이자 진부한 멜로추리서사로 볼 수도 있다. 그러나 오정연이라는 실종된 인물을 통해 과거를 재구성해가면서 과거와 현재의 겹침, 사랑과 폭력의 뒤섞임, 차가운 이데올로기를 덮친 뜨거운 피와 정념의 혼돈을 독기어린 표정으로 독자들 앞에 내놓은 권여선의 문장들에서 '날 것

의 인간'을 감각하는 것은 이 작품에서 얻게 되는 하나의 경이이자
신선한 즐거움이라고 할 수 있겠다.

시뮬라크르의 진실과 짝퉁 이소룡의 순정

천명관, 『나의 삼촌 브루스 리』(예담, 2012)

    천명관의 세 번째 장편소설 『나의 삼촌 브루스 리』는 브루스 리, 즉 70년대 영화계를 풍미했던 이소룡에 대한 오마주이다. 이미 널리 알려져있듯, 천명관은 영화 〈나는 소망한다, 내게 금지된 것을〉의 각색자이고 영화 〈북경반점〉과 〈총잡이〉의 시나리오 작가였으며, 오랫동안 충무로에 몸담아왔던 영화인이었다. 이러한 영화 이력에서 빚어진 그의 상상력은 최근 10년 동안 한국소설계의 가장 이질적인 작품으로 주목받았던 『고래』를 비롯하여 창작집 『유쾌한 하녀 마리사』, 그리고 최근 요절복통 콩가루 집안 이야기를 다룬 『고령화 가족』에 이르기까지 유감없이 발휘되어왔다.

    천명관이라는 문단 방외인의 자의식 없음은, 아이러니하게도 기존의 소설 규범을 뛰어넘어 장르 문학, 대중문화적 상상력, 상호텍스트성, 무국적 현실 등을 통해 한국문학의 외연을 넓혀왔으나, 한편 그가 개척한 이 진경은 또한 '근대문학의 종언'을 입증하는 하나의 사례로서 의심의 대상이 되고 있기도 하다.

그러니 우선 세계의 총체성, 세계의 개진, 영구혁명 안에 놓인 사회적 주체성, '공감의 공동체' 등등 기존에 학습에 해왔던 '문학의 본질'에 대한 규범과 강박관념을 던져놓고 800쪽에 달하는 이 매혹적인 이야기의 향연을 들어보기로 하자.

소설 도입부에서 "말하자면, 이것은 표절과 모방, 추종과 이미테이션, 나중에 태어난 자 에피고넨에 대한 이야기이며 끝내 저 높은 곳에 이르지 못했던 한 짝퉁 인생에 대한 이야기이다."라고 선언하고 있는 데서 알 수 있듯, 천명관은 이 소설이 '이소룡에 의한, 이소룡을 위한, 이소룡의 이야기'임을 감추지 않는다. 하여 2권 분량의 이 소설의 목차는 이소룡이 출연했던 영화들의 필모그라피로 이루어졌는데, '정무문' '맹룡과강' '사망유희' '당산대형' '용쟁호투' 등이 그것이다. 그리고 각 장의 이야기는 이소룡이 출연한 영화의 모티브를 부분적으로 반영하고 있다. 가령 '맹룡과강'이라는 장은 권도운이 서울로 상경하여 중국집 '북경반점'에서 배달부로 일하는 이야기가 중심이 되어, '중국식당'을 배경으로 하고 있는 영화와 하모니를 이루고 있으며, 권도운의 순정을 그린 '용쟁호투' 부분은 누이동생의 복수극을 벌이는 영화 이야기와 맞물려있다.

이야기는 이소룡이 사망한 해인 1973년, 벽촌이자 권씨 집성촌인 '동천읍'에서 출발한다. 이소룡에 매혹된 주인공 권도운은 다섯

살 어린 조카 상구와 그의 친구 종태를 데리고 이소룡의 추도식을 거행한다. '용'에 어울리는 제물이 필요하다며 뱀 사냥에 나서고 무모하게 살무사를 잡아챈 종태가 뱀에 물려 두 손가락을 펴지 못하게 되었다는 이 에피소드는 곧 앞으로 펼쳐질 이들의 파란만장한 운명을 예고하는 서장이 된다. 오순, 건달 토끼, 도치, 삼류여배우 최원정, 중국집 여사장인 마사장, 중국집 요리사인 칼판장, 영어교사 올리비아, 시골 촌놈에서 변호사가 된 상구 형 동구, 상구의 애인이자 운동권 여학생인 경희, 영화사 거물 유사장, 다찌마리 배우 용식과 장관장 등등 수많은 인물들이 등장하는데, 이 많은 인물들은 상구, 종태, 짝퉁 이소룡 권도운과 얼기설기 엮이면서 단역과 조역을 담당한다.

우선, 이 작품의 주인공 일명 '권소룡'의 파란만장한 일대기를 살펴보자. 그는 서자로 권씨 집안에 들어와 눈칫밥을 먹는, 말더듬이다. 변두리 삼류 극장에서 발견한 이소룡은 그의 우상이 되어 이후 그의 삶의 절대적인 멘토이자 모델이 된다. 〈정무문〉을 비롯한 이소룡의 영화의 선악의 대결, 사필귀정, 신산한 무도인의 삶이 그에겐 그가 살아내야 할 현실인 바, 고된 무술훈련으로 자신의 길을 예비해 가간다. 동천의 건달들을 물리치고 최고수로 등극하였으나 좀처럼 화려한 무술인의 세계는 열리지 않고, 고등학교를 졸업한 후 형의 농사일을 돕던 중 그는 우연히 영화촬영장에서 액션씬의 대역을 맡게 되고 그곳에서 운명의 여인, 삼류 여배우 최원정을 만나게 된다. 그러나 어수룩한 권소룡은 당시 그를 쫓아다니던 호떡장수 오순에게서 임신했다는 얘기를 듣게 되고 겁에 질려 서울로 줄행랑을 치게 된다. 서울로 상경한 권소룡은 '북경반점'의 배달부로, 이소룡의 유작 대역 배우 오디션을 위해 홍콩으로, 삼청교육대로, 동천 조폭으로, 다시 액션 배우로 전전하다가 마침내 최원정의 복수를 위해 마지막 무술을 펼치고 감옥에 가게 되지만, 최원정과 해피엔딩을 맞는다.

권도운의 수제자 종태는 소를 잃은 아버지가 자결을 하자 동천읍을 떠나게 되고 후에 동천의 조직폭력배인 라이거파에서 일하게 되는데, 사부인 권도운과 싸워 승리하게 된다. 그러나 상대조직의 보스 '토끼'를 없애는 바람에 토끼의 아내 오순의 청산가리에 의해 죽고 만다. 권도운의 조카 상구는 이 작품의 화자이지만, 한편 중요한 지점에서 이들의 운명을 바꿔놓는 결정적 역할을 한다. 가령, 종태의 아버지가 소를 잃고 자결한 것은 종태에게 앙심을 품은 상구가 소를 풀어놓았기 때문이고, 종태가 동천의 토착조폭세력인 동천파를 물리친 것은 상구가 만들어놓은 트릭(과거 토끼와 권소룡이 공유한 범죄) 때문이며, 결국 종태는 이로 인해 죽음을 맞게 되는 것이다.

위에 서술한 이들 세 명의 이야기는 단지 작품의 골격에 불과하다. 그 안에는 영화를 보듯 흥미진진한 이야기들과 탄력적인 디테일들이 들어있다. 물론 이 작품에는 단지 속도감 넘치는 스토리텔링만 있는 것이 아니다. 거기에는 70년대 근대화 바람과 80년대 학생운동, 신군부의 등장, 삼청교육대의 엽기적인 이야기, 조직폭력배와 정치권의 야합, 70~80년대 영화사, 재벌가 자제들의 부패와 패륜 등 사실적인 당대사들이 들어있고, 그것들은 단지 표면적인 후경이 아니라 이들 운명을 바꾸는 중요한 계기들을 제공한다. 가령, 권도운이 삼청교육대에서 동천의 깡패 도치와 토끼를 만나 연대하게 되는 것, 그리하여 조폭이 되어 도시개발의 각종 이권을 두고 종태파와 맞부딪치게 되는 것 등은 작가가 얼마나 치밀하게 이 무협 소설을 토착화시키기 위해 고민했는지 알 수 있게 한다.

또한 『나의 삼촌 브루스 리』에는 단순히, 무림고수들의 좌충우돌 활약상만 있는 것은 아니다. 권도운은 서자, 농사꾼, 조폭, 삼류 액션 배우, 살인용의자 등으로 전전하면서 실패한 인생을 살지만 '무도인의 길'에 바친 삶은 그에게 이소룡의 영화를 넘어서는, 어떤 극한의 순정과 진정성을 조우하게 한다. 그가 사랑한 가슴 큰 여자 최원정은 〈먹다버린 능금〉〈차라리 불덩이가 되리라〉 등에 출연하는 삼류 여배우이자 영화사 유사장의 첩이지만, 그의 30년 가까운 순정은 영화와 복수극의 허상을 넘어 진짜 '최원정'을 품에 안게 된다.

『나의 삼촌 브루스 리』는 타고난 입담의 소유자, 천명관이 이야기 충동을 유감없이 발휘한 작품으로 볼 수 있다. 그러나 그의 과거 작품이 그러했듯 이 작품은 적극적으로 영화문법을 차용하고 있으며 혼성모방에 기대고 있다. 이소룡 영화를 비롯, 조폭들의 대결의 리얼 액션의 활약에서 〈말죽거리 잔혹사〉〈범죄와의 전쟁〉〈다찌마와 리〉를 읽는 것은 그리 어려운 일이 아니며, 운명적인 순정은 〈너는 내 운명〉식의 로맨스를, 최원정을 폭행하여 찍은 유사장의 16밀리 필름은 각종 끔찍한 스너프 필름 등을 떠올리게 한다. 또한 70년대 이후의 시대적 사건들과 존 보비트에서 빌어온 성기 절단 사건 등은 매스컴에서 직간접적으로 얻은 우리들의 '관념'적 사건들의 재구성인 것이다. 요컨대, 이 작품은 〈헐리우드 키드의 생애〉와 같이 적극적으로 영화를 비롯한 대중문화, 정보와 기록들의 상호텍스트성에 기반하고 있는 작품이라는 것이다. 거기에서 세계는 폐기되고, 매스컴과 문화상품을 통해 습득된 우리의 세계는 '관념론적'이 된다.

다시 말하자면, 작품 속 현실이 지시하고 있는 것은 일차적인 '실재'가 아니라 매스컴과 매체 등에 의해 여과된 이차적인 사실과 장면이라는 것인데, 그렇다는 의미에서 이 작품은 원본 없는 '복제' 혹은 '복제의 복제'인 시뮬라크르라 할 수 있다.

> 유사(resemblance)는 재현에 쓰이며, 재현은 유사를 지배한다. 상사(similitude)는 반복에 쓰이며, 반복은 상사의 길을 따라 달린다. 유사는 전범에 따라 정돈되면서, 또한 그 전범을 다시 이끌고 가 안정시켜야 하는 책임을 떠맡는다. 상사는 비슷한 것으로의 한없고 가역적인 관계로서의 시뮬라크르를 순환시킨다.
> — 미셸 푸코, 김현 역, 『이것은 파이프가 아니다』, 민음사, 1998

미셸 푸코가 구분한 유사와 상사의 맥락에서 보자면, 『나의 삼촌 브루스 리』는 사실의 재현인 유사가 아니라, 상사들의 세계, 복제의 세계이다. 이 작품이 탄생한 것이 브루스 리의 영화라는 파생 실재이듯, 이 작품의 현실 또한 파생 실재이다. '파생 실재' '복제'라고 해서 반드시 문제라는 것은 아니다. 앞서 언급했듯, 그 파생 실재나 복제에도 '짝퉁'을 초과하는 실재의 지점이 존재한다. 그것은 권도운이 서자도 아니고 권씨 집안과 피 한방울 섞이지 않은 인물임이 밝혀지지만, 그럼에도 계모와 형과 또 상구와 나눈 혈연적 유대는 '진짜'였던 것처럼, 또 권도운이 본 이소룡의 세계는 가상과 쇼의 세계이지만 권도운이 살아낸 것은 진짜 무도인의 길이었던 것처럼, 사랑은 환상이라지만 권도운의 순정이 사랑을 증명했던 것처럼, 무엇보다 이 모든 복제에 깃든 이야기에 감염된 독자의 감정이 진짜이듯. 그러나 한 가지 지적하고 넘어가야 할 것은 복제이기 때문에, 순정은 있을지라도 그 감정에 밀도와 부피는 없다는 것이다. 이것이 우리 대중문화 소비사회에 처한 우리 문학의 운명이라면? '미디어가 곧 메시지이다'라고 한 맥루한의 말대로, 이제까지의 우리 문학의 이데올로기가 (장르적) 영화를 적극적으로 차용하면서 이데올로기를 탈바꿈하는 중이라면?

백과전서파의 이데올로기와 '라이언 일병'의 행방

조남현, 『한국현대소설사』(문학과지성사, 2012)

모든 역사는 당대의 역사이다. '역사란 현재와 과거의 끊임없는 대화'라는 카(E.H 카)의 명제를 빌어오지 않아도, 역사가의 관점과 또는 시대와 사회에 따라 과거의 사실은 항상 새롭게 재구성되기 때문이다. 임화의 『신문학사』(1939~1941) 이후 우리는 여러 편의 문학사를 얻었고 그것은 당대에 충분히 도전적이었다. 프로문학의 관점에서 최초로 본격적인 한국문학사를 서술한 임화의 문학사가 그러했거니와, 외국 문예사조의 유입을 문학사적으로 파악한 백철의 『조선신문학사조사』(1947~1949), 해방 이후 순수 문학의 정통성을 정립하려한 조연현의 『한국문학사』(1956), 식민사관을 극복하려는 학풍에 힘입어 '근대문학'의 내재적 발전론을 써나간 김현·김윤식의 『한국문학사』(1973), 그리고 해금조치 이후 복자로 얼룩진 문학사를 복원하고 남북한 문학을 통합하려는 『한국근대민족문학사』(1993) 등 문학사는 변화된 인식틀(에피스테메)에 따라 기존의 문학사의 한계를 딛고 끊임없이 새롭게 쓰여져왔다.

1400쪽이 넘는 분량에 150여명의 작가와 6000여 편의 작품을 담은 조남현의 『한국현대소설사』 1,2 또한 우리 시대의 달라진 시대정신의 성과물이다. 저자가 여러 인터뷰에서 "1급 작가와 작품이 중심이 되는 일종의 영웅사관을 극복하려했다"라고 밝힌 바 있듯, 신문학 이후 1945년까지의 소설을 다룬 이 방대한 소설사의 가장 큰 특징이자 장점은 기존의 문학사에서 조명되지 않았던 주변부 작가와 작품을 문학사에 편입시킨 것이다. 서문에 해당하는 저자의 '서술 정신과 방법'에 기대어 좀더 세밀하게 이 책의 특징을 살펴보자.

"첫째, 되도록 많은 소설을 읽었다. 과거의 문학사 기술이나 소설 기술에서 월북 작가의 소설, 수준 이하의 소설, 무명 작가의 소설 등의 이유로 정독, 분석, 해석의 대상에서 제외되었던 소설들을 가급적 많이 읽었다." 이 방법론은 이 책의 가장 큰 특징으로 다루어진 작가와 작품 편수에 있어서 이 책은 지금까지의 문학사 혹은 소설사 중 최대치를 보여주었다고 할 수 있다. 그 실례로 2급 혹은 주변부로 취급되었던 김광주, 최독견, 박노갑, 임노월 등의 작품들을 대거 편입되어 서술되고 있다.

"둘째, 대상 작품의 객관적 평가에 힘썼다. (…중략…) '역사는 해석'이라는 말이 가리키는 것처럼 역사 기술은 문제작을 새롭게 작성하고 논하는 것이어야 한다. 이제 우리 현대소설사는 비평사의 그늘에서 벗어나야 하고 독자반응사의 자장에서 벗어나는 방향으로 기술되어야 한다." 이 두 번째 방법론은 기존의 과거 문학사의 '근대성' 탐구나 베스트셀러 편중에서 벗어나고자 하는 의도로 읽히며 '2급, 주변부 작품'의 대거 편입으로 실천되고 있다.

"셋째, 소설은 종합문학의 양식이라는 인식을 용인하는 데서 출발했다." 이 입장은 곧 소설이라는 장르와 '담론, 서사'와의 관련성을 새롭게 진단한 것으로, 개화기 소설 서술에서 '논설' '정치소설' '과학소설'과 같은 주변 양식에 대한 적극적인 조명으로 입증되고 있으며 한편, 이후 소설사에서는 의미있는 관련 담론을 맥락적으로 들여옴으로써 실천하고 있는 부분이다. 가령, 『경향신문』『만세보』『제국신문』『대한매일신보』와 같은 신문에 실린 신소설 주변 작품, 백학산인의 「만인산」이나 일우생의 「오갱월」 등을 해석한다든가 이광수, 김남천, 이기영의 소설을 그들의 평론과 함께 읽는 독법 등이 그러하다.

"넷째, 작품과 작품의 관계에 주목하여 의미단위를 만드는 데 힘썼다." 의미단위는 본문에서 '신소설, 농민소설, 노동자소설, 주의자소설, 관념소설, 예술가소설, 경향소설' 등의 유형과 '귀농 모티프, 술 모티프, 금광 모티프, 야학 모티프, 전향 모티프' 등 반복 모티프의 분석 등으로 나타난다.

"다섯째, 한국현대소설은 한국현대사나 사회 또는 한국인에 대한 가장 정확하면서도 충실한 담론이라는 인식에서 출발했다." 저자는 개별 작품을 낭만주의, 계몽주의, 사회적 리얼리즘 등과 같은 기존의 거대 이데올로기 혹은 도식적 이데올로기에 의해 분류하는 대신, 개개의 현실인식 태도를 '작은 이데올로기'로 명명하며 추출하고 있다.

"여섯째, 날카로운 시선과 따뜻한 눈길을 교차시키는 가운데 작품 하나하나의 핵심을 건져내는 데 힘썼다." 개별 작품은 단순한 언급이나 목록 나열에 그치지 않고 줄거리에서부터 심화된 논의에 이르기까지 다양한 수준에서 해석, 분석되고 있다.

"일곱째, 어떤 인물을 주인공으로 하든지 모든 소설 유형은 현실 부정을 행사한 것과 현실 극복책 제시를 꾀한 것을 나눌 수 있다." 저자는 지식인 소설, 농민소설 등의 유형 아래 '보여주기'와 '실천적 의지의 표출'이라는 현실 태도를 구분하여 소설을 정리하고 있다.

이상 저자가 제시한 방법론에 의해 결과된 이 소설사의 특징과 성과를 독자의 입장에서 다시 정리하자면, ① 방대한 작품을 담고 있으며 작품은 최소한 줄거리 이상으로 조명되고 있다. ② '소설'이라는 근대 양식에 대한 맹목에서 벗어나 논설이나 주변 서사에 적극적으로 의미부여 하고 있으나 개화기 이후의 소설사에서는 주변서사에 대한 언급을 찾아볼 수 없다. ③ 문학사적 체계를 볼 때 이 소설사는 모티프, 유형론 등 주제사와 형식사를 취한 듯하지만, 결과적으로는 일관된 문학사적 체계를 보여주지 못하고 있다.

'1930~31', '1930년대 전기(1932~35)' 등의 장 제목에서 알 수 있듯 실제적으로는 연대기별 정리에 가깝다. 즉 이 책은 크게 연대기별로 작품군을 나누고 그 밑에 단편소설과 장편소설을 분류, 그리고 다시 단편소설을 지식인, 노동자, 농민, 주의자 등의 유형으로 분류하고 서술하고 있다. 이 유형은 다시 현실 태도에 따라 '보여주기와 응전'으로 나뉜다. ④ 이 유형 구분에서 알 수 있듯, 이 책은 기존 문학사의 리얼리즘, 모더니즘의 이분법적 구분을 해체한 대신 현실 인식태도에 기반하여 작품을 분류하고 있다. ⑤ 논설 등의 서사양식 등을 적극적으로 편입시키는 데서 알 수 있듯 이 책은 소설, 시, 수필 등의 근대장르의 도식적 구분에서 벗어나려 하고 있으며, 이러한 서사 확장은 '예술과 자아와 사랑에의 개안' 같은 장 설정과 마찬가지로 현재 우리 문학연구의 성과를 반영한 것이다.

위의 특징들을 통해 우리는 다음과 같은 우리 시대의 달라진 인식틀을 확인할 수 있다. 첫째, 거대담론과 서사 대신 미시 담론으로의 변화이다. 이는 리얼리즘/모더니즘 구분의 해체 뿐 아니라 2급 작가, 작품군에 대한 적극적인 조명에서 확인할 수 있는 것으로 기존의 지배담론과 지식권력에서 벗어나려는 의지의 반영이라고 할 수 있다. 둘째 정전의 해체이다. 90년대 이후 과거 '보편적 가치'를 지니는 것으로 여겼던 '고전(classic)'이나 '정전(canon)'은 끊임없이 도전받아왔다. 그리하여 시대와 장소, 주체에 따라 얼마든지 재구성될 수 있다고 인식되기 시작한 '정전'의 목록은 여러 가지 방향에서 새롭게 제시되고 있으며, 이 소설사는 그러한 인식을 반영하고 있다. 저자가 기존 문학사의 비평사적 태도와 독자반응과 거리를 두려고 하는 것도 같은 맥락에서 볼 수 있다.

셋째, 필연성 대신 우연성에 대한 강조이다. 역사의 진보를 믿는 임화의 문학사는 물론 발생론적 구조주의나 내재적 발전론(김현·김윤식), 민족적 창조적 정신의 진화와 유기체적 역사관(조윤제)에 바탕한 문학사들은 시대와 문학적 양식 혹은 문학적 변화에서 어떤 필연성을 발견하려는 모색이었다. '연대기적 구성'과 "자족적이며 독립적인 소설사 목표"에서 알 수 있듯, 이 책의 문학사적 서술은 필연성보다는 우연성에 가깝다. 물론 저자는 소설 작품과 현실과의 관계, 그리고 당대 작품군과 개별 작가의 작품군 사이의 상호텍스트성에 대해 주목하고 있다. 그러나 이 책에서 이 인과관계들은 여타의 문학사에 비해 느슨하고, 또 개별작품들에 대한 상세한 설명에 묻혀 희미해져 있다. 저자는 1장 '소설사의 역사철학적 함의'라는 장에서 선적 모형, 순환적 모형, 혼돈의 모형으로 나눈 윌리엄 드레이의 역사철학을 논하면서 선적 발전론이나 진화론을 비판하고 '순환적 모형, 혼돈의 모형'을 각별히 주목하고 있다. 모티프 분석 등은 '역사는 반복된다'는 순환적 모형의 수용으로, 연대기적 구성과 개별 작품의 파편적 나열은 역사의 불연속성과 우발성을 강조한 혼돈의 모형의 수용으로 볼 수 있다.

'거대 담론과 지배 이데올로기에 대한 부정' '정전의 해체', '근대 문학 장르의 해체와 불연속성'에 이르기까지 이 책이 기반하고 있는 시대정신은 포스트모던과 해체주의에 가까운 것이라고 할 수 있다. 포스트모던 역사관은 기존의 사실과 객관에 대한 믿음, 발전과 진보,

구조와 총체 대신 사가에 따라 얼마든지 달라질 수 있는 픽션에 가까운 역사, 왕조사와 정치사 대신 스캔들, 편지, 변기, 범죄 등으로 이루어진 일상사, 풍속사, 미시사를 불러왔다. 2000년대 이후 우리 문단과 학계 또한 이러한 영향에 힘입어 기존의 지배 담론 대신 다양한 주변부를 호명해왔다. 작가론이나 작품의 미학적 탐구 대신, 잡지를 비롯한 매체에 대한 폭넓은 연구와 이를 통한 미시적 조명 등이 그 실례이다. 그리고 2급 작가, 작품의 방대한 서술로 이루어진 조남현의 소설사는 이 흐름의 '문학사적 반영물'이자 그 성과라고 할 수 있다.

이 소설사에 의해 기존에 주변부로 밀려났던 작가와 작품은 새롭게 생기를 얻고, 그로 인해 우리 현대소설사의 지평은 한껏 확장되고 두터워진 것은 사실이다. 그러나 문학사를 읽으려는 이유 중 하나, 즉 문학사적 이해를 통해 '지금 우리 문학'의 방향과 문학적 전진을 가늠하려는 욕구를 시키기에는 부족하다. 이는 조남현의 현대소설사 뿐 아니라, 지금 우리 학계의 트렌드에 대한 아쉬움이기도 하다. 수많은 잡지와 글들을 뒤지고 읽어야 되는 이유, 그것은 비록 임화처럼 "절박한 현실적 필요"에 의한 것은 아닐지라도 아카데미의 무미건조한 해석과 분석이어서는 안 될 것이다. 2급 작가와 작품이 조명되어야 하는 이유는 2급이어서가 아니라 그것이 어떤 의미를 지닌 것이기 때문이어야 한다. 새로운 문학사를 읽는 중요한 이유 중 하나는 모든 개별 작품을 균등하게 평가하는 민주적 가치를 확인하기 위해서가 아니라, 이류 삼류라고 치부했던 것이 사가의 새로운 문학적 가치척도에 의해 새로운 지평 위에서 생생하게 살아나는 드라마를 보기 위해서이다. '라이언 일병'을 구하기 위해서는 '라이언 일병'에 집중해야 하며, 그 구출의 필연성과 다른 작품과의 차별성이 전제되어야 한다.

필자가 생각하기에 조남현의 『한국현대소설사』의 뛰어난 성과는 군소작가와 작품들에 대한 재조명과 더불어 정확한 원전에 의한 작품해석과 서지학적 정리이다. 이 책에 수록된 많은 군소 작가의 작품들을 저자는 당시 발표된 매체 뿐 아니라 출판단행본과 비교하면서 직접 읽고 정리해놓고 있다. 그러나 군소 작품과 개별 작품에 대한 애정과 배치는 이 저술을 문학사라기보다는 백과사전에 가깝게 만들어놓고 있다. 이 백과사전은 과거 프랑스의 백과전서파가 그러했듯, 무지한 독자들에게 새로운 지식을 전파하는 '계몽'의 역할을 할 것이다. 그 계몽에 의해 새로워진 지평에서 문학사는 다시 쓰여져야 할 것이다.

집 없는 도시인들을 위한 애가

배수아, 『서울의 낮은 언덕들』(자음과모음, 2011)

배수아의 최근 소설들이 지속적으로 문제삼고 있는 것 중에 하나는 '너'와 '나'라고 하는 동일성과 분별, 또는 남성, 여성, 한국인, 외국인, 동성애, 이성애 등을 분별 짓는 모든 경계들의 허구성이다. 『훌』을 비롯한 몇 편의 작품들에서 보이는 그녀의 난해하고 불분명한 서사는 '스토리텔링'을 거부하는 그녀의 태도에서도 비롯되지만, 고유성을 담보하는 분명한 명칭들을 의도적으로 거부하는 데서 발생한다. 너 / 나, 남성 / 여성, 내국인 / 외국인, 사실 / 의식, 과거 / 현재 등으로 구분된 우리들의 단단한 세계에 강력하게 항의하고 있다는 의미에서 그녀의 소설은 대체로 '탈영토화'의 이름으로 논의되곤 했는데, 최근 출간된 『서울의 낮은 언덕들』은 이러한 문제의식이 가장 적극적으로 표명된 소설이라고 할 수 있다. 배수아는 남성도 아니고 여성도 아닌, 혹은 한국인도 아니고 독일인도 아닌, 혹은 이성애자도 아니고 동성애자도 아닌, 뚜렷한 정체성을 갖지 못한 분절된 목소리, 분열된 자아, 익명의 목소리로 무엇을 얘기하고자 하는 걸까. 그것은 의식적으로 실험된 작품들에서 저마다의 독특한 의미의 자장을 이루고 있지만 이 작품에서는 좀더 실존적인 고통과 철학적 사유를 보여준다.

이 소설에서 가장 핵심되는 것은 '존재의 중첩'이다. 존재의 중첩은 두 가지의 방향에서 사유된다. 하나는 공간적 측면에서, 또 하나는 시간의 부정을 통해. 주인공 경희는 오래 동안 거주했던 도시를 떠나 베를린으로 향한다. 그녀의 동선은 비엔나로 이어지는데, 그녀가 다른 도시들을 체험하면서 느끼는 것은 모든 도시들이 별개의 것이 아니라 서로 관통하면서 중첩된다는 것이다.

그러나 어느 순간부터, 도시를 하나하나 지나쳐서 걸어가다 보면, 이 모든 다른 얼굴과 자태의 도시들 사이를 관통하는 보이지 않는 시공의 혈관이 있어서, 그것은 일종의 정신의 공항 같은 것인데, 그것을 통해서 도시들이 동시에 살고 있다는 생각이 들어. 별개인 도시들이 실제로는 아주 완전히 별개의 것이 아니라 서로 마주치고 관통하며 때로는 무의식중에 겹쳐질 수도 있음을. 이 생과 저 생도 마찬가지겠지. 내가 아직 이 생에 완전히 도착하기 전에, 전차가 내 최후의 육신 위를 지나가는 것을 보았다는 생각과 함께, 그리고 우리는, 어쩌면 지금 이 순간에 나 자신을 온전히 바치기 위해서, 반드시 온 정신을 한곳으로 집중할 필요가 없을지도 몰라. 내가 나에게 집중하면 집중할수록 나는 점점 파생하고, 또 그런 생각을 하면 할수록 나는 동시에 수많은 자아로 분열되면서 아득해지지. (…중략…) 살아갈수록 나는 점점 희박하고 점점 퍼져나가며 다중적인 우주의 일부로 넓게 스며든다는 것을 말하려는 것뿐이야. 그래서 마침내는 나 스스로가 온 세계의 지평선이 되고 말거야. 그런 순간이 올거야. (116~117쪽)

위 인용문에서 경희는 '모두'이면서 동시에 '하나'인 '도시'에 대해 이야기하고 있다. 경희는 애초 고향같은 도시를 떠나면서 줄곧 하나의 도시에서 살았던 자신이 "수겹의 성벽과 군대와 가시창살 같은 도시 성벽을 이루는 하나의 단단한 벽돌"이 되어 있다고 생각한다. 그리고 그녀는 "자신을 어떤 특정한 장소로부터 분리시키고 단 하나의 좌표라는 물리적 고유성을 분열시키고자 하는 열망"으로 도시를 떠난다. 그 고유성을 지나 다른 고유성을 지닌 도시들을 거치면서 경희는 애초에 그녀가 열망했던 바, 모든 고유성에서 이탈한 '방랑'하는 영혼을 갖게 된다. 이 방랑의식은 도시들의 경계를 없애버림과 동시에, 카라코룸이라고 하는 하나의 독특한 공동체 의식으로 연결된다.

비엔나의 친구 마리아가 가입했다고 하는 '카라코룸'이란 집을 공유하는 회원들로 방랑자들에게 서로의 집을 제공하는 단체를 의미한다. 카라코룸에 가입했다는 것은 전 세계에 잠자리를 갖게 되었다는 것이고 동시에 자신의 고유한 집 또한 타인의 집이 되었음을 의미한다. 배타성을 제거한 이 우주와 같이 무한히 열린 '집'이란, 단순히 방랑의식이라는 공간적 상징성을 갖는 것만이 아니라, 위의 인용문에서 '우주의 지평'으로 암시되는 '무아(無我)'를 뜻한다. 즉, 집의 개방과 더불어 열리는 전 세계에 걸친 집의 소유란, '수많은 자아로 분열'되면서 점점 퍼져나가고 스며들면서 '우주의 지평선'이 되어버린 '나의 없음'을 뜻하는 것이다. 이 소설에서 방랑과 '자아의 해체, 혹은 와해'가 갖는 긴밀한 관계 "수많은 산과 강을 넘어 어느 정도 이상의 시간과 지리적 한계에 다다르게 되면, 내가 바로 지금의 나 자신이며 나 자신의 의식으로 생각하고 있다는 사실 또한 배타적이고 유일한 사실이 되지 못하리라"와 같은 문구를 통해 거듭 강조되고 있다.

한편 배수아는 시간의 연속성과 순차성에 부정에 대해 보르헤스의 '틀뢴'의 개념을 이야기하고 있는데, 이 개념에 따르면 "미래란 오직 우리의 현존하는 공포심과 희망을 입고 있는 형태로서만 실제이며, 과거는 기억이라는 상상의 형체로만 존재한다"는 것이다. 실재하는 것은 단지 수분 전에 창조된 현재이며 모든 미래와 과거가 환상에 불과하다는 이러한 사고는 또 한편, 정체성에 대한 부정에 다름 아니다. 나의 기억이 환상에 불과하다면, 그리고 (좀 더 보르헤스적 시간 개념을 확장시켜) 나의 미래 또한 이미 만들어진 과거의 출연에 불과하다면 우리는 '나'의 기원과 후손, 선조라는 연쇄적 고리에서 어떤 '필연'으로 존재한다고 주장할 수 있을까. 배수아의 이러한 시간의 연속성과 순차성에 대한 부정은 곧 부모와 나의 직선적인 관계는 물론 '나'

라는 개별성을 부정하게 된다. 하여, 이 소설의 마지막에 경희의 딸로 등장하는 '나'라는 인물과, 경희는 단 한 명의 아이를 낳지 않았다는 이 기묘한 모순이 가능하게 된다. 즉, 배수아의 전언에 따르면, 우리는 무의지적인 부모의 모든 아이들이고, 그 아이들인 우리들은 이미 모든 과거와 미래를 살아버린 부모이기도 하다는 것이다. 이러한 시간과 공간에 인식은 모든 존재들에서 '나'를 보고, '나'에게서 모든 존재를 읽는 '존재의 중첩'이라는 이 소설의 독특한 사유를 뒷받침하고 있는 것이다. 그리하여 경희는 베를린의 안경 쓴 승려에게서 느닷없이 달라이 라마를 보거나, 옐리네크를 목격하거나, 혹은 자매에게서 '나'를 감각하거나 하는 것이다. 그렇다면 '순환적 시간, 동시적 공간'이라는 이 소설의 화두는 인간이라는 '유전자'가 몸담고 있는 시간과 공간의 거대한 원환에 대한 전 지구적 맥락에 대한 신화적 탐색일까.

이 소설은 지극히 불친절한 서사로 이루어졌지만, 이야기가 전혀 없는 것은 아니다. 이 작품에서 애초에 경희의 베를린 행은, 한때 그녀의 독일어 선생이었던 남자가 죽음을 앞두고 있다는 소식을 들으면서 이루어진 것이다. 그 여행을 '걸어서' 하겠노라는 경희의 결심은 비록 하루 만에 중지된 것으로 묘사되지만, 경희는 그 '걸어간다는 것'의 의미를 다음과 같이 이야기 하고 있다. "육신의 맹목적인 진지함이었을 거예요. 순수하고도 직접적인 진지함, 나는 그것을 바랐던 것입니다. (…중략…) 그래 나는 걸어서 그곳으로 가겠어. 왜냐하면 걸어간다는 것은 일종의 비언어적 정당성을 획득하는 유일한 방법이고, 지금 이 시대에 행할 수 있는 가장 나 자체인 것이며, 마음과 육체를 모두 포괄하는 전체적인 묘사라고 생각되었으니까요."(22~23).

경희의 이러한 끕진한 결심은, 그녀에게 '독일어 선생'이 갖고 있는 의미를 짐작하게 한다. 독일어 선생은 그녀에게 '온 몸과 마음으로, 순수하고 경건함으로 다가가가야 할' 생의 중요한 의미였던 것이다. 그녀는 그 여정에서 독일어 선생과 동일인으로 짐작되는 '미스터 노바디'라는 작가와의 사랑을, 또 그의 아들인 반치와 비엔나의 마리아를 만나게 된다.

그러나 이 모든 여정의 귀결은, 결국 앞서 언급한 '존재의 중첩'에 대한 제시로 귀결된다. '나'는 모두이면서 동시에 아무도 아닐 수 있다는 이 존재의 중첩은, '수취불명의 편지의 운명'으로 암시된다. 이 이야기의 에필로그에 해당하는 뒷부분은 '우리'라는 화자가 서울에서 경희를 찾아다니는 것으로 이루어져 있다. 이 작품의 서두에서 등장한 '우리'라는 화자와 동일한 그 '우리'인데, 그 우리들이 경희를 찾아나선 데에는 다음과 같은 사연이 있다.

경희는 베를린의 치유사의 집에 머물면서 미스터 노바디에게 자신의 '베를린 주소'를 전한다. 경희가 베를린을 떠난 뒤, 우리들은 편지의 복사본을 받게 되는데, 그 편지의 송신자는 심장마비로 죽은 미스터 노바디. 수취인은 경희이고, 주소지는 경희의 '베를린 주소'이다. 그러나 그 편지는 우여곡절을 거쳐 베를린에서 한국으로, 다시 베를린으로, 상하이를 거쳐 중앙아시아의 수도 등을 거쳐 '수취인 불명'이라는 스탬프와 함께 다시 베를린의 주소로 되돌아온다.

2년이 지난 뒤 망자의 편지를 받게 된 '우리'는 경희에게 직접 전해 주어야겠다고 결심하고 한국으로 날아온다. 경희가 독일에서 알았던 교포로 짐작되는 '우리들'은 한국에서 '낭송극 배우'라는 사실을 근거로 경희를 찾아다니지만 끝내 그녀를 찾지 못하고 만다. 시간이 흐르면서 '우리'는 이미 알고 있는 경희에 대한 구체적인 사실들을 점차 희미하게 느끼게 되고, 어떤 속삭임에 의해 '경희의 없음을, 경희가 중단되고, 경희가 그치고, 경희가 잦아들고, 성분 융해되고, 낮은 언덕의 형태로 흘러내렸다'는 사실을 인식하게 된다. 즉, 수취인 불명이란 이 편지의 운명처럼 베를린의 어느 곳에 분명히 존재했던 경희란 이미 존재하지 않는 '흔적'이 되어버린 것이다. 그러나 그 없음은 사라짐이 아니라, 모든 존재에 희미하게 스며들었다는 것, 즉 보이지는 않지만 여전히 존재한다는 사실은 '경희가 낮은 언덕의 형태로 흘러내렸다'는 시적인 문구로 비유되고 있는 것이다.

경희의 없음과 경희의 편재, 이 모순적인 사실에 대한 인식은 사실, 경희가 사랑한 미스터 노바디의 없음에 대한 비통한 애도를 뜻한다. 경희가 결심한 애초 '걸어서'의 의미가 앞서 "수많은 산과 강을 넘어 어느 정도 이상의 시간과 지리적 한계에 다다르게 되면, 내가 바로 지금의 나 자신이며 나 자신의 의식으로 생각하고 있다는 사실 또한 배타적이고 유일한 사실이 되지 못하리라"라는 것이었다는 데서 짐작할 수 있듯, 그리고 이어진 "그렇다면 부질없음을 알면서도 결코 사라지지 않은 이 욕망의 정체는 무엇인가. 자기 자신이고자 하는 욕망, 자기 자신이 원하는 것을 원하고자 하는 이 애처로운 욕망. 그건 형태를 바꾸며 되풀이 되는 영원한 성질과 같은 거야."라는 고백에서 알 수 있듯, 배수아의 이 힘겨운 고투는 결국 고유한 어떤 욕망에 사로잡힌, 동시에 지독한 어떤 고통에 짓눌린 '나 자신'이 되지 않고자 하는 노력으로 볼 수 있다.

욕망과 고통이, 그리고 존재의 현존이 단지 고유한 '나'라는 육체에게 귀속된 것이 아니라 모든 육체에 들어갔다 나왔다 하는 하나의 '영원한 성질'에 불과하다면 '나'의 욕망과 고통은 부질없음이라는 것. 그것이 바로 배수아의 이 애끓는 비가가 전하는 생의 위안인 것이다. 그것은 배수아가 앞서 『올빼미의 없음』에서 보여준 죽음에 대한 단말마적인 비명과 같은 맥락에 있는 것으로, 주체의 고유성을 부정하고, 육체를 부정하고, 경계를 부정하는 이 '없음'의 전략은 결국 '있음'을 역설하는 논리일 수 있다. 이러한 사실은 경희의 직업이 목소리 배우, 즉 낭송극 무대 배우라는 사실과도 연관되는 것으로, 육체 없이 목소리로 존재를 드러낸다는 이 희귀한 존재론은 숱한 죽음과 부재 뒤에 남은 흔적으로서의 존재론을 암시하는 것이다. 경희를 찾아나선 '우리'는 실체로서의 경희를 만나지 못했지만, 그들이 만난 경희의 목소리처럼 경희는 세상에 미만해있다. 육체와 의식이라는 고유한 주체성을 뛰쳐나와 부스러진 형태로, 즉 '낮은 언덕들'로 말이다. 『서울의 낮은 언덕들』은 이렇듯 사랑하는 연인의 '실체 없음'에 대한 고통을 '존재의 편재'라는 역설로 뒤바꿔놓은 사랑하는 '주체'의 절규이다.

그리고 그것은 이 작품 곳곳에서 언급하고 있듯, 가난하고 무력한 도시인들에 대한 애가이기도 하다. 미스터 노바디와 반치와의 대화에서 자주 강조되고 있듯 고대어와 신화의 세계를 이어받지 못한 도시인들은 '도시인'이란 옷을 벗는 순간, 그야말로 시민증을 빼앗긴 난민이나 마찬가지이다. 도시인의 익명성과 획일성은 도시라는 거대한 기계에 잘들어맞는 기능성을 지니고 있지만, 돌아가 의탁할 곳 없는 영혼의 동굴을 갖지 못한 종족은 "기계 사회의 프롤레타리아"이다. 벤야민 식으로 말하자면, 존재의 전체에 해당하는 긴 경험을 갖지 못한 도시인들은 순간의 파편적 '체험'에 의해 동강난 가난한 영혼들이고 새로운 프롤레타리아인 것이다.

따라서 『서울의 낮은 언덕들』은 그 은거할 곳 없는, 헐벗은 도시인들에 대한 애가이기도 하다. 그것은 반치의 비판에서처럼 마오이스트, 신비주의자, 반정부단체, 환경주의자와 추상적인 이름을 띠었다 붙였다 하면서 살아가는 집 없는, 즉 토착성을 잃어버린 도시인들에 관한 이야기인 것이다. 이와 관련하여 이 소설에는 하나의 재미있는 에피소드가 등장하는데, 이는 대량의 죽음 공장인 병원에서 나와 죽음만은 온전히 자신의 것으로 만들고자 뛰쳐나온 어떤 남녀의 이야기이다. 죽음의 공장을 벗어난 대신 이들은 사막에서 육체의 고통을 온전히 자신이 짊어지는데, 결국 이들은 육체를 벗어나 기억과 의식으로 존재하게 된다는 이야기이다. 이 이야기는 '존재'란 반드시 육체를 집으로 해서만 있는 것은 아니라는 것에 대한 암시이다. 그리고 그것은 이제껏 독창성, 개별성을 향해 질주해왔던 배수아 소설의 새로운 징후이기도 하다. 대중성, 획일성, 공동체 등을 거부한 채 오로지 특이성(singularity)을 향해 달려온 배수아가 이른 곳이 존재의 중첩과 보편성이라니.

시공간은 물론 육체를 벗어나 존재하는 존재론을 탐색하고 있는 『서울의 낮은 언덕들』은 역설적으로 '오줌과 피'로 이루어진 이 핍진한 삶에 대한 고통스런 고백이자 초월적 기도로 읽힌다. 무엇보다 나는 이 작품에서 사랑을 잃고 우는 여인의 슬픈 얼굴을 보게 되는 것은 어이된 까닭일까.

오렌지족의 상처에 대한 보고서

노희준, 『오렌지 리퍼블릭』(자음과모음, 2011)

프랑스의 크리스토프 샤를은 「공간적 사회적 위치—19세기말 문학장의 사회적 지리학에 대한 에세이」에서 수도 파리 내부의 사회적 격차에 의한 차별적인 공간 점유와 문학장에서의 위치에 따른 주거지 관계를 고찰한 바 있다. 당시 파리는 부르주아지의 주거지인 파리 중심·서쪽/서민 계급이 사는 파리 주변부와 북부로 나뉘는데, 전반적으로 부르주아적인 작가들은 파리 서쪽에, 가난한 작가들은 대부분 파리 북부나 라틴 구역에 거주하고 있음을 분석함으로써, 글쓰기라는 내면적이자 존재론적 경험이 어떻게 그들의 생활양식과의 관계맺는지를 보여주고 있다. 파리 서부 거주자들인 부르주아 작가들은 대개 아카데미 프랑세즈 회원인거나 성공을 거둔 작가들, 대부분 대학 종사자들이었던 심리주의 소설가들이었다는 것, 그리고 가난한 지방출신들이 대개 당시 돈과 무관한 아방가르드 시인, 통속극 작가,

자연주의 소설가였다는 것은 작가의 사회적 위치와 경제적 형편이 어떻게 문학적 지향성이나 당파성을 좌우하는지를 보여주는 한 예라 할 수 있다.

이를 지금의 한국에 적용해본다면? 일산에 밀집해 있는 작가군과 홍대 근처를 중심으로 한 작가군, 그리고 수도권 외곽과 지방 거주의 작가들의 문학적 성향과 수입을 비교해보면 주거지와 한국문학지형도에 대한 흥미로운 분석이 나올 것이다. 이에 대한 가설은 이 글의 목적이 아니므로 논외로 하고, 분명한 것 중 하나는 강남에 거주하는 작가는 거의 찾아볼 수 없으리라는 것이다. 작가들이 강남에 살지 않는다는 것은, 문학이 부와 크게 인연이 없다는 말일게다. 그렇다면 부자들은 왜 문학과 거리가 먼가? 그들에게는 내면이란 없는 것일까, 혹은 상처가 없다는 것일까, 문학예술에 흥미가 없다는 것일까? 물론 그렇지 않을 것이다. 다만, 존재론적 상처, 내면에 대한 관심이 있고 심지어 그런 글을 썼다 했다하더라도 이를 생업으로 발전시키지 않았거나 그럴 필요가 없었다는 것. 이는 작가, 예술가 집단이 '어떻게 과거 귀족의 후원에서 벗어나 자율성을 획득하고, 부르주아와 서민 대중들을 새로운 패트론으로 설정하면서 또 어떻게 상업화되어갔는가'라는 또 하나의 묵직한 문학사회학을 요구할 터이나, 각설하고.

노희준은 강남 출신의 작가이고『오렌지 리퍼블릭』은 그러한 자전적 사실에서 길어올린 강남 오렌지족들의 삶과 풍속에 대한 기록이다. 주인공 노준우의 중학시절부터 대학 입학까지를 그렸으니 성장서사의 일종이라고 할 수 있다. 그러나 흔히 우리가 읽어왔던 성장소설과는 차원이 다르다. 어른과의 단절, 가정불화, 제도교육과의 갈등, 첫사랑, 우정, 성, 죽음 등 성장 서사의 키워드는 공통되지만, 이들을 채우는 '세트'와 '소도구'들은 낯설어서, 비현실적이기까지 하다. 물론 강북 출신인 필자의 관점일 수도 있을 터이나, 어쨌든 이 강남의 오렌지족들의 성장서사는 「회색노트」로 상징되는 교환일기나, 헤르만 헤세, 루이제 린저, 자율학습 땡땡이, 하루 동안의 가출 등 80년대의 평범한 강북 청소년들의 반항 소품과는 이질적인 것들로 가득 차 있다. 또 하나 이 작품은 청소년기의 방황을 그리고 있긴 하지만, 이 방황을 거쳐 인물들이 성숙한 주체로 성장하지 않는다. 그런 점에서 성장소설로 볼 수 없다. 그렇다면? '상처없는 영혼이 어디 있으랴'는 랭보의 말마따나 이들에게도 그들만의 상처가 있고, 작가 노희준은 그 상처의 속살을 그만의 독특한 문체로 펼쳐놓는다.

주인공 노준우의 왕따 진입은 이렇게 출발한다. "아시안 게임이 끝나자마자 강남의 중학교에는 순식간에 나이키 물결이 밀어닥쳤다. 나이키는 바라지도 않았다. 퓨마나 프로스펙스도 바라지 않았다. 월드컵이나 까발로 정도만 돼도 황송했다. 나는 기차 표를 신고 있었다." 나이키를 신지 못해 왕따를 당해야했던 중학생은 한국 정치, 경제, 법조계의 거물들을 낳았던 명문 X고에 들어간다. 그리고 그곳에서 그들만의 '신분계급' 질서 속에서 자신의 초라한 위치를 발견한다. 80년대 개발 붐에 의해 형성된 강남의 계층구조란 작가에 의하면 이렇게 나누어진다.

재래종인 감귤, 개발 전부터 살던 원주민이거나 개발초기에 집값이 싸다는 이유로 들어온 사람들로, 운이 좋은 편이기는 했으나 부자라고는 할 수 없었다. 신흥귀족을 형성한 것은 80년대 유입된 외래종으로 그들 중 일부가 이후 '오렌지'족으로 불리게 되었다. 마지막으로 강을 건너온 '탱자'가 있었다. 강남에 살지만 온몸으로 강북인 애들. 자연산 토종이지만 재배종은 아닌 경우.

감귤 노준우는 오렌지족들에 의해 '이름없는 애'로 취급당하다가, 비상한 전술과 음모로 오렌지족의 비행을 은폐시키고 해결해 준 댓가로 그들의 '정신족 지주'가 된다. 학년 캡인 '짐승과 입술', '외교관 아들 성빈', '킹카 하진', '국회위원 병신' 등으로 이루어진 이들 그룹과 함께 어울려 다니며 부와 권력을 향락하지만 그는 곧 그들의 실체를 목격하게 된다. 카페에서 만난 여자들을 꼬셔 여관에서 스트립 포카를 치고 집단 강간하는 성빈과 입술의 야만성과 폭력성. 감귤 노준우는 이들을 배제시키고 킹카 하진, 조폭 아들 세한, I여대 1학년 킹카인 예은과 성북동 저택의 재벌 딸 신아를 구성원으로 하여 'un'(그 무엇도 '아닌', 하지만 아무것도 아니지는 '않은'이라는 의미)이라는 모임을 형성하고 그 수장이 된다. '소수정예의 부르주아 공산당'으로 규정한 'un'은 3대 강령으로 '모든 것을 공유하는 공산주의, 모든 인간과 모든 가치가 평등하는 평등주의, 속물들의 사회에 구체적으로 저항한다는 실천주의'를 내세우고 강남 유흥가 일대를 돌며 활약한다. 그들의 활약이란 여장하고 백화점 돌기, 메이커 옷이 아닌 양아치, 빠순이 복장을 하고 나이트에서 놀기 등인데, 결국 이들의 놀이는 이태원 외국인 클럽에서의 끔찍한 성폭력으로 일단락된다.

이러한 오렌지족의 유희적, 극단적 행동주의의 한 편에는 연인 관계인 노준우와 신아가 서로 다른 이성들을 만나 자는 '하룻밤 서기(onenight stand)' 경쟁, 예은을 하진과 준우가 공유하는 위악적 사랑놀음이 들어있는데, 결국 세한의 죽음을 핑계로 댄 이들의 끝모를 자학, 가학적 행위는 부산에서의 레이스에서 끝나고 이들은 독일 음악학교와 대학교 등으로 뿔뿔이 흩어지고 만다.

작가는 이들 오렌지족들의 화려한 복장, 술과 나이트, 난잡한 성행위 이면에 있는 이들의 상처를 들춰내보여주기도 한다. 노준우의 애인인 신아는 재벌 딸이지만 그녀의 아버지는 어린 여자만을 밝히는 유아 성애자이고, 킹카 하진은 재벌 2세의 첩인 어머니를 둔 데다가 어렸을 적 교통사고로 다섯 번의 성형수술을 받아야했고, 조폭 아들인 세한은 새엄마를 아버지와 공유하고, '병신'의 아버지인 국회위원은 정치 비리인이고, 예은은 재력가의 현지처이고 등등.

그러나 이들이 결성한 'un'의 위악적 행위와 향락이 이들의 상처를 구원해줄 것인가? 작가가 밝히고 있듯, 결국 'un'은 이들 가정 환경의 상처보다 더 끔찍한 내면적 상처를 만들어준 원인되었을 뿐이다. 그것은 이들의 일탈과 반항이 결국, 나이키를 신지 못한 노준우의 '상처'와 흡사한 인식 위에서 행해졌기 때문이다. 즉, "맨몸으로 모든 걸 갖고 태어난 놈들을" 이겨보기 위해 오렌지족에 합류한 노준우가 그들의 부에 기생하면서 한껏 그들을 조롱했듯, 이들의 강남 속물에의 반항은 진지한 의미에서의 퇴폐라할 것도 없는, 지극히 속물스러운 것이다.

쇼윈도가 되어버린 압구정동의 맥도날드 2층의 통유리, 거리와 나이트 클럽, 술집의 모든 시선들을 온 몸으로 받으면서 무심을 쏘아주는 우아함, '자기 만족을 위해 꾸민다는 말은 타인의 시선들을 통해 나 자신을 바라본다는 뜻'을 알아버린 주인공 노준우의 깨달음처럼 이들의 청춘의 방황과 탕진은 자신이 아닌 온전히 '타인지향형'에 바쳐지고 있다. 그렇기 때문에 이들의 방황은 극단적이지만 치열하지 않고, 충격적이지만 감동이 없다. 주인공 노준우가 대학에 입학해서 운동권에 저항하는 것도 마찬가지이다. 그들의 소비지향적인 삶과 전체주의에 요요마, 『마의 산』, 『적과 흑』, 『옥중 수고』식의 교양주의를 내세우는 것도 이와 크게 다르지 않다. 그것은 운동권이냐 오렌지족이냐, 혹은 리바이스 501 버튼 플라이냐 요요마냐의 문제가아니다. 행동과 사고가 타인에 대한 반응에서부터 작동한다는 것, 타인의 방식으로 저항한다는 것은 결국, 그 자장으로부터 한 치도 벗어날 수 없다는 것을 의미한다. 결국 인정욕구에 의한 반항과 모방은 텅 빈 실체이자 허울뿐인 '나'를 확인하는 것이 아닐까.

너울의 문장들

송하춘 작품론

송하춘의 소설은 '현실주의'를 바탕으로 하고 있다. 여기서 현실주의란 세계변혁의 비전, '전형'이나 '당파성'으로서의 리얼리즘이 아니라 구체적 경험 세계 탐색, 그리고 화려한 수사와는 무관한 담백한 현실 문법으로서 소설적 특징을 이르는 말이다. 그의 소설은 개인 내면의 넘치는 파토스와 자의식, 낭만적 환상과 이상에 대한 수직적 초월이나 일탈의 욕망, 혹은 실험 문법과는 거리가 멀다. 그의 소설은 작가가 딛고 있는 일상의 공간과 현실원칙에 충실하며 그렇기 때문에 좀처럼 독자들에게 해방과 일탈의 카타르시스를 허용하지 않는다. 그러나 이 '땅'에 굳건히 발 딛고 있는 이 '토착적' 작가의 행로를 좇아가다보면 어느새 그의 매끄러운 표면 아래 들끓는 '정념'과 어지러운 세속의 일들을 만나게 된다. 우리가 날마다 겪으면서도 익숙해지지 않는, 일상의 모험을 예민하게 포착해 나가는 이 작가의 문장들은 돌연한 '풍랑'이 아니라 그 풍랑에서 불어온 바람이 일으킨 파도라는 점에서, 또한 잔잔한 해수면의 속 깊은 '뒤채임'이라는 점에서 '너울의 문장'이라 할 수 있겠다. 송하춘 소설의 한 구절을 빌자면 "너울은 스치는 바람이 아니라 들끓는 바다"이며 "속바다가 뒤채면"(「그해 겨울을 우리는 이렇게 보냈다」, 1:35)[2]서 일으키는 파도이다. "겉으로는 다만 찰싹거릴 뿐인 것 같지만, 속으로는 엄청 들끓고 있는" 송하춘의 너울의 문장들은 그의 현실 문법과 일상 세계 밑바닥에 있는 역동성에 대한 암시이며 또한 "너울은 물의 동요가 아니라, 배의 중심을 잡는 일이라는 걸 나는 나의 항해를 통해서 알고 있기 때문이다."(3:193)라는 인물의 고백처럼 예술과 삶의 중심을 잡아나가는 그의 항해법이기도 하다.

가을의 신록

송하춘의 1972년 등단작 「한번 그렇게 보낸 가을」은 대학 재학 시절 그가 겪은 체험을 형상화한 작품이다. 주인공 대학생인 '나'는 계엄령으로 대학을 군인들에게 내어주고 하릴없이 조카와 낙엽 쌓인 고궁을 거닌다. 그림을 그리는 조카를 내버려두고 고궁을 어슬렁거

---

2 이 글에서 인용한 송하춘 작품의 서지는 다음과 같다. 앞으로 논의의 편의를 위해 번호와 쪽수로 대신한다. 1. 『송하춘 소설선 1-사막의 폭설』(문학사상, 2010), 2. 『송하춘 소설선 2-그의 청동기』(문학사상, 2010), 3. 『태평양을 오르다』(우리문고, 2005), 4. 『꿈꾸는 공룡』(나남출판, 1998), 5. 『은장도와 트럼펫』(나남출판, 1987).

리다가 '나'는 충동적으로 '궁중의 내실'을 훔쳐보게 된다. 조카는 가을 고궁에서 '신록'을 그리고, '나'는 낯선 여자를 만나 이야기를 나누고 낮술을 먹다가 그녀의 품에 안겨 눈물을 흘리고 헤어진다는 이야기이다. '학교 못 간 대학생과 가을 단풍 속에서 신록을 그린 조카, 궁중의 내실을 훔쳐보고 싶은 충동을 공유하고 있는 여인과 나'가 도대체 무슨 이야기인가?

좀처럼 요약되지 않는 이 소설처럼, 송하춘의 문장은 좀처럼 요약되지 않는 인간의 이야기를 거대 사건이 아니라 미세한 기미들과 주변적 에피소드들을 통해 형상화하곤 한다. 그 속내를 읽어보자. "고궁은 잡념을 없애주어서 좋다. 그렇잖고서야 무슨 재주로 오늘 하루 또, 골방에 처박혀, 꽁꽁 닫힌 학교 정문이나 의자들이 책상 위에 무질서하게 물구나무 서 있을 도서관 같은 걸 생각하는 데서 해방될 수 있겠는가."라는 소설 도입부의 '나'의 진술은 한가로이 고궁을 거니는 듯한 대학생의 발목에 무엇이 걸려있는지 암시한다. 주인공은, 짐짓 '중지된' 대학생의 휴일을 만끽하고 있는 듯 보이지만 처음부터 그의 '실존'의 덜미를 잡고 있는 것은 '휴교한 대학'이라는 '문제적 현실'이다. '오백 년 돌담'을 거닐며 "학교는 영원히 문을 닫아도 좋으니 그냥 이렇게 살아버릴까"라고 생각하는 주인공의 현실 외면은 다시 한 여자에 의해 걸림돌에 걸리고 만다. "대학생이죠?"라고 집요하게 묻는 낯선 여자의 질문에 그가 까닭없이 화를 내는 것은 그의 현실을 환기시키기 때문이다. 궁중의 내실을 훔쳐보는 것을 들켜버린 그에게 여자는 다음과 같은 이야기를 들려준다.

> 내가 처음 이 고궁에 왔을 때, 그때 나는 어쩌다가 저 커다랗고 우중
> 중하게 생긴 방 속에 무엇이 있을까 하고 들여다본 적이 있어요. (…중
> 략…) 근데 이상하게도 나는 한번 그 속을 들여다보기만 하면 언제까지
> 나 거기서 떨어지고 싶질 않거든요. 그 느낌은 뭐랄까? (…중략…) 마치
> 긴 강을 보는 기분이거든요. 그동안 살면서 나는 꽤 많은 사람들을 만났
> 어요. 근데 가만히 보면 그 숱한 사람들도 때로는 하나같이 보일 때가 있
> 어요. 내가 우리 가게에 앉아서 가만히 보면 사람들은 대개 저기, 연못이
> 있고 그 연못 속에 정자가 잘 배경을 이뤄주는 섬돌에서 사진을 찍어요.
> 그러고는 지금 우리가 앉아 있는 바로 이 잔디 위에서 점심을 먹거든요.
> 그리고 많은 사람들이 이곳에선 웃어요. 이런 모든 것들을 내 상점에 앉
> 아 오랫동안 바라면 꼭 커다란 한 마리의 짐승이 꿈틀거리고 있는 기분
> 이 들어요. 그 거대한 짐승은 마치 강물이 넘실거리듯 항상 굼실굼실거
> 리는 거예요.(2:312-313)

고궁 안 상점 여직원으로 밝혀진 그녀가 들려준 저와 같은 이야
기에는 '궁중의 내실'을 들여다보는 '나'의 내밀한 충동과 고뇌에 대
한 위로가 담겨 있다. 군인에게 쫓겨난 대학생의 무력감은 현실과 단
절된 고색창연한 고궁에서도 추방되지 않고 그를 따라다니며 괴롭힌
다. '궁중의 내실'을 들여다보고 싶은 충동이란, 문 닫힌 대학에서 벌

어지고 있는 일에 대한 호기심이며, 그것은 곧 과거가 아니라 현재에 대한 충동이고 소외가 아닌 참여에의 충동이다. 폐쇄되고 굳어버린 과거 유적이 아니라 그 유적 안에 충만했던 '살아있는 이야기'에 대한 상상력과 호기심은, 여인의 '꿈실거림'이라는 표현에 암시되어 있는 것처럼 곧 '살아있는 역사'에 대한 충동이자 희망이라고 할 수 있다. 그것은 또한 짐짓 아무렇지도 않은 척 하는 자신의 내면을 들여다보는 일이기도 하다. 하여 퇴락한 가을 고궁 같은 고독과 열패감, 단풍처럼 짙은 허무감과 정념으로 일렁거리는 내면은, 그녀의 품에서 '눈물'로 흘러내리고 만다.

그녀의 진술이 위로인 것은, 저 '꿈틀거림'이 생에 대한 믿음, 도도한 역사적 흐름에 대한 희망을 함축하고 있기 때문이다. 이러한 생의 물결에 대한 희망은 조카가 그린 '신록'을 통해서 다시 한번 각인된다. 가을 고궁에서 단풍이 아니라 "마치 잔디를 한 움큼 뜯어다가 도화지 위에 받쳐 들고" 있는 듯한 조카의 그림을 보고 '나'는 그에게 "인마, 너 색맹이냐"라고 힐난하자 조카는 이렇게 응수한다. "가을이라고 가을만 그려야 되나? 난 지금 봄을 그리고 있단 말이야." 가을에서 봄을 읽는 조카, 고난 속에서 여전히 생의 본능을 믿고 살아온 여자의 삶을 통해 '나'는 자신의 절망의 포즈가 얼마나 근시안적이고 데카당한 것인가를 깨닫게 된다. "그렇다면 이제까지 나는 가을의 한복판에 서서 노란 단풍이나 즐기며 입동이 가까워오는 바람 속에 어깨나 움츠리고 있었단 말인가"라는 그의 각성은 바로 '휴교'라는 화석화된 현실에서 다시 생의 봄을 상기해낸 그의 '한번의 가을'이 결산한 절망의 마침표이자 그 스스로 열어젖힌 '학교의 문'인 셈이다.

송하춘의 몇몇 소설에서 빚어져 나오는 한줄기 '비애'는 이렇듯 강철같은 현실에 맞서는 청춘의 생의 환희와 자유의 노래 속에서 탄생된다. 「그의 청동기」에서 진호의 죽음이나 「호박꽃 여름」의 미선의 방황 또한 이러한 차가운 현실과 뜨거운 정념의 맞부딪힘에서 비롯된 비애에 다름 아니다. 「그의 청동기」에서 진호는 고교 시절 '맥베스' 역을 맡았던 주인공과 함께 '맥베스 부인' 역할을 맡아 갈채를 받았던 친구이다. 무대 위의 삶을 꿈꾸는 진호에게 박수갈채란 "우리들이 가장 진지한 삶을 살 때에만 받을 수 있는 감동의 표시"로, 그는 생을 온통 그러한 진지한 열정 속에 불사르고 싶어했으나 끝내 실패하고 만다. 진호의 패배를 '나'와 친구들은 좀더 잔인해지지 못한 그의 인정주의, 혹은 '실제 생활 이상의 어떤 삶이 있을 수 있다고 믿었던' 그의 순진함에 있다고 진단하는데, 요컨대 진호의 죽음은 냉혹한 현실에 자신의 체온을 얹지 못한 자의 귀결이라는 것이다.

이러한 현실과 낭만적 이상의 괴리는 「호박꽃 여름」의 미선의 고뇌에서도 반복된다. 연극반인 미선은 어지러운 현실과 무관한 탈속적인 연극에 지쳐 자취를 감추고 만다. 화자인 나는 미선의 거취 문제에 대한 반원들의 논란을 보면서 "연극 자체가 그 안에 미선을 끌어들이지 못할 때, 그 허구의 세계란 지탄받을 만하다"라고 진단하는데, 이는 문학 예술이 실제 삶과 겹쳐지지 않는다면 그것은 진정한 예술일 수 없다는 작가의 문학론의 일부분이기도 하다. 예술에 삶이 얹혔고, 예술이 삶을 이끌어나가는 문학, 그것은 곧 '법률이 음률'(「험한 세상의 다리가 되어」)과 함께 있고 '은장도와 트럼펫'이 함께 공존하는 세상을 꿈꾸는 송하춘 특유의 균형감각의 소산이다.

초기 대표작이라 할 수 있는 「은장도와 트럼펫」은 양반댁 며느리인 정님과 쓰리꾼인 '나'의 사랑을 통해 '규율과 일탈'의 문제를 제기하고 있는 빼어난 수작이다. 양반댁으로 시집 가서 헛깨비 같은 관습적 삶에 지쳐 일탈을 감행한 정님, 그리고 관습과 윤리가 무엇인지 모르고 쓰리꾼으로 살았던 '나'가 함께 하는 살림은, 침목과 레일처럼 기어이 어긋나고 만다. "침목을 세면서 철길을 걷다 보면 다시 침목을 세고 싶고, 침목을 세다 보면 다시 레일을 타고 싶다. (…중략…) 세고 세도 무수히 밀려오는 침목의 질서를 벗어나 그 여자는 잠깐 레일을 타고 싶었는지도 모른다"라는 문장은 이들의 아슬아슬한 동행과 소설적 주제를 압축적으로 보여준다. '침목'과 '은장도'로 상징되는 규율 편에 선 정님, '레일'과 '트럼펫'으로 상징되는 '나'의 행로는 끝내 갈라지고 말지만, 이 작품에서 정님의 은장도를 품은 '나'의 존재란 이후 송하춘 문학의 중요한 기율을 암시하는 하나의 밑그림이 된다. "내보이지 않는 내밀한 곳에 은장도를 감추고 나는 가만가만 트럼펫을 꺼내 불기" 시작한 '나'란 곧, 가을과 봄을, 비정한 현실과 이를 비트는 뜨거운 생의 충동을, 과거와 현재를, 현실원칙과 쾌락원칙을 동시에 상상하고 그 균형을 잡아나가는 작가 송하춘의 문학적 나침반으로 볼 수 있기 때문이다.

산수화와 추상화

'그림 그리기'를 통해 일종의 창작론을 제시하고 있는「歲寒圖」
는 주인공 화가와 학생들의 여행기를 담고 있다. 화가 '나'는 그룹
전에 출품할 작품을 놓고 고심하고 있다. 그가 그리고자 하는 그
림은 어머니의 모습에서 "텅 빈 하늘과 헐벗은 나뭇가지"로 옮겨
간다. 화자는「한번 그렇게 보낸 가을」의 대학생처럼 인간의 의
지와 현실의 맞부딪힘의 순간, 즉 "가지의 끝이 하늘 한 구석 어
느 허공에 닿을 때 생기는 그 엄청난 생명"에 대해 생각하고 있
는 것이다. 그러나 그의 붓은 좀처럼 수월하게 움직여주지 않는
데, 이러한 그에게 동행한 제자 '지혜'는 다음과 같이 충고한다.

어머니만 너무 골똘하게 생각하지 마세요. 그럴수록 어머니는 커지
고, 크니까 너무 부담스럽잖아요? 정작 그리고 싶은 건 자꾸만 줄여야
돼요. 그 대신 주위에 있는 것들을 눈여겨 보세요. 그러면 어머니는 작아
질 거예요. 어머니는 다만 그 어딘가에 존재한다는 확인만 되면 그만이
잖아요? 아주 없어서도 안 되고요. 그러니까 어머니는 이 세상 어딘가에
점 하나로 존재할 때, 훨씬 인상적일 거예요.(5;47)

상상적 대화 속에 펼쳐진 이러한 제언은 송하춘 소설의 하나의 창작방법론으로 읽을 수 있다. 즉 인물은 인물에 대한 집중적 묘사를 통해 성공적으로 형상화될 수 있는 것이 아니라 그를 둘러싸고 있는 배경을 통해 제시될 수 있다는 통찰은, 절제와 고요의 풍경으로 이루어진 송하춘의 '산수화' 혹은 '수묵화'적인 소설의 기원이 되는 것이다.

서구 근대 회화의 원근법과는 다른 원칙에 서 있는 산수화에서 자연과 사물은 카메라의 과학적 투시도를 빗겨나 있지만, '리얼'을 외면하는 것은 아니다. 산수화는 서구 인상파처럼 화가의 관념적 심상에 근거함으로써, 외면세계가 아니라 내면세계의 현실을 반영한다. 그 세계에서 중요한 것은 보이는 실제 '인물'이 아니라 그 인물을 통해 제시하려는 '심상'이며, 그것은 '인물'을 다른 구도 속에 배치시킨다. 그 실제는 이렇다. 가령, 누나의 가출을 다루고 있는 「이방의 계절」에서 '누나'는 한 번도 등장하지 않는다. 누나의 존재는 동생 화자가 목격한 가출 장면에서 한 폭의 그림처럼 존재할 뿐, 이 서사에서 적극적으로 드러나지 않는다. 그럼에도 불구하고 누나의 가출은 이 작품을 끌어가는 핵심 모티브인데, 하나의 점 혹은 부재로서 작동하는 '누나'의 존재론은 다음과 같은 산수화 같은 풍광으로 암시되고 있다.

벌판이 흠뻑 밤이슬에 젖고 있었다. 달빛이 이슬에 머금자 곧 안개가 되었다. 안개에 덮인 들판에서 만삭의 벼는 숨을 몰아쉬었다. 건너편

솔숲 그늘의 짐승같은 음흉함도 또한 안개 너머로 보이는 풍경이었다. (…중략…) 벌판이 흠뻑 밤이슬에 젖고 있었다. 만삭의 벼가 거칠게 숨을 몰아 쉬는 들판 가득히 밤안개가 포장처럼 넓게 드리워져 있었다. 어제 누나가 그려놓고 간 수묵화였다. 언덕 아래 논둑에서는 그러나 아무 소리도 들리지 않았고, 벼 포기를 흔들고 가던 수상한 기척마저 없어, 이제 누나는 완벽하게 숨어버린 냄새였다. (2:87-106)

반복적으로 묘사되는 밤이슬에 흠뻑 젖은 벌판, 안개, 그리고 '거칠게 숨을 몰아쉬는 만삭의 벼'의 산수화적 풍광은 누나의 욕망과 돌연한 가출, 더불어 '전쟁'이라는 숨막히는 현실까지를 압축적으로 보여주고 있다. 강조와 부조가 아니라 감춤을 통해 형상과 주제를 제시하는 이러한 기법은 「밀알의 새」에서도 찾아볼 수 있다. 「밀알의 새」가 겨냥하고 있는 것은 한국전쟁에 희생된 '아버지'와 그의 가족의 비극적 사건이다. 전쟁의 포화 속에 마을은 좌우 이데올로기의 각축장으로 변질되었고, '의용군, 혹은 빨치산'으로 끌려갔던 아버지는 국군이 들이닥친 마을에서 돌아와 몸을 숨기고 있다. 그가 숨은 '호밀밭'은 수확철을 지나고도 베지 않는 가족들의 비밀스런 음모의 공간, 어린 화자인 '나'의 종달새 밭과 겹치면서 불안한 희망의 공간으로 그려진다. 이 작품에서도 '아버지'는 죽음의 순간에 단 한번 등장하지만, 이 작품의 서사적 긴장을 거머쥐고 있는 핵심적 '부재'로 배치되고 그것은 다음과 같은 풍광을 통해 압축적으로 제시된다.

바람의 방향에 따라 호밀의 연두색 숲이 일제히 드러눕는 시늉을 할 때마다 외딴집의 누추한 지붕이 독버섯처럼 드러났다 가려지곤 했다. 밀밭 언저리에서는 어머니가 고추를 따고 있다. 호밀은 거둬들일 생각조차 하지 않고, 고추만 따고, 따서, 더 딸 것도 없는 고추나무 잔 가지의 얼크러진 숲을 어머니는 다만 헤젓고 있을 뿐이다. 외딴 집과 어머니와 호밀밭의 그 낡은 풍경 속에 곰배팔이가 끼어들기만 하면 빈 마을은 온통 딱따구리가 되어 톡, 톡, 톡, 톡, 톡 어머니를 쪼기 시작한 것이다.(2:170)

'다 자란 호밀밭, 호밀의 일렁임에 따라 모습을 드러내는 독버섯, 호밀밭을 서성거리는 어머니, 곰배팔이와의 밀회'라는 저 고요한 산수화적 풍경 속에 이 작품의 핵심이 들어있다. 호밀 속에 감춰진 아버지의 존재, 이들을 위협하는 '독버섯' 같은 적들, 그리고 어머니와 곰배팔이의 음모는 '말하지 않고 그리기'라는 시적 전략처럼 은밀한 떨림으로 형상화되고 있는 것이다.

고요한 산수화적 풍광 속에 팽팽한 긴장감을 그려넣는 수법이 송하춘의 초기 소설의 중요한 창작방법론이라면, 추상화적 기법은 『꿈꾸는 공룡』 집필 즈음의 작품 세계에서 찾아볼 수 있는 또 하나의 창작기법이다. 송하춘은 피카소의 그림을 두고 다음과 같이 분석한 바 있다.

그려지는 그림은 절대로 추상화가 아니었다. 그것들은 거의가 여자 혹은 남자의 나신으로부터 시작되었고, 그 위에 진한 색깔을 썼고, 또는 여러 가지 무늬를 넣어서 상상력을 불려나갔다. (…중략…) 피카소는 결국 인물을 그린다. 하나의 인물이 완성되면 그 위에 다른 인물이 겹친다. 여러 사람이 여러 번 겹친다. 여러 번 인물이 겹치면 인물은 많아져야 할 텐데 오히려 없어진다. 인물로 시작해서 다시 그 인물들을 없애버리면, 그 없어진 자리에 우리의 상상력을 동원한 여러 가지 생각이 담기게 된다. (1:66)

다양한 각도에서 여러 번 그려진 인물, 여러 사람들이 겹쳐진 선들이 만들어낸 저와 같은 '추상화' 해석은 『꿈꾸는 공룡』 작품들의 에피소드적 구성과 다양한 인물 군상들을 이해할 수 있는 열쇠이다. 가령 「험한 세상 다리가 되어」라는 작품에서 대학 교수인 '나'의 금강경과 어머니, 가짜 대학생 이영교, 성수대교 붕괴, 시조시인 현담과 황판사의 이야기는 긴밀한 연관성을 지니지 못한 채 나열되어 있다. 두서없이 늘어놓은 듯한 이 여러 선들은 피카소의 그림처럼 선명한 구상화를 이루지 못하고 복잡한 추상화를 상기시키지만, 그 얽힌 선들을 잘 헤집어보면 그 밑에 인물들의 생생한 소묘가 있다.

대학 교수이자 소설가인 '나'가 듣는 금강경은 '육법전서의 부칙 같은 형식논리' 뿐인 대학원과 비루한 삶과 그가 애초에 꾸었던 순수한 문학적 열정 사이를 조율하고 일상을 갱신할 수 있게 하는 일종의

'노래'이다. 법률가이면서 시조창을 즐기고 창작도 하는 황면주 판사에게 '시조'란 죄악이 들끓는 법률의 세계와 대조되는 순수와 원시의 세계를 의미한다. 황판사에게 시조는 법률과 음률, 정격과 파격의 균형을 잡아나가고 '현세'에서 선을 구하는 일종의 수행의 방편이 된다. '종로나 청계천 바닥에 앉아서도 시속(時俗)을 벗어났던 시은'(市隱)으로 평가되는 황판사에게 다시 이영교라는 가짜 대학생의 환속과 탈속이 겹쳐진다. 지리산 자락에 살던 이영교는 '나'에게 소설을 배우겠다고 찾아와 기인적 행동을 일삼다가 다시 '크림슨 빛 후드'를 걸치고 도사가 되어 지리산으로 들어간다. 속세에 나와 중생을 배우고 다시 중생을 구하고자 교주가 되어버린, 이 가짜 대학생의 선과 속의 연결은 '나'의 금강경과 일상의 공존에 겹쳐지고 이 선은 다시 성수대교에 겹쳐진다.

성수대교의 붕괴는 더 이상 소설을 쓰지 못하는 '작가'의 절망을 암시하는데, 이 절망은 황판사와 이영교의 소설적 열망을 빌어 '소설론'에 대한 단상으로 이어진다. 절필 상태에 놓여있는 주인공에게 소설이란 '일상의 변죽'을 넘어선 탈속의 '금강경'이었으나, 결국 황판사가 남기고 이영교가 꿈꾸었던 소설에서 그가 발견한 것은 환속과 탈속의 경계를 해체하거나 혹은 이 둘을 잇는 것이다. 이는 적공 스님의 금강경을 듣지 않는 어머니가 "염불은 평상심으로 불러야지. 그 사람, 가락이 너무 떨더구나"라는 대목에서 아포리즘처럼 다시 암시된다. 염불이든 소설이든, 그것은 평상심 속에서, '일상의 변죽'에서 우러나오는 것이어야 한다는 것, 이 문학론을 제시하는 송하춘의 「험한 세상 다리가 되어」라는 추상화는 이렇게 완성된 것이다.

교실의 데카메론

송하춘 소설의 많은 부분을 차지하는 것은 교사 이야기이다. 초기 「춤추는 선생님」에서부터 「하백의 딸들」과 「다이노소어 모뉴먼트의 추억」에 이르기까지, '교사, 교수'였던 작가의 체험은 그의 작품에 선명하게 각인되어 있다. 교사, 교수를 인물로 내세운 소설들은 교원의 생태학으로 읽힐 수 있을 만큼 교원의 다양한 현실지층을 탐사하고 있다. 가령 「백규평전」은 학교 이사장 딸 결혼식의 '청첩장'을 놓고 벌어지는 '불의에 대한 저항과 굴종'의 문제를 다루고 있으며, 「백수광부의 처」는 소시민적 삶의 인내와 안녕의 윤리에 비상하는 삶의 허세와 화려함을 대치시키고 있고, 「산꿩」은 궁색하고 옹졸한 선생의 일상과 상승에 대한 열망의 좌절의 문제를 다루고 있다.

이 중에 '선생의 존재론'에 대한 흥미로운 단상을 보여주고 있는 「춤추는 선생님」을 살펴보자. 이 작품은 박휘문이라는 주인공의 교생 실습을 다루고 있다. 박휘문은 생애 첫 번째 수업에서 열성을 다해 강의를 하는데, 이를 지켜본 참관 교사가 지나친 '오버액션'이라 지적하자 어떻게 "가장 적절한 자기만큼만을 표현"할까를 고민한다.

그러나 그러한 태도로 임한 무덤덤한 두 번째 수업은 학생들에게 '겸손한 체, 거만하다는 둥'의 반응을 얻는다. 같은 학교의 국어교사로 일하고 있는 맹사빈은 박휘문의 유년 시절 친구로 그에게 학교 뒷산에서 춤추는 선생들의 모습을 보여준다. 이를 목격하면서 박휘문은 교사로 평생을 살아오신 아버지의 음주와 자신이 취해야할 교사로서의 태도를 생각하게 된다.

춤을 추어봤느냐는 박휘문의 질문에 맹 선생은 "아직도 난 저래야만 할 만큼 절실하질 못해. 말하자면, 그만큼 일상의 변죽만 핥고 있었던 셈이지"라고 답하는데, 그것은 강단 위에서 '어떤 포즈, 어떤 가면'이어야 하는가를 고민하던 박휘문에게 중요한 깨우침을 준다. 한낱 표정이나 포즈가 아니라 본질이 중요하다는 것. 그것을 절실하게 고민하고 수행해나갈 때, '춤추는 선생님'처럼 그 또한 근엄한 선생의 탈을 내려놓고 일탈과 해방의 춤을 출 수 있다는 것은 교수로서의 송하춘의 생애에서도 중요한 실천적 기율로 작동했을 것이다.

지평선의 행간

송하춘의 '일상의 탐구'는 교실을 벗어나 현실의 다양한 지층을 탐사하기도 한다. 그는 「하백의 딸들」을 통해 미혼모의 문제를, 「청량리역」을 통해 노인의 문제를 진지하게 다룬 바 있다. 「사막의 폭설」은 조지부시의 이라크전의 진행과정을 세밀하게 좇아가면서 '압구정동의 청춘'의 문제를 제기하고 있으며, 「문」은 인형공장에 다니는 시골처녀의 도시생활을 '문'을 통해 재치있게 형상화함으로써 주변적 삶에 천착하기도 한다. 교실을 벗어나 좀더 확대된 지평에서 사회현실을 탐문하고 있는 소설들은 일종의 '평상심으로 부르는 염불'의 수행이라 할 수 있는데, '지금-현실'의 맥을 짚어나가는 그의 문장은 손쉬운 이데올로기나 거시담론에 기대지 않고 자신의 현실감각에 충실함으로써 '세속'의 내밀한 속살을 읽어내는 그만의 독법을 보여준다.

「문」에서 효숙과 영순은 고향인 시골을 박차고 나와 도시의 인형 공장에 다니게 된다. 그녀들은 공장 사장이 마련한 방 한 칸에 기거하게 되는데, 안채를 가로질러야 갈 수 있기 때문에 개인의 사생활 보호가 안 되는 곳이다. 이러한 불평 위에 둘이서 사용하는 '방 한 칸'이라는 문제가 불거지자 두 처녀는 칸막이를 쳐서 공간을 둘로 쪼갠다. 그러나 이러한 분리에도 불구하고 또 다른 불편이 발생하는데, 그것은 '문이 있는 터진 방과 문이 없는 벙어리 방'이라는 불공평의 문제이다. "숫제, 방이랄 것도 없었다. 하루면 열 번도 더 문밖을 들락거리려야 하는 영순의 그 변소길, 외출길, 맨바닥에 효숙은 숫제 돗자리를 깔고 앉은 느낌이었다"라고 토로하는 효숙이나 자유로운 출입을 박탈당한 영순이나 최소한의 '개인의 자유'를 보장할 수 있는 '밀실'을 갖지 못한 셈이 되는 것이다. 이들은 불만을 다른 방식으로 해소한다. 방과 붙어있는 공인중개사 쪽으로 난 문으로 출입을 바꾸고,

그 문을 통해 '시인과 나'라는 카페에 드나들며 아르바이트를 하게
된다. 결국 영순은 누군가의 '아이'를 배고, 도시 생태에 환멸을 느낀
효숙은 고향으로 돌아가게 된다. '문'은 여기서 도시의 소외된 개인
들과 밀실에 대한 상징이자 두 인물의 심리를 효과적으로 보여주는
장치로 작동하며, 궁극적으로 그들의 도시 입성 실패를 암시하는 메
타포가 된다.

세속적 삶의 비루한 현실과 개인의 소외로 표상되는 도시 일상에
대한 이야기는 「청계천 가는 길」에서도 흥미롭게 그려지고 있다. 주
인공 남재룡은 시골 출신으로 젊은 날 서울에 입성하여 평범한 회사
원으로 살아간다. 삼년 동안 미국 지사에서 일하다가 돌아와보니 막
역한 사이였던 선배 상사 '김부장'은 해고당하고 동기는 승진해 있고
회사는 감원이니 뭐니 하는 어수선한 현실에서 그는 문득 '김부장'을
떠올리고 과천으로 향한다. 그가 김부장을 떠올린 것은 김부장이 해
고당한 그 부당한 일에 그가 휘말려서인데, 따라서 김부장을 찾아나
서는 길은 곧 애초의 순수와 정의를 되짚는 길이기도 하다. 그러나
이 소설 제목이 김부장이 사는 '과천'이 아니라 '청계천 가는 길'이 된
것은 작가가 그려넣은 숨은 그림 때문이다.

숨은 그림이란 남재룡의 고교 졸업생 시절로 거슬러 올라간다.
그가 대학 합격증을 받기 위해 처음 서울행 완행열차에 몸을 실을
때, 담임은 그의 손바닥 안에 손수 서울의 약도를 그려준다. 담임선
생은 손금을 짚듯, "다섯 손가락을 쫙 편듯 갈래갈래 뻗은 길 가운데

유난히 남대문으로 통하는 길을 넓고 진하게 그린 다음, 거기에다가 볼펜으로 점을 콕콕 찍으면서, 거기서 버스를 타라"고 당부한다. 그러나 막상 서울에 당도하자 그렇게 간단하다던 세 평행선, 종로, 청계천, 을지로 한복판에서 그는 길을 잃고 당황하고 만다. 청년 남재룡에게 '서울'이란 담임선생이 그려준 약도처럼 그의 손바닥 안에 넣을 수 있는 만만한 삶이었을 것이나, 실제로 그가 맞닥뜨린 도시는 그렇게 일목요연하지도, 쉽지도 않은 '미로'였던 것이다. 담임 선생이 여러 번 콕콕 찍으며 강조했던 '청계천 5가'가 인생의 종착역일지도 모른다는 불안한 예감은 결국 현실이 되어 남재룡은 '청계천 5가'와 같은 비루하고 혼잡한 미로 속에 갇혀버린 신세가 된다. 남재룡은 대학에 합격하던 날 남산에 올라가 서울의 복잡한 미로를 보며 "마침내 나는 그 길바닥에 나의 시를 버렸다"고 고백하는데, 이는 곧 '청계천'으로 표상되는 서울의 삶이 순수한 꿈의 길이 아니라, 협잡과 불의로 가득 찬 세속에로 잠입하는 길임을 의미한다.

정의와 인정을 상징하는 김부장을 찾아나선 '과천 가는 길'이 '청계천 가는 길'로 바뀐 것은 바로 이러한 연유에서이다. 청년은 원대한 꿈을 안고 청계천을 찾아가나 그 청계천은 '법대생'의 화려한 비상이 아니라 비루한 타락의 골인 지점으로 변질되고, '과천 가는 길'에서 그 행로를 추억하는 남재룡의 현재 또한, 해고된 김부장처럼 위태위태하다. 택시를 탄 남재룡은 과천에 당도해서야 운전 기사가 바로 그가 찾던 '김부장'임을 알게 되는데, 그들이 택시에서 함께 들었던 라디오의 "위인전보다 지금은 인간전을 써야 할 땝니다"라는 명사의 말은 곧 너무나 '인간적'인 그들의 운명을 향해 던지는 비가인 셈이다.

꿈과 삶이 맞닿은 지점에서 길을 만들고 길을 바꾸어가는 다양한 삶의 미로를 추적함으로써 우리의 구체적인 삶의 실상을 포착해내는 송하춘의 글쓰기는, 한편 지상의 것이 아닌 저 너머를 향해 질주하기도 한다. 가령 『태평양을 오르다』, 「그해 겨울을 우리는 이렇게 보냈다」와 같은 해양 소설이나 「산고양이 섬」, 「다이노소아 모누멘트의 추억」 같은 여행 소설은 '지금-이곳'의 일상을 벗어나 저편의 세계를 탐색하고 있는 작품으로, 여기에서도 작가 송하춘 특유의 현실감각과 관찰력은 여지없이 드러난다.

「다이노소아 모누멘트의 추억」의 주인공인 대학교수 '나'는 연구년을 보내기 위해 미국의 '유타'를 방문한다. 그가 유타를 선택한 것은 "술과 담배와 커피로 얼룩진 잡담의 세계"를 벗어나고 싶었기 때문이다. 그는 '일상의 변죽'과 '세속'으로부터 벗어난 공간에서 그는 원시 공룡처럼 시원을 만끽하는 경건한 수도사가 되고자 했으나, 유타의 일상이란 결코 서울에서의 그것과 크게 다르지 않음을 깨닫게 된다. 제이 킴 교수와 강사들 간의 권력관계, '나'에 대한 보이지 않는 적대감, 일부다처주의를 둘러싼 살인사건, 미국식 자본주의를 대변하는 은행의 벌금통지서, 멕시코 여인과의 로맨스와 허탈한 이별, 학점을 둘러싼 갈등 등, 몰몬교와 공룡유적지의 유타는 그에게 이제 서울처럼 피곤한 일상의 공간으로 변모한다.

> 이 작은 도시에서도 쉬지 않고 파도가 출렁이는 걸 나는 보았다. 바다는 늘 잔잔하기를 바라지만, 바람이 그 물결을 가만 놔두지 않는다. 그 물결 위에 나는 아직 나의 배를 띄우지 않았고, 방파제를 거니는 이방인처럼, 나는 지금 이 도시를 배회하는 방관자일 뿐이다. (1;61)

작은 도시에서도 쉬지 않고 출렁이는 파도와 바람은 유타는 물론, 태평양 대항해 길에 오른 군함에서도 계속된다. 진해에서 시작하여 블라디보스톡과 적도를 항해하며 날짜변경선을 가로지르는 군함 위에서도 사랑의 타전과 작가의 술주정과 질병과 어머니의 죽음과 쫓겨난 민족의 역사와 소풍과 지루한 일상은 배 위의 군상을 점령한다. 해군함에 동승한 윤성재 작가는 "경계선 이쪽 바다가 시작되는 지점에서 어떻게 육지가 끝나는지를 보고 싶었"했으나, 결국 그가 목격한 것은 시작도 끝도 없이 몸을 섞는 일상과 꿈의 자리이고, 고단한 꿈과도 같은 너울에 몸을 띄워 함께 흔들려야 살 수 있는 인간의 운명인 것이다. 배가 멈추자 어지러움증을 느끼는 윤작가에서 심상병은 "흐르는 물에서는 물을 따라 함께 흘러가야 하니까요. 물은 멈추면 끝장입니다"라고 충고한다. 흐르는 물에 따라 함께 흐르는 삶의 리듬을 너울의 문장으로 풀어놓는 송하춘 작가의 소설은 우리들 삶의 지평선을 가로지르며 멋진 항해를 계속할 것이라고 믿는다.

토끼, 인간을 위해 울다

김남일, 『천재토끼 차상문』(문학동네, 2010)

　김남일의 『천재토끼 차상문』은 인간 밖에서 본 '인간'에 대한 종
합검진이다. 1955년 토끼의 얼굴을 하고 태어난 차상문은 파란만장
한 한국사회, 70년대의 미국, 그리고 급변하는 세계를 체험하고 목도
하면서 '반(半)인간'적 입장에서 인간을 총체적으로 점검한 후, 다음
과 같은 결론을 내린다. "인간이 과연 진화의 종착지일까요?"

　"그래도 차악(次惡)은 있지 않느냐고 묻는다면, 나는 기꺼이 말하
겠다. 없다. 제발, 무엇이든 하려고 좀 하지 마시라!"라고 선고하는,
이 급진적 반인간, 반문명 사상은 산업문명에 맞서 홀로 '전쟁'을 해
나간 시어도오 존 카진스키, 일명 유나바머의 그것과 잇닿아 있다.
실제 유나버마 사건에서 착상을 얻었다는 작가는 천재토끼 인간 차
상문를 통해 한국형 유나바머를 창조한다. 그리고 그의 일대기를 통
해 20세기 한국, 나아가 세계에서 '인간'으로서 존재한다는 것이 얼

마나 끔찍한 일인지를 신랄하게 심문한다.

주인공 차상문은 해방과 한국전쟁 직후, 반공 이데올로기로 무장한 남한에서 태어난다. 대공수사관 차준수가 사회주의자이자 시인인 유진명의 동생 유진숙을 겁탈하여 탄생한 비극적 존재가 바로 토끼인간 차상문이다. '토끼'라는 생태적 기형성은 작가가 주인공을 통해 소수자, 약소자, 나아가 비인(非人)의 경계에서 인간을 사유하게끔 하고자 만든 일종의 알레고리적 장치이다. 아이큐 200의 천재적인 두뇌의 소유자 차상문은, 어릴 적부터 기존의 상식과 관습에 대한 의문을 품다가 미국 버클리 대 유학, 버클리 대 최연소 교수, 서울대학교 수학과 교수, 몬태나의 '쿠나바머'를 만나면서 서서히 급진적 사상가로 변한다.

그가 체험한 인간이란 가령 이런 것이다. 아내가 있음에도 불구하고 다른 여자를 취하여 자식을 낳고, 그 아내를 상습적으로 폭행하며, '왼손은 빨갱이!'라는 신념으로 불온한 분자들을 색출해내고, 선원들이 사모아 기항지에서 북한 선원들과 함께 술을 마셨다고 폭력으로 응징했다가 그들에게 죽음을 당하는 아버지, 좌익으로 몰려 고문을 당하고 그 정신적 후유증에 시달리다 산에서 추락한 외삼촌, "동물실험의 결과가 인간에게 그대로 적용되는 확률은 높아야 25%"에 불과한데도 제약회사와 동물 공급업자들 사이의 카르텔과 커넥션 때문에 "목구멍에 빨대를 꽂고 파르르 떠는 다람쥐"를 끊임없이 양산해내는 인간, 반전시위와 동물해방운동에 참여하면서 동시에 비버리힐스의 거대한 저택에서 마약과 섹스에 탐닉하는 미국의 좌파 지식인들, 반면 오직 감옥만이 허용되어 있는 한국의 좌파들, 북한의 여성과의 만남을 간첩단 사건을 조작하여 무고한 이들을 국보법 위반으로 몰고 가는 인간, 고문과 최루탄으로 어린 학생들을 살해하고, 자국의 이익을 위해 약소국을 침공하는 제국들, "한국 근대화의 뿌리가 일본의 식민지 경영에 있다"고 주장하는 뉴라이트, 자신의 욕망을 위해 자국의 여성은 물론 이국의 여인들을 수입하여 '교미'하는 인간, 자신의 배를 채우기 위해 닭을 알 낳는 기계로 만들고, 오리들을 컨베어벨트에 실어 기능적으로 털을 베끼고 교살하는 인간 등등. 요컨대 인간이란 고래로부터 지금까지, 지구를 위해 아무짝에도 쓸모없는, 백해무익한 골칫덩어리라는 것이다. 물론 이것은 인간 내부의 관점이면서 토끼라는 외부의 관점이기도 하다. 토끼의 입장에서 인간이란, 개별적 인간이든 종적 인간이든 도무지 '타자'라고는 생각할 줄 모르는, 지구의 암적인 존재인 것이다. 이 배타적인 인본주의, 이기주의를 작가는 다음과 같이 비판한다.

자연이 주변이라는 것도 어디까지나 차 안에서 바라본 그의 관점일 뿐이다. 인간은 자신들이 우주의 중심이라 생각한다. 동물은 식물에 대해서, 생물은 또 무생물에 대해서 권리를 주장한다. 이 권리 주장의 순환 고리가 과연 얼마나 정당한지 누가 판단할 수 있단 말인가. 법정은 어디에 있고, 판관은 무엇을 하고 있단 말인가. 누군가는 책임을 져야 하지 않겠는가. 이 엄청난 횡포와 책임 유기에 대해서…… 어쨌든 멋진 할리 데이비슨을 타고 달아난 히피들은 물질 만능주의에 뼛속 깊이 빠져든 미국의 사회 작동 시스템으로부터 잠시나마 벗어나 자신들의 자유를 만끽했을지 몰라도, 버스 승객들과 운전기사에게, 그리고 그들이 각기 꾸려가는 생의 총량과 특히 질에 대해서 전혀 인도주의적이지 않았으며, 나아가 타 생물체와 사물들에 대해서도 지극히 폭력적이었던 게 분명했다.

인간을 위한다는 '휴머니즘' 정신이 갖고 있는 배타성과 잘못된 실천에 대한 위와 같은 근본적인 회의는 모든 인간적인 행위에 내포된 해악성에 대한 고찰에까지 나아간다. 가령, "젖소 한 마리가 연간 배출하는 온실가스의 양은 소형차 한 대가 2만 킬로미터를 운행하며 발생시키는 양과 맞먹는다는 것. 그렇다면 지구를 살리기 위해 소들의 트림과 방귀, 똥까지 일일이 쫓아다니며 적극적으로 막아야 한다는 것"과 같은 방식의 계산에 이르면, 차상문의 통찰대로 인간 문명 그 자체가 문제시되는 것이다. 차상문은 철이 들면서 인간의 고통에 대해 깨닫기 시작하고, 또 그것을 해결하기 위해 고군분투한다. 그러나 아무리 그 자신이 천재라고 할지라도 세상의 문제에 대한 적절한 해답을 찾을 수 없다는 것을 통감하게 된다. 그것은 그가 책상에서 책임있게 정리한 '3,743'개의 수학 문제와는 차원이 다른 것이다. 그는 진리를 탐구하는 것의 한계를 느끼고 국립대학교 교수직을 사퇴하고 나와 "민주주의 너머 새로운 미래를 꿈꾸는 영장류 연대", 약칭 '꿈꾸는 영장류'라는 연대를 조직한다. 그리고 동지들과 87년 6월 항쟁에 참가하고 인류의 사라지는 언어를 살리기 위해 노력하고, 또 이주노동자들의 권익을 위해 힘썼으나, 어느 날 문득 그 실천적 행위가 소용없음을 깨닫는다. 결정적인 계기는 맛난 음식을 위해 오리들을 냉혹하게 도살하는 다큐멘터리를 보면서인데, 궁극적으로는 어떤 개혁이나 진보적인 운동조차도 '인간'인 한, 탐욕과 이기의 굴레에서 벗어날 수 없다는 깨달음 때문이다. 반인간주의라 할 수 있는 토끼의 염인증은 다음과 같이 극단적인 지점에까지 이른다.

노동자들이야말로 농민과 더불어 전 지구적 착취 체제의 가장 혹독한 희생양이었음을 인정한다. (…중략…) 그러나 노동 역시 매립하고 개간하는 노동이다. 자연은 오직 인간의 그 잘난 유적 본질을 실현하기 위한 재료에 불과하다. 그렇다면 다른 건강한 노동은 어떤가. 천만에! 세상에 그런 따위 노동이란 존재하지 않는다. 심지어 환경운동에 투입하는 노동도, 재생 산업에 종사하는 노동도! 왜냐하면 그 어떤 것도 이미 '욕망'이기 때문이다. 욕망이 사라지지 않는 한 혁명도 과거의 실패한 경험을 다시 반복할 뿐이다. 더 많은 봉급, 더 많은 일자리, 더 많은 보너스, 더 많은 여가, 더 많은 단위 생산량……슬프지만, 억울하겠지만, 그런 것들이 바로 지구를 무너뜨린다. 자본처럼! 제국처럼!

위 인용문에서 노동을 포함한 인간의 긍정적인 행위조차 부정하는 것의 핵심에는 '욕망'이 존재한다. 끝간데없이 더 많은 것, 더 좋은 것을 요구하는 욕망이란 기본적으로 '타인'을 배제하는 폭력에 기초하므로, 인간은 본질적으로 위해한 존재라는 것이다. 이것이 바로 상아탑과 광장을 두루 거치고, 지리산 자락에 토굴을 파고 칩거하며 오랜 명상 끝에 얻은 결론이다. 토굴에서 나온 차상문은 '유나바머'와 같은 생태 파시스트, 테러리스트로 변모한다. '교육인적자원부, 컴퓨터 포털 사이트 업체, 제약회사, 의료기구 제조업체, 실험동물 공급업체, 국제 결혼업체, 자동차 수입업체, 모 기숙 학원, 건설사, 북창동 룸비즈니스, 외국계 프랜차이즈 커피 전문점 한국 지사' 등에 폭탄을 보내는 차상문은 인간의 저변에서 인간을 구원하기 위한 모든 노력을 포기하고, 인간 바깥에서 인간과 대적하는 고독한 전투에 나선 것이다. 그러나 범죄자로 몰리면서 테러를 계속 수행하지 못하자, 차상문은 '모든 악은 고환에서 나온다'라는 믿음으로 정관수술을 하고, 어머니와 함께 토굴에 들어가 스스로 폐쇄, 자진하고 만다.

토끼의 입을 빌린 한 편의 이 기이한, 그러나 무시무시한 호통은 급진적인 반인간, 반문명주의와 허무주의의 소산이라기보다는 일종의 '경종'이다. 이 경종에는 현실에 대한 신랄한 풍자와 비난이 들어 있기도 하지만, 자신을 포함한 인간의 숙명─ 욕망이라는 '칼'을 품고 살아가야하는 고통스러운 인간 존재에 대한 절망과 통곡이 들어있다. 이 절망과 통곡은 독자들에게 지금 벌어지고 있는, 또 자행하고 있는 그 모든 현실적 비극을 똑바로 응시하기를 요구한다. 이러한 요구는 궁극적으로 "땅을 그렇게 쿵쿵거리며 딛지 마라. 땅이 놀란다." 라고 일러주던 옛 조상들의 지혜와 이어지고, 또 "철저한 불살생과 무소유, 엄격한 고행을 추구하고, 한 걸음을 뗄 때마다 행여 땅위나 땅속의 미물이 놀랄까봐 빗자루로 쓸고 다니며, 숨을 쉴 때 행여 공기 중 미물을 죽일까봐 천으로 코와 입을 가린다"는 인도의 자이나교의 타자 숭배로 귀착되지만, 문자 그대로의 금욕적 실천을 주장하는 것은 아니다. 다만, 작가는 인간과 거리두기를 통해, 지구 정복자이자 파괴자인 인간의 오만함과 이기심을 질타하고 있는 것이다.

물리학자의 입을 빌어 "우리는 흔히 과학이 오직 이성에 의거, 어둠에서 빛으로 한 치의 오차도 없이 나아간다고 생각하지. (…중략…) 그건 다만 낮의 과학일 뿐이야. 밤의 과학은 전혀 달라. (…중략…) 밤의 과학이란 낮의 과학과 달라서 맹목적으로 방황하지. 주저하고, 비틀거리고, 심지어 퇴보하고, 진땀을 빼거나 때로 소스라쳐 놀라 눈을 퍼뜩 뜨기도 한다는 거야. 말하자면 모든 것을 의심하지."라고 했던 것처럼, 작가는 토끼라는 또 다른 영장류를 통해 이성과 문명, 필연과 합리성 바깥에 있는 어둠의 공포와 힘을 '새삼' 우리들에게 환기시키고 있는 것이다.

달에 새긴 문자

구효서, 「사자월(獅子月)」(『문학수첩』, 2009 봄호)

달은 늘 하늘에 있다. 그러나 달은 늘 보이는 것도, 늘 보는 것도
아니다. 달이 떠 있는 밤일지라도 모든 사람들이 달을 보는 것은 아
니다. 달빛에 비춰 길을 찾고 계절을 읽었던 시절이 있었긴 하나 전
기가 발명된 뒤로 달은 인간의 삶에 쓸모의 용도로 더 이상 기능하지
않게 되었다. 더군다나 화려한 네온사인과 조명으로 가득 찬 도시의
밤에 달은 어둠보다 더 존재감이 없는 그런 초라한 빛이 되어버렸다.
그런 달을 '문득' 보게 될 때가 있다. 그때의 달은 휘황한 보름달이거
나 창백한 그믐달, 혹은 애인의 눈썹 같은 초승달일 수도 있지만 그
저 누런 종이처럼 딱딱한 달일 수도 있다. 그러나 그런 것은 중요하
지 않다. 그날의 달빛이 유난스러웠다면 그것은 그때 달을 바라보다
는 우리의 마음이 유난스러웠기 때문이다.

구효서의 신작 「사자월(獅子月)」에는 달이 떠 있다. "풍경이 출현

하기 위해서는 주위의 외적인 것에 무관심한 '내적 인간(inter man)'이 필요"하다고 했던 가라타니 고진의 말처럼 달이 떠 있는 풍경은 단순한 공간 배경이 아니라 이 달을 '출현'시킨 화자의 내면 풍경이라고 할 수 있다. 그렇다면 '외부 세계의 소원화와 극도의 내면화'를 통해 포착된 이 달은 어떤 표정을 하고 있는가? 구효서 작품에서 달은 옥토끼가 방아를 찧는 설화의 달도, 천체망원경에 의해 탈신비화된 행성으로서의 달도 아니고, 국가 잃은 민족의 설움을 상징하고 있는 '반달'도 아니며, 사람이 늑대로 변한다는 전설 속의 보름달도 아니다. 그것은 '사자'의 위용의 환기하는 낯선 달이면서 동시에 '천수경'에서 십이존불의 하나로 음송되는 '사자월불(獅子月佛)'이라는 부처상을 하고 있는 달이다. 어찌하여 구효서의 인물에게 달은 사자이면서 부처이게 되었는가?

'When the love falls'이라는 부제가 암시하듯, 이 사자월의 풍경은 일차적으로 실연한 자의 내면 풍경에 해당한다. 그러나 '사자월불'이라는 의미심장한 불상이 달의 형상에 포개지기까지 그 과정이 그리 단순하고 쉬운 것은 아니다. 소설의 주인공은 스물 두 살의 평범한 여대생이다. 그녀는 투스카니를 몰고 다니는 부잣집 아들, 동시다발형의 바람둥이 남자와 1년 동안 사귄 끝에 실연을 당한다. "물이 다르다" "바람둥이다"라는 친구의 만류에도 불구하고 여주인공은 그 남자와 멋진 연애를 해왔는데, 남들의 말대로 재산 때문이든 그렇지 않든 중요한 것은 그에 대한 그녀의 매혹이 진짜 순정이었다는 것.

그러나 흔한 각본처럼 새로운 여인이 출현하고 그녀는 그에게 보기 좋게 '차인다'. 이 구도로 보면 신분을 넘어선 비극적 사랑 혹은 칙릿형의 연애 풍속을 담을 법도 한데, 이야기는 이러한 예상 가능한 신파극을 넘어 실연한 뒤부터 시작된다.

그녀의 사랑이 순정이었던 만큼 실연의 아픔과 절망은 그녀의 삶 전체를 뒤흔들어놓는다. 젊은 그녀에게 그 흔들림이란 한 개체의 혼란이 아니라 세계 전체의 균열을 뜻한다. 지진과도 같은 그 혼돈을 수습하기 위해 '나'는 그의 새로운 여인을 만나고 그에게 항의도 해본다. 물론 그들의 만남의 방식은 어딘가 TV연속극의 한 장면을 닮아있는데, 가령 새로운 여인인 후배 여자에게 "그를…사랑해?"라고 묻고 또 그에게 "날 사랑한다고 했잖아?" "선배, 좀 뻔뻔하다는 생각은 안들어"라는 질문들. 통속적인가? 왜 아니겠는가, 유사 이래 거의 모든 인류가 증명하듯 되풀이해왔던 통과제의인 것을. 후배여자와 과거 연인에게 '미안해'라는 말을 듣고 그들에게 '죄가 없는 것 같다'라고 주인공이 통감한다고 해도 이러한 장면이 통속성을 면치 못하는 것은 어찌할 수 없다. 이 통속성을 25권에 상당하는 작품을 써온 작가가 모를 리 있을까? 작가는 이 짤막한 연애서사의 통속성을 충분히 알고 있고 오히려 이 통속성을 필요로 했다고 볼 수 있다. 왜냐하면, 정작 중요한 이야기는 이 지독히 통속적일 수밖에 없는 인간 드라마 뒤에 놓이니까.

연애의 과정이 어쨌든 헤어짐의 원인이 어디에 있든, 그 끝이 아무리 '쿨'했다 해도 달라질 수 없는 사실은 '사랑을 잃었다'는 것이다. 문제는 여기에 있다. 모든 인간 드라마가 하늘 아래 수억만번 거듭되어온 일이었다는 점에서 통속성을 면치 못할지라도 한 개인이 겪어야하는 고통과 상실감은 꼭 한번이라는 것. 그 때문에 시와 노래는 그토록 오랫동안 '사랑 타령'을 하는 것이 아니겠는가. 튜닝 끝에 순정이라는 말이 있듯, 결국 문제는 온갖 미사여구와 포즈로도 감당되지 않는 '오롯한 슬픔'이라는 것. 「사자월」의 이야기는 이 슬픔을 처리하는 '나'의 이야기인 것이다.

'나'는 아무리 난동을 부려도 돌이킬 수 없는 파국에 다다랐음을 깨닫고 그에게 마지막 데이트를 청한다. 남이섬으로의 산뜻한 이별 여행. 그곳에서 그들은 여전히 다정한 연인처럼 2인승 자전거 페달을 밟고 보트를 타고 메타세콰이어 그늘 아래서 휴식을 취한다. 지붕이 빛을 가릴까봐 오리보트 대신 나무 보트를 선택한 그녀의 마음에서 드러나듯 그와 함께 있는 그 시공간은 눈부신 빛의 세계로 그려진다. '오리보트를 탄 남녀가 가위바위보를 하며 지나가고' '웃음소리가 풍경 속에 잦아들고' '초록과 파랑과 검정이 감은 눈 속에서 소용돌이 칠만큼' 강렬한 빛이 가득한 곳. 이 짧은 이별 여행을 마치고 난 뒤 그는 서울로, 그녀는 외할머니가 계시는 현리라는 곳으로 향한다. 그녀의 현리행은 아무런 목적도 방향성도 지니고 있지 않다. 단지 그것은 "그 사람과 정반대의 방향일 뿐". 따라서 현리는 빛으로 상징되는 그와 대립되는 곳을 의미하는데, 어둠과 고요, 죽음과 소멸의 이

미지로 가득 찬 그곳은 '사랑'을 잃은 그녀의 심상 공간을 그대로 드러낸다.

그와 헤어지고 내가 가는 곳. 눈물처럼 습기가 밴, 어둡고, 그 끝조차 아득한 곳. 왜 가려는지 알지 못한 채 내 발길이 무작정 가 닿을 곳. 조금은 두렵고 막막한 미지의, 미답의 지역이거나 공간이 필요했던 걸까. 그것들이 나를 부른 걸까. 가을 들판과 단풍 든 나무들이 차창을 비껴가며 내 가슴을 쓸었다. 나는 어딘가로 '가고' 있었다.

"모든 게 끝났고, 내일은 올 것 같지 않은" 실연의 상처를 안고 그녀는 어두운 허공에 발을 디딘다. '좁고 어두운 툇마루'를 오가며 손녀의 저녁상을 차리는 할머니는 어둠과 구분되지 않는 또 하나의 어둠이다. 벙어리에 이제는 백내장으로 눈까지 어두워가는 할머니에게 '나'의 사랑앓이와 들끓는 감정은 말을 잃는다. 할머니의 시력을 시험하느라 '핸드폰이게요, 아니게요?'라며 손바닥을 펼쳤다 접는 '나'는 점차 고요와 어둠을 닮아가지만 그 어둠 속에서 '새로운 눈'을 뜨게 된다. 그것은 칠흑같은 어둠 속에서 볼 수도 없으면서 밥을 짓고 반찬을 만드는 할머니의 '눈'이고 이제까지 찬란한 태양에 가려져 있던 달을 닮은 눈이다. 빛의 세계가 아니라 어둠에 속한 이 눈은 달빛처럼 사물을 도드라지게 하는 동시에 사물을 감싸 안는다. 스스로 빛을 내지는 못하나 태양의 빛에 받아 태양의 찬란함을 증명하는 이 눈을 작가는 '슬픔'이라고 부른다.

　　색색의 자전거들이 은빛 바퀴를 번쩍이며 가을 길을 달렸다. 환호하
는 소리, 누군가의 이름을 외쳐 부르는 소리가 강물에 반사되어 먹먹하
게 들렸다. 여기저기 꽂힌 매점의 붉은 일산(日傘)들, 한가하게 강가를
걷는 사람들의 컬러풀한 옷차림, 딸깍거리며 지나가는 순환마차의 레몬
빛 포장 때문에 섬은 꽃동산처럼 보였다. 나는 그 모든 풍광을 마시듯이,
깊이깊이 들이켰다.
　　사물의 빛깔을 외려 도드라지게 해.
　　뭐가?
　　그가 물었다.
　　슬픔, 이라고 나는 말하지 않았다.

　　모든 것이 끝난 뒤에 실체 혹은 전체를 볼 수 있는 것이 인간의
숙명이라면, 이 '슬픔'은 '끝과 전체'를 인간에게 한꺼번에 안겨 준 신
의 또 하나의 곤혹스러운 선물일 것이다. 슬픔은 그녀로 하여금 그와
의 시간을 간절하게 반추할 수 있도록 하며, 동시에 "어두워서야 비
로소 모습을 나타내는 것들"을 발견하게 한다. 유령같은 할머니의 말
없는 위안, 희미한 섬돌과 하늘과 지붕의 경계, '볼수록 톡톡, 숫자가
늘어가는 별'과 '거대한 달'. '나'는 영원히 깨어나지 않을 어두운 정
적 속에, 어둠 한 가운데 '나'를 놓아두기 위해 할머니 집의 뒤꼍으로

간다. 그곳에서 그녀는 또다시 상념에 빠져 있다가 어찔한 현기증을 일으키는 빛에 압도된다. "죽음 빛깔이 있다면 저럴까. 쏘일수록 차가운 빛. 침묵하는 빛. 은밀하고 기습적이고 압도적인 빛"으로 묘사되는 달, 그것은 바로 "크기만큼 밝기만큼 포효하며 나를 책망하는" 사자월이었던 것이다. "무슨 책망인지도 모를, 크기만 한 큰 책망" 앞에서 '나'는 두려움에 떨며 묻는다. "사랑을 잃고…이제 어떡하죠?"

"넌 이미 알고 있지 않더냐?" 어디선가 답이 들려온다. 말없이 눈부시린 사나운 사자월의 이 대답에서 그녀는 할머니의 음성을, 밤의 목소리를 듣는다. 그러나 뭘 알고 있다는 걸까? "난 모든 걸 알고 있는 걸까. 내 질문의 답까지도 정말 알고 있는 걸까. 내가 이곳에 와보려 했을 때부터?"라고 반문하는 그녀는 어쩌면 아직, 모르고 있는지도 모른다. 이미 알고 있는 것은 '사자월'이고 달에게 '나무 사자월불'이라고 두 손을 모으며 비둘기처럼 구구거리는 할머니이며, 그리고 이를 그리고 있는 작가일 것이다. 그들이 공유하고 있는 답이란?

어둠은 반찬이 되고 꽃이 되고 별이 되고 음성이 되고, 마침내는 사연이 되었다. 전혀 기억에 없던 사연을 어둠은 마술처럼 빚어냈다. (…중략…) 할머니는 처녀 적에 양잿물을 마셨다. 자살에 실패한 미혼모였다. 볼수록 숫자가 느는 별처럼 이야기가 늘었다. 할머니 노래가사가 떠오를 때처럼 '문득', 그리고 또 '문득' '문득'.

'꽃'과 '밥'과 '사연'이 아니라 어둠이 마술처럼 그것을 빚어낸다는 것, 어린 화자가 그것을 미처 깨닫지 못하고 있을지라도 그녀의 상처와 아픔은 또 다른 사연을 향해 나아갈 것이라는 것. 생성과 소멸의 무한한 변전이야말로 그녀의 질문 이전부터 존재해왔던 진리라는 것이 이들의 답일 것이다. 구효서는 작가노트를 통해 이러한 사유를 시적으로 더욱 명징하게 형상화하고 있다.

> 冬至 ; (…중략…) 낮의 길이가 가장 짧은 날이 동지고, 12시 이후부터는 비로소 해가 길어지기 시작하니 신춘(新春)이라고도 한단다. 우리가 사는 땅 위의 기후가 어찌됐든, 새해는 저 하늘 위에서 그렇게 시작되는 거란다.
>
> 冥 ; 이게 어째서 어두울 명인지, 최근에서야 알았다. (…중략…) 16일이면 이미 달이 하루 기운 상태다. 하루쯤 기운 달을 보름달과 구분하기란 쉽지 않다. 그래도 하여튼 기운 건 기운 거고, 1일치의 어둠이 포함된 달이다. 어둠의 시작을 이미 어둠이라 한 것이다. 동지를 신춘이라고 했듯이.

시작에서 끝을 끝에서 시작을, 어둠에서 밝음을 밝음에서 어둠을 읽어내는 저러한 우주 순환론과 제행무상의 불교적 사유는 이즈음 구효서가 천착하고 있는 중요한 주제 중 하나이다. 「사자월」의 막막한 실연의 아픔에서 '신춘'과 '신생'을 읽어내듯, 작가는 여러 작품에서 근대의 일상적 시공간에서 벗어나 머나먼 시공간을 탐사한다. 가령, 「시계가 걸려 있던 자리」에서 시한부 선고를 받은 '나'는 생의 끝 시점에서 생의 처음 시점을 향해 고향집에 내려간다. 마흔 여섯 해 이전에 그곳에서 태어나 자라온 나날들을 회상하고 또 한편 '현재'를 벗어나 죽어있는 미래의 '나'를 목격한다. 탄생에서부터 죽음은 이미 시작되었음을 깨닫게 됨으로써 '나'는 물리적 육체를 벗어나 기나긴 시간을 체험하게 된다. 동시에 '자아'라는 좁은 테두리를 벗어난다. "나는 정말 어디에도 없는 것일까. 그걸 보고 느낀 지금의 나는 그럼 무엇으로부터 온 무엇이며, 그것은 또 어디로 간단 말인가" 무아(無我)의 불교적 사유를 통해 '자아'에서 놓여난 나는 "바람이고 비고 하늘이고 햇빛이고 구름이며 바위"이라는 인다라망(因陀羅網)의 거대한 화엄의 세계로 나아간다. 그 초월적 시공간 속에서 '시계'로 표상되는 근대적 시간과 일상이란 "녹슨 못으로나 그 자리를 겨우 어림짐작할 뿐"인 초라한 흔적일 뿐.

「밤이 지나가다」에서 수억년의 시간을 간직하고 있는 천체와 별에 집착하는 여자 주인공 또한 같은 맥락에서 이해될 수 있다. 그녀는 단란한 가정과 안온한 일상에도 불구하고 "슬픔 같기도 하고 외로움 같기도" 한 뭔가가 몸속에 끊임없이 차오르는 것을 느낀다. 오래 전부터 언제나 '어디 저 먼 곳', 하늘이거나 땅을 바라보는 그녀의 이 시선을 작가는 '비욘드(Beyond)'라고 명명한다. 이 비욘드의 감각은 지금의 현실을 낯선 별에 불시착해 있다고 느끼게 하고, 그녀를 어두운 밤바다로 불러내거나 낯선 남자에 대한 매혹으로 이끈다. 아마도 이 감각은 앞서 '시계'로 표상되는 계산과 합리로 이루어진 피상적인 일상을 벗어나고자 하는 실존적 감각이라고 할 수 있는데, 이 감각이 구효서의 최근 소설에 철학적 깊이와 낭만적 초월성을 더하면서 동시에 탈역사적 허무주의를 아우른다는 것을 부정할 수는 없다. 「앗쌀람 알라이 쿰」는 그 단적인 예가 될 수 있는데, 이 소설에서 이라크 반전 평화팀의 일원인 한국인 여성 화자는 공화국 수비대의 총격으로 딸을 잃은 카심의 집에서 '죽은 딸'을 대신하여 그들에게 환대받는다. 죽은 자와 산 자의 교감과 향연은 물론 깊은 슬픔에 바탕한 것이지만 죽음과 삶을 바라보는 저 먼 시선은 자칫 역사 허무주의의 혐의를 불러올 수 있다.

물론 우주를 가로지르는 시선에서 길어올린 허무주의와 초월적 태도가 어느 지점에선 한 평론가의 지적대로 '긍정의 허무'로 작용하고 있다는 것도 사실이다. 가령 「달빛 아래 외로이」에서 택시 운전사인 '나'에게 치여 불구가 된 '그'의 담담한 삶의 태도와 죽음의 자세는 셈속과 욕망으로 들끓는 현실에서 보기 드물게 빛나는 긍정적 허무의 소산이라고 볼 수 있다. 또한 「이발소의 거울」에서 무한반복의 일상을 살아가는 이발사와 '나'가 서로를 되비추며 끔찍한 생의 허무를 느끼지만, 돌아온 이발사의 다음과 같은 발언에서 허무를 넘어서는 운명애를 읽을 수 있다.

부정하지 않기로 했지. 부정할 수 없었어. 부정되지도 않는 거니까. 인정하면 낯설 것도 고통스러울 것도 없고, 외려 정겨워질 수 있을 거라 생각했소. 내 가운이 어울리지 않소? (「이발소 거울」, 『시계가 걸렸던 자리』, 창비, 2005)

"커다란 유리 수조(水槽) 안을 무심하게 떠도는 물고기, 산 세월 따위도 가늠 못하는 통점 없는 이어류(鯉魚類)"같은 서로의 인생을 무성영화처럼 관조하던 이 둘이, 죽음이 아닌 신생을 택한 것은 생에서 모든 가치를 등가의 무로 돌리는 허무가 아니라 영원회귀의 무한 반복에서 빛나는 차이들과 편린들을 발견했기 때문일 것이다. 그것이 바로 늙은 이발사의 '새 가운'이며 「사자월」의 '나'의 실연의 또다른 방향이며, 그리고 사자월의 일갈일 것이다.

구효서가 「사자월」을 비롯한 최근의 소설에서 보여주는 풍경은 그가 오랜 세월의 문학 수업을 통해 다다른 인식틀이 될 수 있을 것이다. 황폐한 고향집과 먼 이국의 낯선 거리와 타인, 그리고 별과 달, 죽음과 생이 함께 놓여 있는 풍광은 우리를 초월과 허무의 세계로 이끌지만 한편, 그 '사자월'의 원근법으로 우리는 나날의 분절된 시간들과 고통과 숱한 감정들을 거대한 흐름 속에서 이해할 수 있게 한다. 그 이해란 「사자월」에서 그녀가 부잣집 아들과의 뻔한 통속극을 벌이는 우리들의 삶, 옥타비오 빠스가 "우리는 우리가 가치를 부여하지 않는 것을 사랑하고, 우리를 불행하게 만드는 사람과 영원히 함께

하기를 바란다."(『이중불꽃』)라고 했던 그 간극과 모순에 대한 이해이
자 용서이다. 그리고 이러한 이해를 통해 "문학은 헤어진 후에도 사
랑하게 만듭니다"라고 위화가 말했던 진정한 사랑과 실연의 태도를
얻을 수 있다. 'fall'의 의미사전에서 "떨어지고 고꾸라지고 줄어들기
만 하더니 결국은 태어나기도 하고 흘러나오기도 한다. 무언가가 지
면, 다른 무언가가 돋는다"라는 사실을 헤집어 내는 것, 그리하여 달
에 '사자월불'이라는 부처의 형상과 말씀을 새기는 작가의 글쓰기는
이렇듯 유한한 인간의 상처를 폭력으로 돌리지 않고 위로하려는, 생
에 대한 깊은 성찰과 애정에서 비롯된 것이다.

결빙을 견디는 방법

유시연, 『알래스카에는 눈이 내리지 않는다』(화남, 2008)
황정은, 『일곱시 삼십이분 코끼리열차』(문학동네, 2008)

'얼음 땡'이라는 놀이가 있다. 술래가 '얼음'이라고 외치면 꼼짝 않고 서고, '땡'이라 외치면 내닫던 그런 놀이. 살면서 그런 순간이 있다. 무언가에 포박되어 옴쭉달싹을 못하게 되는 순간. 그것이 객관적이고 폭압적인 상황이 되었든 혹은 무기력함이 되었든 삶이 '얼음'이라고 외치면, 질주하던 우리의 삶은 잠시 정지되고 마법이 풀릴 때까지 기다려야 한다. 그러고 보면 어린 시절 놀이는 일종의 삶의 예행연습이었던 셈이다. 유시연, 황정은 두 작가의 첫 창작집은 상처와 고통에 포박되어 결빙되어버릴 위기에 놓여있는 인물들이 어떻게 그러한 상황을 타개하는지, 혹은 어떻게 절멸되어가는지를 그리고 있다. 두 작가 모두 인간이 살면서 맞닥뜨리는 절망과 고통에 민감하지만, 이를 빗겨나가는 방식은 각각 다르다.

'상처의 사회학'이라는 제목의 작품 해설이 지적하고 있듯, 유시연의 『알래스카에는 눈이 내리지 않는다』에는 상처입은 자들로 가득 차 있다. 이 창작집의 인물들이 지닌 상처란 '사랑의 실패' '배신'에 의한 것이 대부분이지만, 그 밖에도 사업실패, 이주 노동, 불임 등 다양한 생채기에 주목함으로써 일상을 지속할 수 없는 '얼음인간'들의 생태학을 그리고 있다. 그렇다면 이 정상적인 일상의 흐름에서 결빙된 얼음인간들은 어떻게 이 빙하기를 건너는가.

우선 표제작인 「알래스카에는 눈이 내리지 않는다」(이하 「알래스카」로 표기)를 살펴보자. 「알래스카」에는 두 명의 고독한 남녀가 등장한다. 얼음 조각가인 남자 '그'와 알래스카의 토착민인 '아네'. 이 둘은 때로 함께 술을 마시며 낚시도 하고 몸을 섞기도 하지만, 연인은 아니다. 이 두 남녀 사이에 사랑의 리비도가 발생하지 않는 것은 이 둘 모두 사랑에 실패한 후, 일체의 욕망과 의지가 휘발되었기 때문이다. 그러니까 이 둘은 실연의 상처와 지독한 외로움을 공유하고 있는, '혼자들'인 것이다. '그'가 알래스카에 온 것은 얼음 조각을 위해서만은 아니다. '그'는 한국에서 '미희'라는 회사 동료를 사랑했으나 그녀는 그 말고도 다른 남자들과 복잡한 관계를 맺고 있었으며, 냉동 창고에서 다른 남자와 함께 시체로 발견된다. '그'는 그녀를 잊기 위해 미국으로 가서 위장 결혼을 하고 다시 알래스카로 건너간다.

그가 미국에서 캐나다로, 또다시 지구의 극점으로 달려간 것은 삶에 대한 열망이나 욕망 때문이 아니다. 그의 북극행은 막다른 곳으로 몰린 것이며, 보다 나은 삶이 아니라 "죽을 작정으로" "생명이 살

수 없는 땅"을 찾은 것이다. 한 여자의 배신과 죽음으로 인해 한순간 결빙된 그는 알래스카에서 황폐해지고 차가워진 자신의 영혼보다 더 차갑고 막막한 빙원 위에 선다. '겨울의 심장부, 영하 50도의 혹한' 속으로 자진하려 했던 그, 그러나 그는 그곳에서 예상하지 못했던 것과 맞닥뜨린다. 그것은 "스스로 가슴 안에 집어 넣은 단단하게 결빙된 덩어리를 녹여줄 그 무엇"에 대한 그리움이다. 결빙된 삶을 꽁꽁 얼려 산산조각 내고자 했던 그는, 그 끔찍한 통토에서 움을 틔우는 싹처럼 자라나는 뜻밖의 '열기'를 발견하게 되는 것이다.

이열치열의 전략이라고도 할 수 있는 이 방식은 '아네'에게도 역설적인 생존전략으로 작용한다. 아네 또한 과거의 사랑의 상처로 인해 결빙된 삶을 살고 있는 여자이다. 그녀는 하버드대를 휴학하고 고향인 알래스카로 돌아와서 외지인들의 사냥 감시 등을 하며 살아간다. 마을의 변화라고 해봤자 간혹 찾아오는 관광객들의 순회가 전부인, 이 삭막하고 권태로운 설원마을에조차 견디지 못하고 아네는 택시로 서너 시간이나 들어가는 오지의 오두막에서 혼자 살아간다. 이 철저한 고립은 '그'의 방식처럼 고통과 고독을 이기기 위해 더 지독한 고독 속으로 들어가는 것이다.

아네가 얼음 벌판에 석고처럼 서 있었고 그가 다가갔을 때 이미 몸은 굳어 움직일 수 없었다. 아네를 들쳐업고 급하게 오두막으로 달렸다. 침대에 눕힌 후 마사지를 시작할 때만 해도 그는 아무런 기대를 할 수 없었다. 심각한 상태였다. 거의 동사 직전에 이른 아네의 몸은 쇳덩이 같은 냉기가 돌았다.

—「알래스카에는 눈이 내리지 않는다」,

『알래스카에는 눈이 내리지 않는다』, 화남, 2008

죽음을 무릅쓰고 혹한과 강풍의 빙원 위에 자신을 내팽개치는 것, 이를 나무라는 '그'에게 아네는 "외로움을 이겨나가는 나만의 방식"이라 답한다. '그'와 '아네' 이 둘은 고독과 상처를 견디기 위해 더한 극한의 통점들을 자신에게 가하는, 일종의 자학의 방식으로 삶을 지탱하고 있는 것이다. 그러나 그것이 자기 파멸로 흐르지 않는 것은, 앞서 '그'가 결빙된 자신의 가슴에서 발견한 뜻밖의 온기, '생의 의지' 때문일 것이다. 극한의 부정 끝에 얻은 이 결연한 긍정, 이는 지구 끝으로 자신을 몰아내면서 얻은 것이기 때문에 더욱 값진 것이며, 그렇기 때문에 삶을 회생시키는 마법의 주문이 될 수 있는 것이다.

「알래스카」에서 '알래스카'라는 이국이 낭만적 공간이 아니라 절멸의 땅이듯, 유시연의 작품에 등장하는 비일상적인 공간, 가령 '하늘'이나 '숲' '호수' '동굴' '농장' '오지 마을' '탄광' 등은 대부분 일체의 생을 부정하는 공간이며 동시에 회생의 공간으로 그려진다. 인물들은 대부분 세속의 도시에서 상처입고 일체의 관계맺음을 거부한 채 뚜벅뚜벅 이 고립무원의 공간으로 걸어간다. 「숲의 축제」에서 주인공 '그'는 고층 아파트에 밀려난 무허가 산동네에서 개장사를 하며 살아가는 인물이다. 그는 아무도 없는 야산의 깊고 어두운 숲에서 평온함과 안락함을 누리는데, 그가 이 황폐한 곳을 찾는 것은 「알래스카」의 '그'와 마찬가지로 과거의 실연의 상처로부터 벗어나기 위해서이다. '수연'이라는 여자로부터 버림받은 '그'는 '수연'의 손길이 생각날 때마다 숲으로 간다. 숲에서 그는 자신의 결빙시켰던 '절망'의 순간들을 떨쳐버리려고 하고 인간과 세속에 대한 환멸감을 키워간다. 그가 숲에서 마주친 여자, '그녀'에게도 숲은 도피의 공간이기는 마찬가지이다. 이 둘은 서로의 상처를 알아보고 에로스를 통해 서로를 위무하는데, 여기에서 숲이 그들의 황폐한 내면을 상징하고 있다면 마지막 장면에서의 에로티시즘은 회생의 기미를 알리는 일종의 '성화' 같은 것이라고 할 수 있다.

「황금 동굴」에서 주인공 장이 플로라 김하늘을 만나고, 그녀가 자살을 시도하는 장소인 '동굴', 한때 잘나가던 펀드매니저였으나 실패하고 장기까지 떼인 김태영이 또 다른 상처입은 영혼을 만나는 '호수'(「물결이 친다」), 불임과 이혼으로 괴로워하는 여주인공이 일곱 번이나 결혼한 이모 또한 결국 한 생을 혼자 살아왔다는 것을 깨닫게 되는 시골 마을 '하월리'(「달의 강」), 불우한 가정환경에서 자라나 그 모든 상처로부터 자유로워지고자 경비행기를 몰고 가로지르는 '하늘'(「도시 위를 날다」), 시한부 생을 선고 받고 자신의 삶을 곤경에 몰아넣은 장본인을 찾아 떠난 '사북'(「봄이 지나가다」), 이들 장소는 등장인물들에게 단순한 여행지나 도피처가 아니라 회생의 '의지'를 긷는 깨달음의 장소이자 치유의 공간이다.

조금씩 다르긴 하지만, 상처입은 유시연의 인물들이 박제된 생에서 빠져나올 수 있는 것은, 이러한 장소에서 자신의 삶을 정지시킨 바로 그 상처를 되새김질했기 때문이다. 되새김질은, 상처의 기억 속으로 되돌아가는 것이고 그 고통을 반복하는 것이다. '얼음'이라는 삶의 부동명령이 또한 그들을 회생시키는 마법의 주문이기도 했던 아이러니. 그러나 그 마법의 주문은 물론 '얼음'을 적대적인 '생'이 아니라 그들 스스로, 능동적으로 외쳤을 때 가능하다. 인물들은 '소금 기둥'이 될 것을 각오하고 과거를 반추한다. 트라우마의 순간을 반복함으로써 외상에서 벗어날 수 있다는 프로이트의 전언대로 생을 멈춘 바로 그 냉혹한 순간들로 자신을 다시 밀어넣음으로써 그들은 비로소 서서히 저주에서 풀려나게 된 것이다.

유시연 인물들의 치유과정은 과거의 상처를 되돌아보는 동시에 일상과 절연된 그곳에서 무한 자유가 아닌, '구속'을 발견하면서 이뤄진다. 「도시 위를 날다」에서 비행 교실의 사무실 보조로 일하고 있는 '나'는 5천피트의 상공에서 자유를 만끽하지만, 그 하늘을 가로지르는 새들에게도 '무한한 자유'는 결코 주어지지 않는다는 것을 깨닫는다.

새 떼가 이동하고 있다. 새들도 그들만의 소통이 있고 행로가 정해져 있다. 자유롭게 나는 것 같아도 막상 그들은 자유가 없다. 일정한 형태와 장소를 따라 이동하기 때문이다.

―「도시 위를 날다」, 『알래스카에는 눈이 내리지 않는다』

　자신이 살고 있는 도시를 끔찍이 혐오하면서도 현실적으로는 그
땅으로부터 한 발짝도 움직이지 못하는 '한교관'에게 '사막'이 그렇
듯, 주인공의 비상과 착륙은 '얼음, 땡' 놀이처럼 그의 불행한 나날들
을 매일 매일 풀고 조이는 행위, 영구히 결빙되지 않도록 '갇힌 유빙'
들을 내버리는 제의 같은 것이다. 그리고 그 해빙적 제의는 새들에게
서 발견한 '구속'들처럼 일상과 세속, 관계맺음의 번잡함과 비루함의
'재긍정'과 '투신'을 통해 가능케 한다. 작가 유시연의 깊은 통찰이 전하
고 있듯, "봄은 햇빛에 질척거리는 진흙땅으로부터"(36) 오는 것이다.
　유시연의 인물들이 결빙을 견디기 위해 극한으로 자신을 내몰고
더 차가운 얼음을 가슴에 품는다면, 황정은의 인물 또한 그와 크게
다르지 않은 방식을 택한다. 가령, 무한 증식하는 세계의 폭력성 앞
에서 '모자'로 변신하는 아버지(「모자」)나 오뚝이로 변신하는 은행원
'기조'의 경우처럼, 황정은의 인물들은 그들을 위협하는 그 힘들보다
더 빠르게 '사물'화 되어버린다. 이러한 공통된 전략을 구사한다는 점
에서 유시연과 황정은의 소설은 공히 비극성에 바탕하고 있지만, 그러
나 이를 형상화하는 작가적 태도와 그 방식은 많은 차이를 보인다.
　우선, 유시연의 인물들은 대개 일상의 바깥으로 질주하여 죽음과
삶의 경계지점으로 자신을 몰아감으로써, 역설적으로 회생한다. 이

들 인물들이 죽음을 각오하고 찾아간 그곳에서 다시 생의 의지를 길어온 것은 죽음에 대한 '열망', 즉 삶에 대한 '열정'과 하나도 다를 바 없는 치열한 그 결기와 에너지에서 비롯된 것이다. 그러니까, 유시연 작품은 일종의 '패전 용사들의 생환기'라 할 수 있는 처절함과 간절함 위에 서 있다. 반면, 황정은의 작품에는 이러한 처절함이나 열정 같은 것이 은폐되어 있다. 황정은의 인물들은 유시연의 경우처럼 실연이나 실업, 불임과 같이 그들을 '결빙'시키는 특정한 이유를 지니고 있지 않다. 지니고 있더라도 '그것'이라고 지칭하는 법이 없는 황정은의 인물들은 결정적인 사건과 순간에 포박되는 것이 아니라, 매일 매일 조금씩 '결빙'되어 간다. 뜻밖의 '충격'적인 사건으로 다가오지 않는 이 변신은 다른 일상들과 섞이어 자연스럽게 그들 삶에 스며들고 그리하여 그들은 유시연의 인물들처럼 바깥으로 뛰쳐나가는 법 없이, 일상의 장소에서 '조금씩, 조용히' 사물화되어 간다. 이 두 작가가 보여주는 이러한 스케치는 어떠한 '치열성'과 '결기'를 표면적으로 드러내는가 그렇지 않은가에 의해 대별되지만, 또 한편 비극과 희극성으로, 결정적으로 갈라진다.

세 남매의 아버지는 자주 모자가 되었다.
이사를 하면 첫째가 가장 먼저 하는 일이 장도리를 들고 다니며 벽에 박힌 못을 뽑아내는 것이었다. 못이 있으면 아버지가 집 안을 돌아다니다가 거기 걸리고, 틀림없이 모자가 되어버리기 때문이다.

일단 모자가 되면 언제 아버지로 돌아올 지 알 수 없었다.

못이 있을 때만 모자가 되는 것도 아니었다. 남이 보는 곳에서도 곧잘 모자가 되곤 해서, 소문이 번지는 바람에 그들 가족은 자주 이사를 다녔다.

—「모자」, 『일곱시 삼십이분 코끼리열차』, 문학동네, 2008

모자로 변신하는 아버지를 그리고 있는 위의 글에서, 이 기괴한 환상을 얘기하는 작가의 필체는 담담하다 못해 천연덕스럽기까지 하다. 이 신예작가의 독특한 환상풍을 이 책의 해설자(서영채)는 "명랑한 환상의 비애", 혹은 "마조히즘적 유머", "담담한 수채화풍"이라고 명명하고 있는데, 그는 이 환상 세계를 한강의 「내 여자의 열매」와 비교하면서 세상으로부터 벗어나는 것이 아니라, "세상의 핵심으로 들어가는 것에 해당되는 것"이라고 덧붙이고 있다.

이런 판단을 가능케 하는 것은 황정은의 서사적 감수성이 지니고 있는 저 실없는 명랑성 때문인데, 이것은 카프카나 플라톤의 경우처럼 일종의 마조히즘적인 유머로 읽힌다. 그것은 곧, 엄청난 위력을 지니고 있는 현실의 질서 앞에서 자진하여 그 현실적 질서의 일부가 되고 짐짓 그 질서를 적극적으로 실천함으로써 그것의 불합리함을 비웃는 것, 즉 자진하여 합법적으로 우스꽝스러워짐으로써 오히려 합법성을 조롱하고자 하는 에너지의 산물이 아닌가 하는 것이다. 말하자면 한강의 나무되기가 세상으로부터 벗어나는 것이라면, 황정은의 오뚝이 되기는 세상의 핵심으로 들어가는 것에 해당되는 것이라 해도 좋을 것이다.

— 서영채, 「명랑한 환상의 비애」, 『일곱시 삼십이분 코끼리열차』 해설

위 인용문은, 황정은의 환상이 유시연과 동일한, 세계의 '비참함' '폭력성' '적의'에서 비롯되었으며, 그 '직접성'을 제거하기 위한 전략임을 암시하고 있다. 그렇다면, '모자 되기, 오뚝이 되기'는 무엇을 의미하고 어떠한 효과를 가져오는가. 「모자」에서 아버지의 모자되기는 아무데서나 언제나 발생하는 '변신술'이 아니다. 세 남매가 기억하는 아버지의 최초의 모자변신은 각각 다른데, 그들의 기억 속에서 아버지는 "일자리를 잃은 상태"에서 형편없이 초라한 차림으로 전봇대 밑에서 모자가 되거나, 고장난 라디오를 붙안고 우는 둘째의 뺨을 때리고는 땀을 흘리다가 모자로 변신하거나, 학부모 참관일에 교실 사물함 위에서 모자로 바뀌거나 하는 것이다. 즉, 모자되기란 주체의 자기 소외와 동일한 것으로 존재의 추락과 부정을 의미하는 것이다. 오뚝이 되기도 이와 흡사하다. 은행원인 기조는 어느 날 세상이 커져버렸다고 생각한다. 그러나 사실은 그녀가 줄어든 것. 결국 그녀는 다니던 은행도 그만두고 점차 폐물화되어 간다. 작가는 이 오뚝이 되기를 러시아 인형 '마뜨료쉬까'에 비유하거나 '이상한 나라의 앨리스'를 환기시킴으로써 유머로 둔갑시키지만, 동화같은 환상 내부에는 사실 다음과 같은 현실적 비애와 환멸감이 내장되어 있다.

① 아무리 물장구를 크게 쳐서 파문을 만들어도, 그것은 내가 열심히 팔과 다리를 저을 때뿐이잖아. 뭔가, 물살을 엄청 저었다는 느낌은 있는데, 언제까지고 마침내 해냈다는 생각은 들지 않고, 팔과 다리를 멈춰버리면 곧장 가라앉기 시작해서, 일단 가라앉은 뒤로는 파문도 없이 그저 엄청난 양의 물만 있을 뿐이라면.

— 「오뚝이와 지빠귀」, 『일곱시 삼십이분 코끼리열차』

② 보통, 보통, 보통. 저기, 무도씨, 보통이라면 무엇을 기준으로 보통이라는 거야. 나무늘보나 달팽이 있잖아, 느리잖아, 하지만 걔네들의 입장에선 이 세계가 얼마나 빠른가, 생각하면 아득해지지 않아?

— 「오뚝이와 지빠귀」, 『일곱시 삼십이분 코끼리열차』

인용문 ①은 오뚝이가 되어가는 기조의 꿈 내용이다. 황정은의 소설에서 환상과 현실이 뒤엉키듯, 이 꿈은 현실에 대한 사실적인 밑그림으로 제출되고 있다. 즉, 이 무한 경쟁 사회에서 아무리 열심히 뛰고 달려도 결국 제자리 걸음이라는 것, 그것마저도 하지 않는다면 곧 사회의 낙오자가 되어버린다는 끔찍한 현실 말이다. 기조는 합리와 효율과 수치로만 이루어진 '은행' 직원으로, 이 거대한 세계질서에 편입되어 부속품처럼 낡아간다. 개별자가 지닌 무한한 가능성과 존재 의미를 폐기하고 오직 경쟁사회에서 업무 수행능력에 의해서만 '활용'되는 기조, 그를 통해 작가는 그것이 오뚝이이든 모자이든 결국 '전인성'을 상실하고 기능적으로 기계화되는 현대인들의 비극을 간접적으로 제출하고 있다.

또한 오뚝이 되기, 즉 '줄어들고 느려진다'는 설정은 위의 두 번째 인용문에서처럼 현대 사회가 요구하는 '보통' '객관'이라는 것이 얼마나 폭력적인가를 폭로하기 위한 장치이기도 하다. '달팽이, 나무 늘보 입장'에서 세상을 사유하는 것은, 타자의 입장—장애인, 이주 노동자, 노인 등—에서 사유해보는 것과 같은 의미이다. '객관' '보통 사람들'은 일상의 제도를 그들에 맞게 규격화함으로써 그렇지 않은 사람들을 배제한다. 이렇게 본다면, 이 작품은 데리다와 아감벤이 비판하고 있는 '법'과 '인권', '시민'의 의미에 함의된 폭력성 비판까지 겨냥하고 있는 것이다.

그렇다면 황정은의 인물들이 그 비참함에서 환상을 통해 길어올린 명랑성은 무엇인가? 서영채는 황정은식의 이 수채화풍의 유머를 "세계에 대한 저항의 에너지를 상실한" 체념과 자진과 연결된다고 본다. 또한 환상성이 "세계의 폭력성으로부터 서사의 세계를 방어해내는, 얇지만 강렬한 보호막으로 작용한다"고 언급하고 있다. 이러한 시각에 대체로 동의하면서, 이 유머가 갖는 또 다른 측면에 대해서 얘기해보자. 표제작인 「일곱시 삼십이분 코끼리 열차」의 줄거리는, 나, 파씨, 파씨의 동생, 이 셋이 동물원에 가는 이야기이다. 늦은 오후, 동물원을 방문한 이들은 코끼리 열차를 타고, 김밥을 먹고, 졸고, 약간의 대화를 나누고, 그러나 어찌되었든 지루하기 짝이 없는 시간을 보낸다. 서사가 진행될수록, 독자들은 등장인물이 셋이 아니라, 둘이라는 것을 알게 되는데, 즉 파씨는 '나'에 의해 불려진 환상의 존재임이 드러난다. 그렇다면 '나'와 동일하면서 또 다르게 존재하는 '파씨'는 어찌하여 불려졌는가. 그것은 우선 「모기씨」의 불구자 소년이나 「문」에서처럼 누군가에 대한 그리움이나 외로움이 불러들인 환상일 수 있다. 혼자 사는 '나'는 퇴근 후 파씨와 카드게임을 하거나 그날 있었던 일을 얘기하거나 한다. 그러나 이 작품에서 '파씨'는 평온한 '나'로부터 과거의 상처입은 나, 혹은 원한의 파토스에 사로잡힌 '나'를 떼어놓기 위해 호명된 측면이 더 강하다.

「일곱시 삼십이분 코끼리 열차」 도입부에서 '파씨'는 파씨와 파씨 동생의 불운한 유년 시절을 이야기한다. 그들 파씨 형제는 어린 시절 부모를 여의고 외삼촌 밑에서 6년간의 끔찍한 성장기를 보낸다. 외삼촌의 잔혹함에 대한 기억은 "팔꿈치와 무릎이 닿도록 엎드려서 바닥에 손등을 대고 손바닥 위에 이마를 얹고 허벅지를 꽉 붙인 채 왼쪽 발바닥 위에 오른쪽 발등을 얹은 다음 관절을 딱딱하게 조인다"라고 서술되는, '하나의 자세'로 표현된다. 6년간의 끔찍한 시절을 보내고 이모에 의해 구출된 '나' 즉 파씨는 외삼촌에게 되돌려줄 잔혹한 복수극을 상상한다. 그러나 어느날 갑자기 교통사고로 외삼촌이 죽어버리자, 파씨는 끊임없이 되새기고 겨누었던 '다트'가 땅에 떨어지는 허망함을 겪는다.

그러나 그것이 끝은 아니다. 왜냐하면 외삼촌은 사라졌지만 표적

잃은 다트는, "사라지지 않고, 에너지를 가득 담은 채, 바닥에 놓여 있기" 때문이다. 다트에서 뿜어져나오는 저 여전한 적개심, 원한의 에너지를 어찌할 것인가? 거기에 사로잡힌다면, 얼음인간들은 자신은 물론 타인을 파괴할 것이다. 어디론가 떠나지 않고, 그렇다고 현실에 포박되지 않기 위해서, '나'는 나를 둘로 쪼갠다. 그리하여 박제된 생에 결박된 '나'와, 그를 바라보는 '나'가 탄생한다.

외삼촌과 같은 인간이 되어서 어두운 얼굴로 어두운 짓을 되풀이하고 싶지는 않다. 그건 정말 끔찍하게 싫다, 라고. (…중략…) 내가 하려만 하면 뭘 할 수 있었는지를 정확하게 아는 것이 중요하다고 나는 생각했어. 다트가 있고, 그걸 지켜보는 내가 있어. 잔혹한 방법으로 어딘가에 보복하고 싶어하는 내가 있고, 그것을 하지 않는 내가 있어. 외삼촌과 나는 바로 여기서 구별되는 거야. 나는 다트가 거기에 있다는 걸 알고 있고 그게 바로 그것이란 걸 알고 있으니까. 이것은 상당히 안전하고 유리한 일이야. 있잖아. 자기 속에 그런 게 어디 있는지 모르거나 그런 걸 충분히 보려고 하지 않는 인간들은 자기가 받은 고통스러운 경험을 남에게 되풀이하는 거야. 할아버지가 아버지를 괴롭혔고 아버지가 자기를 괴롭혔고 이제 자기가 누군가를 괴롭힌다는 식의, 어쩔 수가 없다는 식의 지저분한 연쇄를 되풀이하는 거야.

— 「일곱시 삼십이분 코끼리열차」, 『일곱시 삼십이분 코끼리열차』

위 인용문에서 알 수 있듯, '나'의 '분열'은 원한과 고통을 누군가에게 전이시키지 않기 위해 의도된 자발적 '격리'이다. 이러한 분열에 의해 '나'는 상처입고 적개심에 휩싸인 '나'를 감금시키고, 때로 위무하기도 한다. 결국, 황정은의 환상과 비애섞인 유머는 비참한 현실의 직접성을 차단하고 '주체'를 보호하는 효과를 가져오기도 하지만, 폭력적이고 비참한 현실을 '비틀기'함으로써 그 원한의 에너지의 침투를 막아내기도 하는 것이다. 즉, 이렇게 말할 수 있을 것이다. 황정은의 유머는 세계의 폭력성에 의해 희생된 자의 체념과 비관, 현실에 대한 승인을 의미하지만, 반대로 무한 경쟁 사회의 정글의 법칙을 거부하고, 자신을 가해한 자들까지 용서하고 품으려는 고귀함이기도 하다는 것.

암울한 '빙하기'를 건너 인간의 초원을 발견하기 위해, 이제 막 출사표를 던진 이 두 명의 진지한 신예작가들의 문학적 모험과 행로에 부디 더 멋지고 치열한 전투가 이어지기를 기대한다.

언어도단(言語道斷)의 거리에서

김남일, 「오생, 아무도 가지 않을 길을 가다;
오자외전(誤子外傳)」(『문학사상』, 2008.2)

　　「오생, 아무도 가지 않을 길을 가다; 오자외전(誤子外傳)」(이하 「오자외전」으로 줄임)은 앞서 발표한 「오생의 최후」와 「오생의 부활」이라는 두 편의 연속선상에 있는 연작의 하나이다. '오자외전'이라는 부제에서 알 수 있듯, '오생'이란 자의 검증되지 않은 생의 편력을 담은 '외전'이라고 할 수 있는데, 그렇다면 정전격에 해당하는 앞서 두 편에서 밝혀진 '오생'이란 자는 어떤 인물인가. 「오자외전」의 오생의 범상치 않은 인류애와 정의감에 의한 좌충우돌은 이미 앞서 화려한 전력을 갖고 있는 바, 첫 연작에 의하면 그의 출생의 비밀은 이러하다.

　　오생은 기전 사람으로, 자와 호는 불명이다. 민국 33년 만물의 배후에 와습이 있다고 주장하여 평지풍파를 일으켰다. 그 후 자신의 주장

을 실천에 옮겨 남 다하고 난지 오래인 점거, 투석, 잠입, 살포를 돌연 시
도하는 등 형극의 길을 자청, 남도의 배소에서 꽉 채운 오 년 세월을 보
냈다. 오생이 세상에 복귀했을 때는 신자유주의의 전일적 지배가 착
착 진행되던 무렵이었으되, 오생은 굴하지 않고 재가수도(在家修道)하
며……

—「오생의 최후」, 『산을 내려오는 법』, 실천문학사, 2007

위에서 보듯, 오생 연작은 일종의 고전 서사 양식인 '전(傳)'에 의
해 오생의 생을 보여주고 있다. 일종의 영웅일대기라고 할 수 있는
데, 과연 오생은 일찍이 민주화와 계급모순 타파에 헌신하다 '배소'
(감옥)에도 다녀오는 등 영웅과 투사의 면모를 갖춘 인물이다. 그러나
현재의 '오생'은 그러한 과거 전력까지를 의심케 하는 반영웅적인,
엉뚱한 모습을 보여준다. 가령, 「오생의 최후」에서 오생은 쓰레기를
버리다가 '재활용 쓰레기'를 둘러싼 일련의 악무한의 사슬들—재활
용에 드는 물과 전기, 노동, 그에 따라 오는 석탄과 석유 등등—을 놓
고 지구의 미래를 염려하기도 하고, 채식주의자의 문제를 거론하며
'생명'이란 과연 무엇인지에 대해 근본적인 질문을 던진다. 또는 지
하철 파업의 노조원과 말다툼을 벌이다 전동차에 치이고, 다시 부활
하여 '스프 없는 라면'을 먹으며 신자유주의와 FTA를 성토하고 자살
을 결심하는 등의 화려한 편력을 보여준다. 이쯤되면 이 희화화된 영
웅 '오생'이란 자가 누구와 닮았는가를 눈치챌 수 있을 것이다. 세계

문학사상 정의감과 실천력에서 으뜸인 세르반테스의 돈키호테, 혹은 좀 멀긴 하지만, 극단적인 음화를 통해'미친 현실'을 폭로하는 노신의 '광인'.

21세기 한국에 새롭게 등장한 신토불이 '오생'은 「오자외전」에서 외래종인 '돈키호테' 못지 않은 정의감을 지니고 전지구와 인류를 사유하면서 '좌충우돌' 편력을 펼친다. 우선 이 작품에서 오생의 현실 개탄과 절망은 2007년 12월 대선(작품에 의하면 민국 59년 12월)에서부터 출발한다. 그는 오랫동안 "당산동에 당사를 둔" 진보 정당의 당원으로서 헌신하며 우국충절을 실행해왔고 또 여전히 민중의 편에 선 정권이 탄생하기를 염원한다. 그러나 그는 여지없이 배반당하고 마는데, 그것은 그가 자신의 당적을 배반하고 찍은 기호 8번의 낙선에서 비롯된 것이다.

2007년 12월 실제 인물을 모델로 한 기호 8번 허 후보를 '남몰래'찍은 데에는 다음과 같은 이유가 있다. 즉, '유엔본부를 판문점으로 이전하고, 몽고와 1차 통일 후 아시아 연방 통일을 추진하고, 중소기업에 취직하는 자에게 다달이 백만 원 쿠폰을 발행하여 청년 실업을 해소하고' 등등의 선거 공약이 "어떤 후보도 내놓지 못한 가히 혁명적인 공약"이라고 믿었기 때문. 8번 후보의 낙선, 그리고 오생의 당혹과 절망은 당연한 수순이라 하겠다. 이러한 절망 끝에 오생은 서울을 떠나 초야에 묻힌다. "예를 잃게 되면 초야에서 찾는다"라는 선학의 충고에 따라 자발적 유배의 길에 오른 것이나 오생이 그곳에서

하는 일이란?

오생이 기거하는 곳을 방문한 한 노인장이 "거그 눈에넌 요거이 사람새끼가 든 집구석이당가? 사람새끼라믄 당최…… 대차네. 간첩인가, 허구헌 날 방꾸석에 백혀서 뭣을 허는지, 쩟."이라고 혀를 찼듯, '생산'과는 거리가 먼 '무위'와 '음주'의 나날들을 보내고 있었던 것이다. 와신상담하여 다음 일을 도모하는 것도 아니요, 연구를 하는 것도 아닌 이러한 '무위도식'의 시간에 대해 오생과 그의 주변인들은 다음과 같이 분식(扮飾)한다. "오생이 하는 일은 ……(편의상?) 기다리는 것이다. 그저 줄창, 하루 종일, 일년 365일(혹은 366일)"그렇다면 무엇을 기다린다는 것일까? 또 한번의 그의 애절한 답변에 의하면 그것은 '외로움'이었다가 '젊은 처자'로 바뀐다. "뭇여자가 아니라 한 여자" "영원부동의 일자(一者)"라는 그 젊은 처자에 대해서는 앞선 연작의 과거 이력이 필요하다.

일찍이 지하철 입구에서 우연히 두 번이나 만난 바 있는 아리따운 '젊은 처자'는 오생에게 두 번의 서명을 요구한다. 첫 번째는 '전체 인구의 6%에 가까운 성인 370만 명의 DNA를 데이터 베이스화 해놓고, 감시 카메라로 국민의 일상을 관리 감시하는' 군산복합체의 판옵티콘, 영국이라는 전체주의에 대한 항의 서명이다. 두 번째는 '공정무역이라는 미명아래 야만적 노동 착취와 비윤리적 상품을 양산하는 신자유주의 경제체제'에 대한 항의 서명이다. 오생은 이 젊은 처자에게서 '당과 조합'에서 외면당한 새로운 희망과 인류애를 발견한다. 따라서 그가 시골 오지에 묻혀 '젊은 처자'를 기다린다 함은 실제의 그 여자가 아니라 그가 다시 현실의 싸움에 투신할 수 있는 '진정한 비전'과 '이념'을 의미한다.

그러나 「오생의 최후」에서 오생이 '길이 없다면 만들어서라도 가야 한다. 그게 내게 주어진 운명이므로!'라는 비장한 결심으로 나아간 곳에서 맞닥뜨린 것이 '상여금 오십프로'를 위해 투쟁하는 지하철 노조원들의 이기심이듯, 그리고 '꿈마저 깨진' 바닥에 대한 감각이듯, 「오자외전」에서의 오생도 '새로운 비전'을 발견하지 못한다. 오생은 기호 8번에게 가장 열광하게 했던 '농약생산 금지 및 미생물 농사 실시'라는 공약이 실제 농촌의 실상과 얼마나 먼 것인지를 '초야'에서 목도한다. 그는 필리핀 아내의 도망으로 인해 자살한 농부의 이야기를 듣는다. 그리고 또 자신의 집 앞 아름드리 미루나무 밑에서 이웃 농부가 자신의 밭에 볕이 들지 않는다고 뿌려놓은 제초제 그라목손을 발견한다. 경악한 오생의 단말마 같은 비명, "인간은 스스로 희망을 제거함으로써만 레종데뜨르(raison d'etre), 즉 제 존재의 의의를 확인하는 치유불가의 운명인 것을!"

유배지를 떠나며 스치는 농촌의 새로운 풍경-'베트남 꽃처녀 무한 공급 / 처녀 보증 / 후불제 / 환불 가', '땅 땅 땅 / 돈 돈 돈 / 복 복 복 0111-2345-6789' 등의 현수막 등-에서 이미 물질 만능주의 신자유주의 물결이 논밭까지를 장악한 현실을 인식하고 참담해한다. 따라서 「오자외전」은 생태주의와 지구 환경 보존의 관점에서 내놓은 농촌의 현실에 대한 슬픈 보고서라고 할 수도 있다. 그러나, 사실 이 작품은 여러 가지 현실 비판 의식을 겹겹이 깔고 있다. 현실 정치의 환멸과 하향, 그리고 농촌 현실에 대한 또 한번의 환멸이라는 서사적 플롯 안팎에는 작가의 절망감이 투영되어 있는 것이다. 오생은 초야에서 '외로움'을, 혹은 '젊은 처자'를 기다린다고 했다. 그러나 사실, 그는 무엇을 기다리는지 모른다. 오생 자신이 "분명히 기다리는 것이 무엇인지 알았다"는 과거 한 때에 비춰 현재를 반추했을 때, 이 비극성은 더욱 가열해진다.

연작 세 편에서 화두처럼 등장하는 "만물의 배후에 와습이 있다"에서 와습이라는 말이 지닌 모호성(「오생의 부활」에 의하면 와습은 "항간에 와습이 訛鰼, 즉 '물 흐리는 미꾸라지'라거나, 혹은 WASP, 즉 앵글로 색슨(AS)계 백인(W) 프로테스탄트(P)를 가리킨다거나 하는 설들이 있으나, 오생학파에 따르면, 와습은 늘 와습 이상이다")은 더 나은 미래를 열어가기 위해 생을 걸고 투쟁해야할 '분명한 무엇'이 부재한 현재를 의미한다. 그러나 작가는 완전한 절망으로 끝내지 않는다. 그것은 「조금은 특별한 풍경」에서 "완전한 풍경을 기대하지 마세요. 인생이란 게 그저 조금은 특별한 풍경만으로도 만족하며 살아가는 거 아니겠어요?"라는 경선의 말처럼 「오자외전」에서도 작가는 포장마차 부부의 정겨운 풍경에서 그것을 본다.

작은, 그러나 부박한 세상과 동떨어진 순정의 기억을 통해, 작가는 "노스텔지어는 우리에게 하나의 무기"라고 했던 팔레스타인 난민

영화감독의 말과 "놋주발보다도 더 쨍쨍 울리는 추억이 / 있는 한 인간은 영원하고 사랑도 그렇다"라는 김수영의 시구절을 되새긴다. 작가에게 순정의 기억과 노스탤지어는 미래에 대한 희망을 영원히 마르지 않게 하는 귀중한 샘인 것이다. 이러한 결론은 오생으로 하여금 '아무도 가지 않을 길을' 가게끔 하려는 작가의 의지에서 나온 것이리라. 이러한 비전보다 더 중요한 것 한 가지만 덧붙이자. 오생 연작에서 오생의 현실 인식과 모험은 황당무계하기 그지없지만, 또한 이러한 허무맹랑한 이야기가 시종일관 폭소를 터뜨리게 하지만, 문제는 오생의 눈에 비친 현실과 그의 투쟁이, 말짱한 허구가 아니라 우리가 살고 있는 바로 그 진짜 현실이라는 것. 말도 안 되는 '언어도단'은 오생이 선택한 '아무도 가지 않는 길'이 아니라 '모두가 가고 있는 거리'에서 벌어지고 있다.

불량한 노래의 진정성

황정산 시론

시인 자신이 '불량한 시'에서 선언했듯, 그리고 희망했듯 황정산의 시는 어쩔 수 없이 불량함으로 가득 차 있다. 불량은 KS마크로 표상되는 '완전함'과 먼 것이며 어딘지 모르게 삐딱하거나 찌그러져 있는 그러한 상태를 의미하는 것일 터인데, 이러한 불량성을 잔뜩 품고 있다는 점에서 황정산의 시적 개성은 빛난다. 그것은 우리가 젊은 청춘과 함께 흘려보낸 '불량', 가령 삐딱하게 쓴 모자, 흐트러진 옷매무새, 함부로 내뱉는 침, 건들거리는 걸음, 무례한 말투 등으로 무장된 건달의 그것과 닮아 있다. 황정산 시의 불량성은 다른 무언가를 열망하는 자의 전투적 힘, 즉 '불온'과도 구분되고 있다는 점에서 또한 어떠한 환상이나 이데올로기와도 결별하고 있다는 점에서 '진정한' 불량성을 선취한다.

'불량한 시'에서 그가 언명하고 있듯, 그의 시는 '가치 있는 의미'

와도 무관하고 '돈'도 되지 않고, '잘 빚어진 항아리처럼 잘 빠지지 않았으니 미학적으로 불량'하고, "나무를 키우거나 꽃을 피우지 못하니 생태적으로 불량하고" "민족이니 전통은 원래 내 시가 알 바 아니니 좌로도 우루도 정치적 불량"하고 '희망을 내장한 불온'도 아니니 전면적 불량이 되겠다. 그러나 알고 보면 불량 아닌 존재가 어디 있고 삶이 어디 있겠는가? 사실, 철들면서 깨닫게 되는 진실이란 시간과 더불어 인간이란 성숙하고 완전해가기보다 조금씩 낡아가고 찌그러져간다는 것 아니겠는가. 그럼에도 불구하고 이념과 희망을 통해 계속 내일을 꿈꿔보는 것, 지금의 불량을 위로하는 것, 그것이 삶이라는 것을 부정하기는 어려우리라. 황정산 시는 미래에 둔 희망, 이념과 환상 없이 그대로의 지금 이 불완전한 시간들 속에 자신을 내맡기고 또 그러한 타인들을 인정하고 껴안음으로써 독자를 위무하는 하나의 선율이다.

황정산 시의 '불량'은 세계를 있는 그대로 보고 인정하려는, 극사실주의적 태도에서 비롯된다. 그의 시에서 세계는 불모성으로, 퇴락한 풍경으로 주로 묘사된다. 가령 '망가진 수도꼭지', '뜯어진 벽지 사이로 쏟아져 나오는 부서진 시멘트' '야구공에 맞아 찌그러진 차' '그렁렁대는 엔진'(「나의 집 나의 차」)으로 묘사되는 일상의 풍경은 그의 세계 인식을 보여주는 단적인 예라 할 수 있다. 이러한 풍경은 그의 시 곳곳에서 변주되는데, "때로, 헛되이 생생한 늙음 / 거기와 앉아 있고 / 항상, 지치고 망가진 젊음 / 비스듬히 누워있다."(「화양리, 극장에서」) "오래된 시간들이 / 햇빛으로 내려 부서지거나 / 무게 없는 삶의 흔적이 되어 / 켜켜 쌓여 있다"(「꽃」)와 같은 표현들은 화양리 극장 화면처럼 "끝없이 비만 내리"는 그의 쓸쓸한 내면과 비극적 세계 인식을 드러낸다.

이러한 시인의 비극적 세계 인식은 인류 역사라는 오래된 시간으로 현재를 재어보는 허무주의자의 그것과 맞닿아 있는데, 그럼에도 불구하고 그것이 '비관'을 껴안는 동시에 무기력과 허위에서 탈주하고 있다는 점에서 강인한 허무주의로 향하고 있다. 황정산의 시적 화자는 "헤어진 사람들은 모두 그것을 아네 / 이 땅에 질긴 것이 하나 없음을(「헤어진 사람을 위하여」)"이라고 탄식하고, 그렇게 되어먹은 인생을 그대로 수락하지만, 그러나 동시에 "내 그대에게 보낼 수 있는 건 / 2.5그램의 가벼운 충격 / 그러나 장난하지 않으리라. / 온몸 흔들어 거부하리라."(「탁구」)에서처럼 허무한 인생에서의 찰나적 행위에 '진정성'을 얹는 강인함을 지니고 있다.

이러한 강인함은 그의 '불량'이 빛나게 하는 바탕이며 생활 속에서 완전히 세속에 물들지 않고, 그러면서도 순수 세계 혹은 유토피아에 대한 환상과도 거리를 두게 만드는 힘이다. 이 힘은 "어머니가 돌아가시고 / 따뜻하고 아름답고 사랑스러운 단어들이 / 생각나지 않는다 / 그러니 이제 세상에 대한 두려움도 없다(「어머니의 기일」)"에서처럼 '완전함' '순수'에 희망과 환상을 거둬들였을 때 가능한 견자의 그것이다. 그의 시는 두려움도 환상도 없으나 그럼에도 불구하고 세속

안에서 세속 바깥을 꿈꾸며 제도라는 금 근처를 건들건들거리며 넘나드는 불량배의 노래이다.

그는 끊임없이 현재를 부정하고 떠나기를 열망하지만, 그러나 결코 완전히 떠나는 법이 없다. 예를 들어, 시적 화자는 "내가 있는 곳은 어디나／어릴 적 끌려갔던 먼 친척의 생일잔치／몸에 맞지 않은 옷을 입고／음정도 모르는 노래를 불러야 하네"(「떠돌이의 노래」)라고 현재를 부정하며 "그래 가야 하네"라고 결심하지만 "비싸게 주고 산 미제 트레킹화／양복에 신고 나갔다 웃음거리가 된 후／아직 신어보지 못했다／떠나지 못하고 신발은 늙고 내 발은 각질에 쌓여간다"(「신발에 대하여」)에서처럼 떠나지 못한다. 아니, 차라리 떠나지 않는다. 왜냐하면 앞서도 강조했지만 그는 '완전, 순수, 절대'로 표상되는 그러한 온전성이란 이 세상에 존재하지 않는다는 것을 알고 있는, 이미 환멸을 지나온 자이기 때문이다.

그의 노래는 '절대'와 계산과 영리와 합리, 윤리로 향하는 대신 점철된 것 바깥으로 향한다. 가령 "멀리 강물 아니면 쓸쓸한 어둠／희미하게 안개처럼 흐르고 있을지／도 모른다. 그래도, 그래서／어쨌든 가야만 하는 곳"(「춘천 또는 인천」)에서 표상되는 것처럼 어둠, 쓸쓸함, 안개 같은 모호함과 퇴락함 같은 것들. 그것은 생활세계의 바깥이지만 결코 찬란하게 빛나는 것들이 아니다. 그것은 무수한 파편들이며 몰락이고 그의 시에서 자주 등장하는 것처럼 "무책임하고 무용한 시간"으로 향해 있다.

'산 너머 무지개'를 믿지 않는 그는 하여, 결코 이곳을 벗어나지 않으나 대신 이곳에서 종종, 길을 잃는다.「천안에서 길을 잃다」에서 "아무데나 갈 수 있는 천안에서 길을 잃었다"라는 진술은 길을 잃어버리고 싶어하는 화자의 열망을 잘 보여주고 있는데, 이러한 길 잃음은 '이곳'에 안주하지 않으면서 또한 '저곳'으로 탈주하지 않는 자의 일종의 내적 초월이다. 하여 우리는 이렇게 말할 수 있을 것이다. 황정산 시의 불량은 촘촘하게 구획된 이곳의 삶에 구속된 자가 끊임없이 딴지 걸며 이곳의 피폐함을 역설적으로 드러내는 자발적 방황과 방랑의 기록이라고.

　황정산 시는 "주어와 목적어를 안개 속에 가두고 마는 / 가장 불투명한 말"(「혹은에 대한 명상」) '혹은'이라는 말처럼 윤리와 계산은 물론 행복한 꿈같은 것과 무관한 미로 속을 헤매이는 자의 노래이다. 그의 불량이 진정성을 획득하고 공감을 얻는 것은, '앉아서 오줌 누는 남자'를 거부하는, 즉 "환경과 여성을 모두 생각할 수 있는 완전 소중한 남자"(「앉아서 오줌 누는 남자」)를 거부하고 "유랑의 기록이자 수컷의 운명"인 오줌, "핏 속에 들어 있는 단 한 방울의 기억"과 같은 '불량'을 우리 모두 간직하고 있기 때문일 것이다. 하여 우리는 "사랑하는 나의 여자여 / 그대의 생활에 포섭되지 못하는 / 조금의 나를 남겨주면 안되겠니?"라는 그의 절규를, 비밀스런 우리의 열망을, 노래처럼 두고두고 읊어보는 것이다.

사건이 없을 때 우리는 무엇을 하나요

박형서, 박민규, 하성란의 소설

'진리-주체'의 행방

'사건'은 알랭 바디우 철학의 핵심이다. 차이의 윤리, 혹은 해체주의의 반대편에서 새로운 주체성의 철학을 표명하고 있는 바디우에게 '사건'은 주체가 이전의 동일성의 주체성으로 환원되지 않을 수있는 중요한 계기이며, 진리가 현현되는 방식이기도 하다. '하나의 진리', '하나의 주체'가 아닌 다수의 진리를 주장하는 바디우에게 있어서, 여전히 진리가 하나일 수 있는 이유는 구체적인 상황에서 발생하는 사건에 의해서이다. 명백히 '프랑스 대혁명'이나 혹은 '예수의 죽음과 부활'과 같은 엄청난 사건을 예시하고 있기는 하지만 바디우에 있어 주체는 구체적인 개별 상황에서 분출되는 사건 이후에 새롭게 구성되는 것이며, 이 사건에 의해 드러나는 진리에 대해 충실할 때 비로소 주체는 주체적일 수 있다. 바디우가 종종 예시하고 있듯, 사랑하는 연인들은 '사랑'이라는 열정적 사건에 의해 비로소 사랑하는 주체, 새로운 존재 방식으로 결정되는 것이며, 그것에 대한 충실성과 신념에 의해 주체성을 지속시킬 수 있다. 따라서 바디우의 주체는 "사건이 생기기 이전의 상황 속에서는 절대적으로 부재"[3]한다는 점에서 후사건적이며, 어떠한 객관적 정황에도 불구하고 "계속 하시오"라는 정언 명령에 충실해야 한다는 점에서 신념의 주체이기도 하다.

'사건이 없을 때 우리는 무엇을 하나요?'[4]라는 질문은 이렇듯 사건에 의해서만 주체화될 수 있다는 바디우의 절대적 테제에 대한 슬픈, 어쩌면 신경질적인 항의일 수도 있다. 그리고 이것은 사건 '이후', 혹은 사건 '이전'의 어떠한 지점에 놓여있다고 할 수 있는 지금의 한국 문학과 현실에 대한 절망적인 목소리이기도 할 것이다. 진리가 사건을 통해 도래하고, 그 사건들이 '법에 대한 바깥들'을 새롭게 돌출시킨다는 것, 그리고 그 사건에의 충실성을 통해 주체로 거듭날 수 있다는 이러한 주장은 이즈음 한국 문학에 이미 거부할 수 없는 윤리로 자리잡은 '차이의 윤리'에 비춰볼 때, 신선하다 못해 매혹적이기까지

---

3 알랭 바디우, 이종영 역, 『윤리학 - 악에 대한 의식에 관한 에세이』, 동문선, 2001, 67쪽.

4 '사건이 없을 때 우리는 무엇을 하나요'라는 질문은 지난해 11월에 열린 '정신분석과 인문학회'에서 한 질의자가 던진 질문이다. 정확히는 "사건이 한동안 뜸한 시기에 우리는 무엇을 하면 좋을까요?"(이성민, 「사도바울과 보편주의」에 대한 토론문)라는 문장인데, 이 마지막 문장을 천천히, 또박또박 읽는 그 질의자의 음성이 오랫동안 필자에게 복잡한 울림으로 남았다고 고백하지 않을 수 없다.

하다. 바디우의 이러한 주장은, 지금 한국 문학의 주류라고 할 수 있는 문화적 향유, 유희적 상상, 개인 무의식의 무한한 열림, 탈주체적 전복성들에 대한 필자의 까닭모를 허무감, 혹은 의구심에 적절한 기표를 달아주고 새로운 전환점을 제시한다는 점에서 거부할 수 없는 유혹인 것이다.

바디우의 지적대로 사실 현실이란 굳이 차이를 운운하지 하지 않아도 이미 무한한 다양성으로 주어진 것이 아닌가, 그렇다면 이를 승인하는 윤리라는 것도 그저 진리에의 무력함을 드러내는 것이 아닌가. 최근 젊은 작가들의 상상력에서 찾아볼 수 있는 유희적 상상과 다양한 문화적 장치들에 들어있는 체념과 방기, 냉소의 기미들이 바로 이러한 무력에의 증거가 아닐까? 바디우의 철학이 이러한 작금의 문학에 일말의 우울성을 떨칠 수 없는 필자에게 하나의 신선한 자극이었다는 것은 분명하다.

그러나 과연, 질의자의 저 불안에 가득 찬 문장대로, 사건이 없을 때 우리는 무엇을 하면 좋을까? 바디우는 말할 것이다. 이전의 '사건'에 충실하라고, 계속하라고, 인간이 인간일 수 있는 것은 '불사(不死)'의 정신에 있다고. 그렇다면 우리 문학에서 '사건' 이후의 주체들은 무엇을 하고 있을까. 87년 6월 항쟁 이후 비로소 만개한 낭만적 사랑이 바디우가 말하는 하나의 '진리-사건'이라고 할 수 있다면, 그때 현장에 있었던 이들은 "계속" 하고 있는가? 혹은 그때의 사건을 겪지 않은, 아직 주체화되지 않는 젊은 작가들은 무엇을 하고 있는가? 정말로 무미건조한 일상의 나날에서 우리를 주체로 호명하는 일대의 사건, 메시아처럼 도래할 사건이 없을 때, 우리 작가들은 무엇을 하고 있는 것일까? 이 글에서 살펴보게 될 지난 계절의 작품에 대한 고찰은 바로 이러한 질문에 대한 탐문이 될 것이다. 범박하게 말하자면, 지난 계절의 수많은 작품들에서 선별된 세 작품은 대체로 사건 없는 날들에 대한, 각각 변별되는 대응 전략을 대변하고 있다는 측면에서 우리 문학의 한 지형을 보여준다.

무저갱(無底坑)에서 – 박형서의 「너와 마을과 지루하지 않은 꿈」

박형서의 「너와 마을과 지루하지 않은 꿈」(『창작과 비평』, 2006년 겨울)은 작가 특유의 기발한 상상력을 잘 보여주는 작품이다. '도발적이고 극단적인 상상력, 블랙 유머, 엽기 행간의 처연한 슬픔, 멜랑꼴리의 정서' 등으로 알려진 박형서 소설의 행보는 이 작품에서도 변함없이 계속 되고 있는데, 특히 악몽과 같은 그로테스크한 상황의 창출과 웃음을 효과적으로 접목시키고 있다는 점에서 이 작가의 특장을 잘 드러내주는 작품이다.

「너와 마을과 지루하지 않은 꿈」의 서사를 작동시키는 기본적인 정황은 앞에서 언급했던 바로 '사건없는 나날들'이다. "너는 마을에서 벗어나고 싶어했다" "너는 어려서부터 도망을 꿈꿔왔다" 등으로 거듭 반복되는 문장이 암시하고 있듯, 주인공인 '너'가 놓인 상황은 아무것도 새로울 것이 없는, 무료하고 나른한 일상이다. 작고 외진 마을, 특별할 것도, 자랑할 것도 없는 그러한 조용한 마을에서 자라난 주인공은 두 번의 가출을 감행한다. 그러나 두 번의 가출은 쓰라린 실패로 끝나고, 또 한번의 탈주를 꿈꾸고 있는 주인공의 마을에 뜻밖의 사건이 발생한다. 폭우가 쏟아지던 어느 날, 커다란 바위가 호숫가에 떨어진다. 그리고 "전체가 은빛 광택"과 어떤 신령스러운 기운을 뿜어내는 이 바위는 이 마을에 일련의 죽음의 사건을 불러온다. 바위가 떨어진 뒤 일주일 뒤에 발생한 첫 번째 죽음의 당사자는 낯선 이방인으로 그는 바위의 지름 한 뼘 정도의 구멍에 머리를 처박고 죽은 채 발견된다.

이 작품에서 중요한 것은 낯선 이방인의 죽음 자체가 아니라, 이 죽음의 사건이 불러온 마을의 돌연한 활기이다. 사건 이후, 이 마을은 더 이상 지루하고 적막한 일상이 반복되는 공간이 아니다. 매일 똑같은 밭일과 기껏해야 "저보다 약한 아이들이나 잡아 두들겨" 패고, "얼굴이 벌겋게 될 때까지 술이나 마셨으며", "쩨쩨한 표정으로 화투를 치거나" "온갖 거짓 소문"으로 무료함을 달래던 주민들은, 이 참혹한 사건 이후 생기를 띠게 된다. 주민들은 자기 생각을 말하고 격론을 벌이고 벌컥 화를 내기도 하고 "전례 없이 친근해졌으며", 심지어 밭일조차 팽개친 채, 이 기이한 사건에 골몰하게 된다. 주민들에게 이 사건은 그야말로 그들을 '주체'로 호명한 일대 '사건'이었던 것이다. 누군가 이들의 비일상적인 게으름을 탓할라 치면 그들은 이렇게 대응한다. "사람이 죽었어요, 사람이!" 그렇다. '죽음'이라는, 그것도 의혹으로 가득 찬 저 기이한 죽음 앞에서는 그 누구도 익명으로 있을 수 없으며, 아무 일 없었다는 듯 일상을 살아갈 수 없었던 것이다. 심지어 바보 '용철'이조차 이 사건 앞에서는, 하나의 뚜렷한 판단과 행동을 통해 분명한 '주체'로 서게 된다. 운모바위 구멍에 낀 사내의 목을 빼낼 수 없어 당황해하는 주민과 경찰을 대신해 바보 용철이는 낫으로 사내의 목을 단호하게 "똑, 하고 따버렸던" 것이다. 그리고 그는 운모바위에 남은 목을 거두기 위해 "머리통을 파내고" 숟가락으로 머리통 안의 잔해들을 박박 긁기까지 한다.

미스테리로 남은 사내의 죽음, 그리고 신령스러운 바위, 시신을 거두기 위해 벌여야했던 저 처참하고 잔혹한 카니발은 이 마을 사람들에게 공포를 불러오지만, 그 공포는 찌그러진 타이어처럼 눌린 사람들의 정념들을 최대한으로 부풀게 한다. 기껏해야 벌에게 쏘여 "아야"라는 탄식으로 그들의 생을 증거하던 주민들은 이제 그 '의사-고통'의 신음소리조차 내뱉지 않는다. 주인공 또한 더 이상 바깥을 꿈꾸지 않으며, 뜨거운 젊은 혈기를 주체하지 못해 괴로워하지도 않는다. 그리고 두 번째 죽음. 첫 번째와 똑같은 방식으로 희생된 사람은 이제 낯선 이방인이 아니라 마을 내부자, 즉 이장이다. 이장의 죽음 이후 주민들은 더욱 분주해지고 생동감 넘치게 된다. 심지어 자체적으로 규찰대를 조직하여 마을을 돌기까지 한다.

그들은 이장의 죽음 앞에서 "공포와 동정"에 사로잡히지만, "황홀하고 짜릿했다"라고 했던 주인공의 바로 그 살 떨리는 기이한 감흥을 동일하게 느꼈던 것이다. 이 기이한 감흥, 혹은 흥분은 주민들의 눈을 "무례하게 빛나게 하고", 똑같은 날들이 아니라 전혀 다른 '새로운 날들'을 살게 만든다.

그러나 이장의 죽음이 서서히 잊혀가고 마을이 다시 무료한 일상으로 잠입해갈 즈음, 또 하나의 죽음이 발생한다. 그것은 다름 아닌, 그 죽음의 사건을 절대로 망각하지 않으려는, 그 사건에 충실하고자 했던 바로 주인공인 '너'의 죽음이다. 여전히 그 죽음에 대한 집착을 못 버리던 주인공 '너'가 컴컴한 밤에 홀로 바위 근처를 거닐 때, 갑자기 땅벌에 쏘이게 되고, 온 몸에 달라붙는 땅벌을 쫓기 위해 호수에 몸을 던진다는 것이 그만 바위에 머리를 처박고 꼬꾸라지게 된다. 그제서야 주인공은 모든 의혹을 풀게 되었지만, 그러나 그 댓가로 죽음을 맞게 되는 것이다.

이제, '너'라고 지칭하고 있는 '우리', 작품의 화자의 문제로 돌아가 보자. 이 작품은 무료함과 외로움으로 몸부림치던 주인공의 시점이 아니라, '우리'라는 초점 화자에 의해 이끌어지고 있는데, 마을 주민도 아니고 그렇다고 외부인도 아닌 이 '우리'란 누구인가. 작품 첫 도입부에 명시된 다음과 같은 문장은 그 '우리'의 정체를 암시하고 있다.

또다시 우릴 불러낸 건 너였다. 나른한 일상과 곤한 휴식에서 깨어난 우리는 수풀 사이로, 언덕 너머로, 호숫가로 너를 쫓았다. 마침내 저 불운한 도약의 끝, 어둠에 갇혀 발버둥치는 너의 뒤로는 낯익은 살인자들이 몰려들었다.

위에서 짐작할 수 있듯, '우리'란 다름 아닌 바로 죽음을 의미한다. 이 작품에서는 구체적으로 "너처럼 무료하게 살아가던 땅벌들"이라고 지칭되기도 하는데, 그것은 하나의 비유일 뿐, 실체는 '죽음의 사자'인 것이다. 위의 예문에서 알 수 있듯, 이 평화로운 마을에 이 무시무시한 죽음의 사자를 초대한 것은 바로 '너', 즉 '너'의 끔찍한 무료함이다. 마을 바깥을 벗어나고자하는 강렬한 열망, 지루한 일상에 대한 끔찍한 증오, 그럼에도 불구하고 마을을 벗어날 수 없다는 '너'의 절망이 바로 죽음이라는 괴이한 사건들을 가져온 장본인이었다는 것이다. 화려하고 찬란한 행복이 아니라면, 차라리 끔찍한 고통이라도 괜찮다는, 어쩌면 죽음의 충동과 맞닿아 있는 생의 충동들, 그 경계를 넘나드는 '너'의 리비도가 바로 범인이라는 것, 그것은 박형서만이 아니라 몇몇 젊은 작가들의 기괴한 상상력의 기원이라고도 볼 수 있다.

박형서의 몇몇 작품들, 그리고 편혜영 혹은 백가흠의 소설들이 길어내는 것은 무의식에 도사린 어두운 충동, 그 무저갱에 잠복해있는 혼돈스러운 그 무엇이다. 상징계로 포착되지 않은 이 욕망의 모호한 실체들을 중심으로 그려지는 이들 소설의 현실은 따라서, 온갖 금기와 제도와 갈등으로 이루어진 사회현실이 아니다. 이 작품의 배경이 되는 '읍내'는 영화 〈도그빌〉이나 성석제의 기담에처럼, 그저 이야기가 작동하기 위한 하나의 장치일 뿐 현실의 재현과는 전혀 무관하다고 할 수 있다. '너', 혹은 작가의 어떠한 충동, 혹은 불길한 꿈이 서사적 시공간을 구성하고, 그것은 현실처럼 단단하고 정교한 장치로 건축되면서 그의 불길한 꿈은 어떤 리얼리티를 획득한다. 그리고 그 잘 만들어진 꿈의 세계에서 그들은 '사건 없는' 현실과 상관없이 '사건'을 만들고 이 '유사-사건'을 통해 주체로 거듭나게 되는 것이다.

두 번째 창작집 『자정의 픽션』(문학과지성사, 2006)에서 "내가 생각하는 '자정'이란 가라타니 고진이 그리워하는 '요란했던 근대' 이후의 시간이다. 동시에 서사문학이라는 대가족 안에서 소설이 태동하던, 태아처럼 웅크린 채 자신의 미래에 대해 홀로 자문해보던 근대 이전의 저 먼 '새벽'을 의미하기도 한다."(박형서, 「작가의 말」)라는 작가의 말에서 알 수 있듯, 「너와 마을과 지루하지 않은 꿈」의 '현재'란 사건 '이전'도 아니고 사건 '이후'도 아니다. 또한 작가 스스로 '근대 이후'라고 명시하고 있는 바, 이들의 소설은 근대 소설이라는 문학적 사건과도 무관한 '소설 이전의, 혹은 소설 이후'(김형중)의 소설이기도 한 것이다. 이러한 작업이 하나의 가능성일 수 있는 근거는? 아마도 그것은 현실, 혹은 문학의 실정과 상관없이 태고적부터 계속되어 왔던 인간의 어두운 충동, 그 원점에서 다시 출발하고자 하는 이들의 가열한 열정, 그것에 기대야 할 것이다.

현실과 환상 사이에서의 저공비행 – 박민규 「굿바이, 제플린」

　무의식의 갱을 따라 작업을 펼치는 박형서의 앞선 작품과 달리 박민규의 「굿바이, 제플린」(『내일을 여는 작가』, 2006년 겨울호)은 분명, 현실과 밀접하게 닿아있다. 박민규의 많은 작품이 그러하듯, 이 작품 또한 우선적으로 자본주의 시스템에 의해 작동되는 그러한 현실을 바탕으로 하고 있다. 이벤트 회사에서 각종 행사를 좇아다니며 '가면 라이더 파이즈'로 변신하는 주인공 '나'는 박민규가 즐겨 그렸던 자본주의 시스템의 외곽에 있는 자, 가령 지하철 푸시맨이라든가 편의점·주유소 아르바이트생, 혹은 오리배 관리인과 별반 다르지 않다.

　스물 일곱으로 짐작되는 이 청년은, 변두리 중소 도시에서 허드렛일이라고 할 수밖에 없는 각종 행사 뒤처리를 하며 살아가지만, 엄연히 자신만의 원대한 '꿈'을 지니고 열심히 살아가는 성실한 젊은이다. 그의 꿈이란, 삼년 동안 열심히 직장을 다니면서 변리사 준비를 하고 서른이 되면 변리사 시험에 합격해서 사랑하는 여자친구인 '미려', 그처럼 행사를 좇아다니며 깡총한 미니스커트를 흔드는 미려와 단란한 가정을 이루는 것이다. '변리사, 아파트, 사랑하는 이와의 단란한 가정'으로 요약되는 주인공의 동민의 꿈은 한국 사회의 평범한 청년의 평균적인 그것을 대변하고 있다. 그리고 대부분의 평균적인 삶이 그러하듯, 소박하다고 할 수 있는 이 꿈의 실현은 교활한 이 자본주의 체제에서 그렇게 용이해 보이지 않는다.

이러한 현실에서 발생하는 '사건'이란 이 소박한 꿈에 태클을 거는 일이며, 나아가 자본주의 시스템에 딴지를 거는 일을 의미한다. 그러한 사건은 이미 구축된 체제의 잉여물을 작동시켜 '다른 것'을 가져오게 하는 '진리사건'이 아니라, 경제라는 자본주의 논리를 거스르고 교란시키는 그러한 사건이다. 따라서 그것은 자본주의 체제 내에 온전한 '주체'로 안착하기를 열망하는 동민의 꿈을 위협하는 일로, 반드시 그 상황의 공백을 메워야만하는 난감한 '해프닝'이 된다. 그 해프닝은 이렇게 발생한다.

중소도시에 '드림마트'라는 할인마트가 생기고, 주인공이 소속된 이벤트 회사는 이 할인마트의 매장 오픈 기념을 위해 각종 행사를 벌인다. 이 할인마트의 오너이자, 정치 진출을 꿈꾸고 있는 사장은 대기업이 할인마트 진출을 위해 시장조사를 하고 있다는 소문을 듣고 더 큰 이벤트를 요구한다. 결국 비행선을 띄우기로 하고 결정하지만, 이들의 성공적인 미션 수행의 길은 험난하기만 하다. 동민, 혹은 이벤트 회사의 천사장에게 '비행선 띄우기'가 그토록 절대적인 이유는, 이것이 결국 그들의 꿈을 이루기 위한 필수적인 과정, 즉 회사의 확장이 이 지역의 유지인 드림마트의 사장에게 달려있기 때문이다. 일본의 전문업체에서 어렵사리 비행선을 렌트해오고, 일명 '제플린'이라 불리는 이 거대한 풍선의 예비 테스트가 한 시골 천변에서 성공적으로 이루어지지만, 비행선의 로프를 놓치는 결정적인 실수가 발생한다. 그리고 이야기는 이제, 이 놓쳐버린 '제플린'을 되찾기 위한 모험담으로 바뀐다.

동민과 직장 동료인 '제이슨'은 차를 몰고 '제플린'을 좇기 시작하는데, 이들의 험난한 여정은 박민규 특유의 재치있고 활달한 화술에 의해 운명과 맞서 싸우는 영웅서사의 포스트모던 버전으로 바뀌게 된다. '대항해시대(大航海時代)'라는 소제목에서 짐작할 수 있듯, 비행선을 좇는 이들의 모험은 멜빌의 『모비 딕』, 혹은 헤밍웨이의 『노인과 바다』와 같이 인간의 불굴의 의지를 실험하는 근대의 영웅서사에 기대면서 박민규식 항해담으로 변전되는 것이다. 에이허브 선장이 된 동민은 이제 '제플린'이라는 '거대한 고래'를 좇아 '대양'을 가로지르게 된다. 에이허브 선장, 혹은 샌디에고 노인에게 그러하듯, 동민에게 '제플린'은 하나의 고래, 물고기 이상의 의미를 지니고 있다.

거대한 고래처럼, 그리고 그것은 마치 '꿈'과 같은 느낌이었다. 누구라도 쳐다보지 않을 수 없는 어떤 무엇, 변리사가 된 나의 인생이 한껏 부푼 모습으로 창공에 투영된 기분이었다. (…중략…) 모두가 비명을 질러야 할 만큼 대단한 장관이었다. 그러나 누구도 입을 열수가 없었다. 부상하는 꿈의 박력에, 초현실과 현실이 섞인 장엄한 풍경에 모두가 압도된 느낌이었다.

위 인용문에서 알 수 있듯, 동민에게 '제플린'은 꿈의 상징이자, 그 꿈이 실현되는 바로 그 순간의 환희, 꿈의 현실성을 의미한다. '초현실과 현실이 섞인 장엄한 풍경'이란 바로 자신의 꿈이 실현되는 먼 미래에 대한 선취가 아닌가. 따라서 동민에게 '제플린'을 되찾는 일은 그 당장의 현실적인 이유를 떠나 꿈의 실현과 관련된 중차대한 일이 된다. 그리하여 이들의 대항해 시대는 시작되지만,『모비 딕』,『노인과 바다』가 그러하듯 온갖 험난한 장애와 고통이 이들을 가로막는다. "바람이 가는 대로, 눈부신 빨래처럼 펄럭이며 갈 수 있는" 제플린과 달리, 이들은 고속도로의 중앙 분리대와 각도의 경계 표지판으로 상징되는 장애물, 비비탄을 쏘아대는 코찔찔이들, 그리고 잠과 허기라는 육체적인 한계와 싸워야 했던 것이다. '제플린'은 이들을 비웃기라도 하듯 유유히, '능청스럽게' 자신의 길을 가고, 제플린을 추적하는 길에는 또 다른 현실의 논리가 잠복해 있으니, 그것은 다름 아니라 사랑하는 미려의 겁탈사건이다.

노래방 개업식의 이벤트에 불려간 미려는 동민이 '제플린'을 좇는 동안, 노래방 사장에게 겁탈을 당하게 되는데, 이 사실을 안 동민은 아득한 절망에 사로잡힌다. 그러나, 동민은 박민규의 소설의 다른 주인공들처럼 간악한 현실의 논리를 이미 체득하고 있는 '성숙한 어른'인바, 그는 어쩔 줄 몰라 울고 있는 미려에게 화를 내는 대신, "사랑해"라는 말로 모든 것을 끌어안는다. 결국 제플린은 사냥꾼들의 엽총에 의해 포획되어 양로원 마당에 안착하게 되고, 이로써 상황은 마무리 된다. 그러나 이 종결이 보여주는 것은 "고래의 시체"라는 비유에서 알 수 있듯, 꿈의 실현 불가능성을 증명하는 현실논리이다.

　이 작품은 앞서 언급한 대로, 『모비 딕』과 같은 근대의 영웅 서사를 새롭게 변전한 박민규식 항해담이라고 할 수 있다. 그러나 그 방향은 인간의 불굴의 의지, 위대함을 증명하는 앞선 소설과는 다르다. 끊임없이 고래로 비유되는 '제플린'이 동민의 꿈을 상징한다고 할때, 그 꿈의 실패는 이미 제플린의 길과 동민의 길이 다르다는 데에서부터 암시되어 있다. "지능적이고 교활한 흰 고래처럼" 정박과 항해를 자유자재로 하는 '제플린'이 움직이는 하늘의 길과 달리, 동민은 수많은 '가로대'가 놓여있는 대지의 길을 따라야 했던 것이다. 하늘의 길이란 이미 꿈의 길이고, 땅의 길이란 구체적인 자본주의 현실에 속박되어 있는 인간의 길인 것이다. 처음부터 어긋나있는 이들의 길은, 꿈과 현실의 어긋남을 의미하며, 결국 이 작품은 이 어긋남을 확인하는 과정, 즉 동민이 꿈을 떠나보내는(굿바이, 제플린) 의식이었던 셈. "먼지가 얼룩진 옆구리 상단에 깨알처럼 작은 구멍 하나"가 "죽어가는 고래의 눈동자처럼" 깜박이고 있는 죽은 꿈의 실체를 마주하고 동민이 할 수 있는 일이란, 겨우 담배를 피워무는 일, "크고 텅빈 말풍선"처럼 떠가는 흰 구름을 올려다보는 일이다. 순진하고 어여쁜 미려가 겁탈당하고, 착하디 착한 천사장이 자본의 논리에 의해 굴욕당하고, 이것의 연속선상에서 동민의 꿈이 사냥꾼들에게 능멸당하는 이 현실 앞에서 주인공이 무슨 말을 할 수 있을 것인가. "산다는 게 뭘까요?"라고 묻는 동민에게 "별거 있냐? 먹고 자고 싸면서 시간을 보내는 거지"라는 제이슨의 말처럼, '크고 텅빈 말풍선'이 함축하고 있는 것은 삶에 대한 분노나 절망이라기보다는 '먹고 자고 싸야하는' 일상적 인간의 운명에 대한 커다란 비애일 것이다.

박민규의 많은 단편들이 그러하듯 이 작품의 주인공은 자본주의 현실에 대해 질문하지 않는다. 자본주의 시스템 외곽에 있는 이들은 열심히 현실을 살아가고 그 체제 내에 편입하려고 하고 있으나, 항상 실패하고 만다. 그리고 이들은 실패를 통해 역설적으로 간악한 현실의 모순을 증명한다. 이 현실 모순을 드러내는 박민규의 필체는 언제나 그러하듯, '무규칙 이종소설가'답게 활달하고 재치 넘치며 엉뚱하다. 그러나 이 재기발랄한 모험담은 언제나 그렇듯, 비를 머금은 구름처럼, 현실의 비애를 한껏 내장한 슬픈 유머인 것이다. 현실과 환상 사이를 낮게 날아다니는 이 젊은 작가의 아슬아슬한 저공비행을 계속 지켜 볼 일이다.

'뒤', 그 쓸쓸함을 견디는 힘 – 하성란의 「뒷모습」, 이혜경의 「흉터」

하성란의 「뒷모습」(『작가세계』, 2006년 겨울호)의 주인공은 박형서나 박민규 주인공보다 훨씬 성숙한 인물이다. 무료한 일상에서 벗어나기 위해 저 악몽의 무저갱에서 두레박질을 하지도 않고, 그렇다고 비행선을 추적하는 모험담을 '고래잡기'로 환치하지도 않으면서 일상을 견디는, 만만치 않은 내공을 지닌 자라고 할 수 있다. 이미 제가끔 사건없는 날들을 살아가는 방식을 나름대로 체득하고 있는 이들은 하성란의 작품 뿐 아니라, 윤대녕의 「마루밑 이야기」, 이혜경의 「흉터」, 공선옥의 「빗속에서」도 공통되게 형상화되고 있는바, 이들이 삶의 환멸에 대해 냉소하지 않으면서 살아갈 수 있는 이유는 일찍이 보아버린 삶의 뒷모습, 그 산문적 진실에 대한 각성을 통해 '견인주의자의 윤리'를 부단히 연마했기 때문일 것이다.

하성란의 「뒷모습」의 주인공은 오랫동안 인물의 뒷모습을 카메라에 담아온 중년의 사진작가이다. 왜 뒷모습인가에 대한 구구한 사연은 짐작한 바대로, 뒷모습이 한 개인의 삶의 역정과 풍파를 증거하는 진실이라는 데 있다. 「뒷모습」에서 하성란 특유의 마이크로한 뷰파인더는 '등'이라는 한 인간의 뒷모습에서 출발하여 서서히 삶의 이면을 포착하기 위해 작동한다. 주인공이 보아버린 삶의 이면은 H와의 추억을 통해 얘기되는데, H는 광고 사진의 모델이었고 또 그와 한동안 동거를 했던 과거 연인이기도 하다. 이십년 전 주인공을 무명에서 벗어나게 한 위스키 광고 사진에서 H는 아름답고 미끈한 등을 선보인다. 주인공을 매혹시켰던 그녀의 뒷모습은, 한편 그녀가 주인공을 떠나게 만든 삶의 뒷모습에 대한 통찰을 의미하기도 하는데, 뒷모습의 이 이중성이야말로 작가의 뷰파인더가 포착하는 삶의 실체라고 할 수 있다.

H는 자신의 후원자이자 애인이었던 사진계의 거두 '김선생'을 떠나 '나'라는 초짜 사진작가에게 온다. H가 이전의 모든 것을 서슴없이 홀홀히 청산할 수 있었던 것은 주인공과의 만남이 그녀에게 기존의 일상과의 실질적 단절을 가져다 준 일대의 사건, 즉 사랑의 사건[5]이었기 때문이다. 이 사건을 통해 사랑의 주체로 거듭났던 H는 그러나, 이 사건에 대한 충실성을 스스로 거부함으로써 '사랑'을 배반하게 된다. 그리고 이 배반의 계기는 누추한 일상에 대한 깨달음에서 비롯된다. 적산 가옥에서 가난하지만 행복한 시절을 보내던 그들은 어느 날 식당에서 주문한 냉면을 기다리는 동안 어린 시절의 추억을 상기시키는 "알싸한 장작 타는 냄새"를 맡게 된다. 그러나 이 추억의 냄새는 곧 불타는 화염의 고약한 냄새로 바뀌고, 주인공과 H는 얼결에 이 화재 사건을 목격하게 된다.

　　그 현장에서 이들은 희생자들이 "……는 어떡해?"라고 내뱉는 탄식 소리를 듣게 된다. 인명 피해가 없는 이 화재사건에서 그들이 잃은 것은 무엇인가라는 의문에서 출발한 "……는 어떡해?"의 말줄임표를 채우는 게임이 시작되고 "냉장고" "새로 산 강아지" 등으로 끊임없이 환치되는 이 놀이에서 H는 문득, 그녀가 놓아버린 '앞말'이 무엇인지 깨닫는다. 그녀가 곧 김선생에게 돌아감으로써 이 앞말의 의미는 확연해지는데, 화자는 그녀의 갑작스런 변덕에 대해 먼 훗날 이

5　　바디우에게 있어 사건은 단지 정치적 사건만이 아니라, 사랑, 학문, 예술의 고유영역에서 벌어지는 사건을 의미하기도 한다.

렇게 회상한다. "화재가 있던 날 밤 H는 쓰레기로 너저분한 골목길을 보듯 삶의 뒷모습을 보았던 것은 아닐까?" 다시 낭만적 사랑의 환상을 거부하는 대목인 바, 이렇게 하여 사건은 부정되고, 신념은 철회되며, '주체'는 다시 일상의 자리로 철수하고 만다. 그러나 H의 이 능동적인 이 철회 사건 뒤에도 그녀가 여전히 사랑의 사건에서 벗어나지 못했다는 사실이 은근히 암시되고 있다. 이는 주인공과의 우연한 만남에서 '김선생'이 던진, 그토록 오랫동안 별렀던 질문, 즉 십수년 전 H의 느닷없는 가출과 죽음이 있던 날, "아마 자네에게로 가려 한 것 같아. ……혹시 그 애에게 어떤 기별이라도 받은 게 있었나?"라는 질문을 통해 표출되는 것이다.

주체의 존재 방식을 바꾸고, 일대 단절을 일으키는 이른바 '사건'으로서의 낭만적 사랑이 부정되는 것은 「흉터」(『한국문학』, 2006년 겨울호)에서도 마찬가지이다. 유부남 유부녀의 불륜, 그러나 그들에게는 '다시 없는 사건'으로서의 로맨스는 상대 남자의 굴욕적인 투항으로 부정되고 만다. 학원 선생인 '나'가 그 남자와 황홀한 밤을 보낸 바로 그 다음날, 그 남자는 마누라를 앞세워 나의 집에 쳐들어오고 이 불륜의 두 남녀는 각각의 배우자 앞에서 무릎을 꿇고 용서를 빌게 되는 수모를 겪는다. 이로써 그들은 이 혁명적 사건을 스스로 부인하고 현실에 투항함으로써 '자기'를 보존하게 되지만, 그 상처는 지독한 흉터로 남아 내내 주체적인 삶에 대한 회의로 이어진다. 친구를 상대로 한 '나'의 고백과 넋두리 형식으로 전개되는 이 이야기는 결국 이

상처를 떠나보내고 새롭게 출발하기 위한 '장례'에 비유되지만, 그러나 '나' 자신이 탄식하는 바대로 이미 '바닥을 보아버린' 사랑, 그리고 '바닥을 친 자신의 존엄'은 도대체 어떻게 회복될 수 있겠는가.

나오며

지면 관계상 다루지는 못했으나 지난 계절의 소설 중에서 공선옥의 「빗속에서」(『문학수첩』, 2006년 겨울호), 윤대녕의 「마루밑 이야기」(『세계의 문학』, 2006년 겨울호), 서하진의 「슬픔이 자라면 무엇이 될까」(『문예중앙』, 2006년 겨울호), 김애란의 「침이 고인다」(『문학사상』, 2006년 11월호), 윤성희의 「하다만 말」(『문학동네』, 2006년 겨울호), 신상미의 「거울」(『문학수첩』, 2006년 겨울호), 정영문의 「동물들의 권태와 분노의 노래2」(『창작과 비평』, 2006년 겨울호), 편혜영의 「소풍」(『문예중앙』, 2006년 겨울호), 전성태의 「목란식당」(『창작과 비평』, 2006년 겨울호) 역시 흥미롭게 읽은 소설이다. 다시 '사건'의 측면에서 보자면, 공선옥과 윤대녕, 서하진의 소설은 하성란과 이혜경의 작품과 묶일 수 있을 것이다. 이들 작품은 '사건 없는' 나날의 무료하고 고단한 일상, 그리고 그러한 일상에 잠복된 슬픔을 스스로 감내하고 치유하면서 나아가는 견인주의의 미학을 보여주고 있다.

팍팍한 일상을 뒤엎는 사랑의 예감을 스스로 거부하는 남편(「빗속에서」), 혹은 사랑 이후의 환멸과 권태, 나아가 자본주의 현실이 강요하는 타락까지를 견뎌내야 하는 이들(「마루밑 이야기」), 그리고 육체적 고통은 물론 심리적인 아픔까지를 온전히 자기 속에서 녹여내는 암말기 환자(「슬픔이 자라면 무엇이 될까」)는 사랑이건 정치이건 이미 '사건' 속에 있어봤고, 또 그 사건 이후의 환멸까지를 거쳤으며, 그리하여 이후의 사건에 대한 믿음도 냉소도 없이 삶을 견디는 자들이다. 이들에게는 때로 사건이란 그저 다시 또 하루를 살아내는 것, 그 이상일 수 없다는 사실, 혹은 그것이 기적일 수도 있다는 인식은, '사건'의 뒷모습, 환희 뒤에서 더 초라한, 그 음험한 삶의 국면들을 보아버렸기 때문인지도 모른다.

　신상미와 정영문, 편혜영의 작품은 이를테면 박형서 작품과 같은 연속선상에서 볼 수 있는 작품들이다. 사건 없는 무료한 일상에서 자신의 무의식을 들여보고 그곳에서 움직이는 어떠한 심리 기제를 중심으로 구조화되는 서사들이라는 측면에서 그렇다는 것이다. 김애란과 윤성희의 작품의 경우는 앞서 논한 박민규 소설의 범주에 아우를 수 있는 것으로, 자본주의적인 현실과 일상을 들여오면서도 견인주의 방식이 아니라, 비애어린 유머를 통해 헤쳐나가는, '실패는 하지만' 건강한 파이터의 모습을 보여주고 있다. 이들 작품에서 '사건'이란 변변찮은 주인공들에게 자본주의 시스템 바깥을 가르키는 경보이거나 혹은 그들의 '추락'과 위선, 혹은 꿈의 허위를 증명하는 해프닝이다.

앞서 살펴본 작품을 통해 일별해보자면, 사건이 없는 나날 속에서 지금 우리의 문학은 바디우식의 진리의 가능한 차원에 놓여 있다고 할 수 없을듯하다. 하나의 완결된 체제의 '공백' 혹은 '잉여'를 증명하는 방식으로만 존재하는 지금 우리문학이 여전히 사건 '이후' 혹은 사건 '이전'에 놓인다고 한다면, 과연 정말 우리는 무엇을 할 수 있을 것인가.

어떻게 '비' 인간적인 상황을 벗어날 것인가

송영, 『선생과 황태자』(책세상, 2007)

　　송영은 1967년에 「투계」를 통해 등단하여 지금까지 수많은 단편과 장편을 발표하였지만, 작가적 역량을 유감없이 보여준 것은 그의 첫 창작집인 『선생과 황태자』에서라고 할 수 있다. 『선생과 황태자』에 실린 작품은 대개 '닫힌 공간'을 배경으로 하고 있다. '감방'을 배경으로 한 몇몇 소설이 그렇거니와 '감방'을 배경을 하지 않는 다른 작품들에서도 그의 소설은 흔히 '닫힌 공간'에서 출발하여 이 폐쇄된 상황이 주는 억압과 부자유를 그리는 데 바쳐진다. 따라서 『선생과 황태자』의 단편들은 '감방'이라는 특수한 상황에 대한 변주라고 보아도 무방할 것이다. '감방'은 대체로 인간의 기본적인 권리와 자유가 유린되고 박탈된 곳이며, 육체적·정신적 폭력이 횡행하고 온갖 비인간적인 행태가 난무하는 곳이다. 송영이 첫 창작집인 『선생과 황태자』에서 집요하게 응시하고 줄기차게 질문을 던지는 것은 바로 이렇듯 '당대적' 인간에게 던져진 '비'인간적인 상황이다. 앞선 평론가들이 '갇혀 있는 상태'(김주연) 혹은 '유폐된 땅, 갇혀진 질곡'(박동규)이라고 적절히 지적한 바대로, '닫힌 공간'에서 출발하는 송영의 작품 세계는 이 밀폐된 공간에서의 '인간들의 상황반응'에 주목함으로써 당대 현실은 물론 보편적인 인간조건에 대한 중요한 문제를 제기하고 있다.

「중앙선 기차」는 폐쇄된 공간에서의 인간들의 상황반응을 가장 밀도 있게 보여주는 작품 중 하나이다. 이 작품의 배경이 되고 있는 '기차'는 목적지까지 벗어날 수 없다는 점에서 '감방'과 흡사하다. 특히 이 작품에서 보여주고 있는 '중앙선 기차'의 열악한 환경은 70년대 사회현실에 대한 하나의 비유로, 근대화·산업화의 흐름에 휩쓸린 당대 현실의 축도를 의미한다. 청량리에서 출발하여 원주를 거쳐 안동까지 가는 중앙선 기차는 국내 열차 노선 중 가장 외지고 험난한 지형을 운행하는 열차이다. 그러니만큼 이 작품에서 '중앙선 기차'에 몸을 실은 사람들 또한 소외되고 험난한 인생여정을 살아가는 인간 군상들로 가득 차 있다. 더구나 그들을 실은 이 70년대식 '중앙선 기차'란 당대 철도의 열악함을 핍진하게 드러내고 있는 바, 유리창은 뜯겨나가고 한 치 발 디딜 틈도 없는 이 악다구니의 공간은 그것 자체로 인간의 한계상황에 대한 하나의 비유로서 기능한다.

두 손을 높이 쳐들고 빽빽이 들어찬 사람들 틈을 비집고 다녀야 하는 객차 안, 한 두 시간의 연착이 상식이 되어버린 제멋대로인 열차시각, 유리가 깡그리 빠져 있는 난간, 코빼기도 보이지 않는 승무원, 안내 방송이 없기 때문에 눈치와 짐작으로만 알 수 있는 정류장, 비상구는커녕 출구조차 사람들로 막혀서 창문으로 빠져나가는 승객들, 비좁은 틈을 뚫고 요리조리 밀대를 밀고 나가는 열차 판매원, 남들이 뭐라 하든 화투판을 벌이고 음주가무에 취한 여인들, 온갖 소음과 땀 냄새, 악취, 자리를 차지하기 위해 최소한의 인간적인 존엄조차 내팽개친 뻔뻔스런 사람들, 거들먹거리는 중산층 사냥꾼과 가난한 서민들, 이 모든 것을 안고 "다 늙어빠진 개처럼 쉭쉭거리고 헐떡이며" 어두운 밤길을 달리는 중앙선 기차는 그야말로 하나의 거대한 폐선, 혹은 묵시록적인 공간으로 형상화되고 있는 것이다.

그렇다면 이 다 낡고 엉성하기 그지없는 객차에 몸을 실은 이들은 '도대체 어디를 향해 가는 것일까?' 혹은 '이 지옥도와 같은 밀폐된 공간에서 인간의 존재란 무엇인가?' 작가 송영이 이 작품을 통해 실감 있게 그리고 있는 객차 풍경은 바로 이러한 질문과 맞닿아 있는 것으로 인간의 실존과 인간 조건이라는 근원적인 문제를 환기시키고 있다.

수많은 간이역을 거쳐 이 삼등열차에 몸을 실은 사람들은 '지평' '평창' '만종' '동화' 등등, 저마다의 구체적인 목적지를 갖고 있으며 해당 정류장에서 떠나가고 또다시 열차에 오른다. 그러나 '작업복 청년'의 말을 통해 암시되고 있는 것처럼 이 구체적인 '지명'이 그들의 구체적인 삶의 지향성을 지시하고 그 지향성의 가치를 입증해주는 것은 아니다. 요컨대 이들의 삶의 행로는 행선지의 그 명시성에도 불구하고 '중앙선 기차'로 비유되는 하나의 총체적인 '맹목성' 위에 있는 것이다. 안내 방송도, 승무원도 없는 이 삼등열차에서 "지금 어디쯤 가고 있나요?"라고 묻는 주인공의 질문에 책임 있게 대답해 줄 사람은 아무도 없다. "글쎄요, 나도 넋 없이 앉았다 보니까 잘 모르겠군요"라는 작업복 청년의 답변처럼, 승객들 각자는 행선지를 품고 있지만, 그들을 실은 이 70년대적 상황이 그들을 어디로 이끌고 있으며, 더 나아가 그들 삶이 어디를 향해 가는지 명확히 인식하지 못한다. 비유적으로 볼 때, 어느 시대, 어느 곳에서의 생이 이 근원적인 '맹목성'에서 예외가 될 수 있겠는가마는, 특히 이 무질서와 이기심의 각축장으로 드러나는 이 삼등열차에 함축된 시대적 의미는 더욱 각별하다고 할 수 있다. 가령, 주인공과 자리다툼을 벌이는 술집 마담은 한 승객이 그녀의 뻔뻔스러움을 지적하자 다음과 같이 항변한다. "흥, 별꼴이군. 점잖은 것 꽤 좋아하시는 모양인데, 너무 좋아하시지 말라구. 지금이 어느 땐데." '지금이 어느 땐데'라는 그녀의 말에는 '증기 기관차'와 '깨진 유리'로 상징되는 절름발이식 근대화에 따른 경제 불안과 이촌향도, 군부독재와 월남전 파병, 몰개성과 불합리, 무질서로 점철된 70년대적 사회 현실이 고스란히 함의되어 있다. '생존'의 불안과 소외를 불러오는 이러한 현실에서의 인간 군상의 상황 반응은 객차 안의 승객들의 면면으로 드러난다. 한 극단에는 술집 마담처럼 자기 보존과 안위를 위해 인간적인 가치를 헌신짝처럼 내팽개친 파렴치한이 있지만 대부분의 승객들 또한 자신의 목적지와 자리 이외에는 관심을 두지 않는다는 점에서 그녀와 별반 다름없는 이기주의자들이다. "서로 이마를 부딪치거나 팔로 남의 가슴패기를 치고" 밟고 밟히는 상황 속에서 그들은 다만 "꿀 먹은 벙어리처럼 숨을 씩씩거리며 상대를 노려"본다. 즉 모두가 피해자이자 가해자인 극한상황 속에서 이들이 취할 수 있는 유일한 태도는 합리적 '사유'가 아니라 '나'라는 존재의 자리 보존을 위한 투쟁 밖에 없는 것이다. 이 와중에 어떤 이들은 수다로, 술로, 노름으로 이 극한상황을 견디어 내기도 한다. 한 무리의 아낙네들은 일제히 일어나 타인의 시선에도 아랑곳하지 않고 "노세 노세 젊어서 노세"를 목청껏 부르며 춤을 추듯, 답답한 삶의 맹목적인 질주 위에서 한 무리는 순간에 도취해버리고, 또 몇몇은 약삭빠르게 거래를 하고, 또 어떤 이들은 아예 눈을 질끈 감아버리기도 한다.

이 불안한 질주에 그대로 몸을 맡긴 승객들을 배경으로 두 명의 문제적 인물이 등장한다. 하나는 주인공 '환오'이고 또 하나는 '작업복 청년'이다. 작업복 청년은 '환오'가 뚱보 여자에게 자리를 빼앗기자 그의 편을 들어주면서 친근감을 표시하는데, 이들이 주고받는 대화는 '객차' 바깥에서 이 한계 상황을 바라보는 작가의 시각을 반영하고 있다. '작업복 청년'은 과수원 일로 한 달에 한 두어 번 청량리역과 동화역을 오가는 젊은이이다. 그는 환오에게 자신의 고민을 털어놓는다. 지루한 시골 생활을 벗어나 도시로 나가보지만 매번 실망하고 다시 돌아오게 된다는 것, 그러나 그래봤자 또 시골에는 무의미한 삶만이 기다리고 있다는 것, 결국 자신의 삶이란 중앙선 기차에서의 그것처럼 "지긋지긋해도 하는 수 없이 이렇게 앉아 기다리는 수밖에" 없으며, 그래서 차라리 '기차가 영 멈추지 않고 계속 달려'서 "가는 데까지 가서 끝장을 보고 싶다"고 토로한다. 어디서든 삶이 무의미하다고 느끼는 이 허무주의자에 대해 환오는 다음과 같이 답하는데, 이 환오의 짤막한 말은 『선생과 황태자』 저변에 흐르고 있는 작가 의식을 드러낸다는 점에서 의미심장하다.

> 엉뚱한 얘기겠지만 난 이 기차가 만종까지 무사히 가줬으면 해요.
>
> —「중앙선 기차」, 123쪽

'작업복 청년'은 이 말에 '그렇더라도 결국은 환멸에 이를 것'이라고 충고한다. 환오는 다시 이에 대해 "그럼 어떻게 합니까? 그렇다고 나더러 이 기차 속에서 살라는 겁니까?"라고 응수한다. 짐작할 수 있듯, 이를 통해 작가가 말하고자 하는 것은 '여기'가 아닌 '저곳'을 향한 질주가 결국 환멸의 끝이라 하더라도 분명한 것은 '이곳'은 아니라는 것, 즉 '중앙선 기차'로 상징되는 비인간적인 '지금의 현실'은 분명 아니며, 그렇다면 어떻게든 이곳을 벗어나야 한다는 것이다.

그러나 과연 환오는 이곳을 벗어날 수 있을까? 환오로 대변되는 작가의 이상주의는 자신의 몸조차 주체할 수 없는 이 현실의 암담함에도 불구하고 실현될 수 있는 것일까? '작업복 청년'이 고백하듯 이미 이들의 현실은 출구가 차단된 기차, 그 이상이 아닐지도 모른다. 이미 결딴난 현실, 그 비극성과 암담함은 또 한 명의 방외인에 의해 지옥도로 조감된다. 그 어떤 소란에도 아랑곳하지 않고 시종일관 눈을 감고 초연한 자세로 침묵하고 있던 한 여인은 열차가 칠흑같이 어두운 곳에서 급정거하고 승객들이 극도의 불안과 혼란에 빠지자 마침내 벌떡 일어나 "내 갈길 멀고 밤은 깊은데/빛 되신 주 저 본향 집을 향해/가는 길 비추소서"로 시작되는 찬송가를 부른다. 느닷없이 찬송가가 울려 퍼지자 사람들은 눈살을 찌푸리며 "이게 뭐 예배당이요?"라며 지청구를 하지만 여인은 손뼉을 치고 전신을 흔들어대며 삼절까지 목이 터져라 부른다. 찬송이 아니라 거의 울부짖음에 가까운 이 여인의 절규는 이제껏 아무렇지도 않게 '서로의 멱살을 잡고 눈을 흘기고 술을 마시고 춤을 추던' 이 밀폐된 공간의 사람들의 모습이 결국 무엇을 의미하는지를 환기시키는 효과를 가져온다.

거기다 노래의 옥타브가 높아졌을 때 객차 속의 분위기는 꼭 피란민을 만재한 객차처럼 유독 살벌하고 각박하게 느껴졌고, 그 분위기에 억눌린 승객들의 기분은 그 노래의 가사처럼 자기들이 마치 죄를 짓고 어디엔가 유형지로 호송되어가는 죄수 같았던 것이다.

—「중앙선 기차」, 129쪽.

위의 묘사에서 진술되어 있듯 '중앙선 기차'의 현장이란 '피란민이자 죄수들'의 그것과 다를 바 없다. 흡사 광신도를 연상케 하지만, 이 현장의 '끔찍함'과 '고통'을 고백하고 구원을 외치는 이 여인에 의해서 이 닫힌 공간은 비로소 '지옥'임이 밝혀지고 '진정한 사람다움'이 부재하는 공간으로 드러난다. 승객들은 이 기묘한 광경에 잠시의 눈길을 주는데, 이들이 잠깐이나마 그 모든 것을 중지하고 경악하는 그 움찔하는 바로 그 순간, 이 현장은 '그 순간의 집단 의식', 즉 일종의 '빛'에 의해 '어둠'으로 드러나게 되는 것이다. 자유를 향해 나아가기 전 우선 전제되어야 할 것은 그 자유에의 몸짓이 '무엇을 향한 것'이고 '무엇에 대한 것'인지에 대한 명확한 규정이다. 그리고 그 '무엇'에 대한 지향은 바로 지금의 현재가 마땅하지 않음, 부조리와 비인간적인 상황이라는 의식 뒤에 오는 것이다. 이 작품 결말에서 기차는 다시 움직이고 사람들은 다시 옥신각신하고, 주저하고 망설이던 환오조차 그 무리 속에 섞이게 되면서 상황은 다시 아수라장으로 복귀하고 만다.

그러나 보다 더 중요한 것은 '환오, 작업복 청년, 그리고 광신도의 여인'에 의해서 열리는 바로 그 의식이다. '평균적 일상성(durchschnittliche Alltäglichkeit)'으로 은폐되어 있는 '중앙선 기차'칸의 사람살이는 이들 세 사람의 시선에 의해 존재의 본래적인 상태가 아니라 차라리 존재의 부재였음이 폭로된다. 이러한 상황 '이해(Verstehen)'는 바로 이 작품이 궁극적으로 의도하는 것인바, 이를 통해 작가는 '개시적 존재 가능성(erschließendes Seinkönnen)'으로서 실존범주로서의 '가능성'을 위한 현상적 지반을 제공[6]하고 있는 것이다.

다시 하이데거의 말을 빌자면, '이해'는 단순히 개념적 이해가 아니라 '문제의 현장'에 선다는 실천을 의미하며 "자기 자신의 가능성 속으로 자기 자신을 내던진다는 기투(Entwurf)의 실존론적 구조"를 지닌 것이다. 송영의 『선생과 황태자』는 이렇듯 일상성으로 간주되는 당대의 비인간적 상황을 "진정한 문제성(Fragwrüdigkeit)"으로 설정함으로써 닫힌 공간을 열린 공간으로 바꾸어놓는다. 즉, 비록 부정의 방식이긴 하지만 '지금-현실'에 대해 작가 송영은 그 누구보다도 진지한 물음을 던지고, 그 물음을 통해 또 다른 지평에서 상황을 이해함으로써 새로운 존재 가능성을 열어놓는다.

현실에 대한 부정의식, 혹은 자유를 향한 열망이라고 할 수 있는 이러한 작가의식은 중편 「선생과 황태자」에서 더욱 뚜렷하게 드러난다. 그러나 이 작품은 「중앙선 기차」에 비해 훨씬 더 강렬한 비극적 파토스를 내장하고 있는데, 그 이유는 '감방'이라는 보다 억압적인 조건 탓은 아니다. 비유하자면, 주인공 박순열은 '만종'에 도착한 이후의 '환오'라고 할 수 있다. 앞서 언급한 대로 환오는 '작업복 청년'에 대비해 여전히 이상 혹은 더 나은 세계를 희구하는 인물로 등장한다. 그가 그리는 다른 세계가 비록 구체적인 유토피아의 모습을 갖추고 있지는 않지만 최소한 그는 소박한 대로 유토피아를 지향하는 이상주의자로 형상화된다. 그러나 낭만적 이상 끝에 환멸이 놓이더라

---

6 이수정, 박찬국 역, 『하이데거』, 서울대 출판부, 1999, 100쪽.

도 반드시 '이곳'을 벗어나겠다는 신념, 그 실천 뒤에 오는 또 다른 좌절을 보여주는 것이 바로 「선생과 황태자」의 박순열이다.

주인공 박순열은 군법을 어긴 자들로 이루어진 2호 감방에서 '선생'이라고 불리며 특별대우를 받는 인물이다. 그가 특별대우를 받는 것은 다른 죄수들과 달리 지식인이자 인격자이기 때문이다. 그러나 '선생'이라는 호칭과 무관하게 2호 감방의 죄수들, 특히 그와 대립하고 있는 정하사와 근본적으로 다른 차이점을 지니고 있다. 즉, 그는 군무이탈과 항명죄라는 특별한 죄명을 지닌 바, 이는 다른 죄수들이 군에서 발생한 돌발적 사건에 이러저러하게 연루되어 죄를 짓게 된데 반해, 박순열은 의식적으로 '선택'한 행동에 의해 수감되었다는 것이다. 이 둘의 차이에 대해, '선생'은 정하사와 다음과 같이 논쟁을 벌인다.

그러니까 나는 다른 사람들이 그것은 가질 수가 없다. 그것은 여기에 없다고 믿고 있는 고정관념을 깨뜨리고 그것을 가지려고 욕심을 낸 거죠. 말하자면 나는 선택을 해보려다 실패했다, 아니 그게 아니라 선택의 결과가 이거였다 이겁니다.

(…중략…)

이때 갑자기 정철훈이 거들고 나섰다. 나는 죄가 없다. 억울하다 이거지. 너희들은 다 죄가 있지만 나만은 죄가 없다 이거지. 하지만 그 따위 좆 같은 수작은 귀가 시리도록 들었다 이거야. 사령부 교도소에 억울하지 않은 놈 하나 있는 줄 알어?

개기름이 흐르는 정철훈의 커다란 얼굴은 능글맞은 웃음을 흘리고 있었다.

난 죄가 없다고 하지 않았어요. 난 죄가 있으니까 지금 여기 있는 거요.

그럼 그렇게 말하면 됐지 왜 선택이니 고정관념이니 어려운 얘기로 개수작 떠느냐 이거야. 난 하려고 했는데 안되더라 이거지? 그거 쪼다들 이 하는 얘기라구. 난 내 맘 꼴리는 대로 했는데 뭘, 당신이 말하는 그 선택을 했다 이거야.

(…중략…)

당신이 선택을 했다고?

순열씨는 자기도 모르게 언성을 높이고 있었다.

그래, 십사년도 당신이 선택한 거요? 그렇지는 않겠지. 한마디로 당신은 쫓겨다녔을 뿐이오. 당신은 흡사 궁지에 몰린 쥐새끼처럼 이리저리 쫓겨다니다가 이윽고는 함정에 빠졌다 이거요. 당신이 선택한 건 하나도 없다구. 당신은 이렇게 말했지? 나는 그 여자를 미워하지 않았는데 그 여자가 나를 증오하는 눈초리로 쏘아보길래 한방 더 갈겼다구. 그것 봐요. 그건 충동에서 나온 행동이지 선택이 아니다 이거요. 당신은 실컷 쫓겨다니다가 함정에 빠진 거 아니오? (「선생과 황태자」, 79~80쪽)

2호의 수장이자 곧 출감할 중사의 뒤를 이을 '황태자' 정철훈은 월남전에서 무수히 많은 사람들을 죽인 사실을 훈장처럼 자랑하는 잔인한 인물이다. 그런 그는 꽁생원 같은 '선생'을 줄곧 못마땅해 하는데 이 둘의 이러한 근본적인 차이점에도 불구하고 그들이 공유하는 것이 있다. 양민학살 죄목으로 무기 징역에서 14년으로 감형된 정하사나 최소 2년 이상 감옥에 있어야하는 '선생'이나 '시간'을 두려워하지 않는다는 것이다. "내가 두려워하는 것은 시간이 아니야. 그 점에서 보면 정철훈의 경우와 마찬가지였다. 그는 중사의 말마따나 얼마든지 먹어줄 수 있다. 길고 긴 세월을 먹어줄 수 있으리라 생각했다."이 둘이 모두 '시간'을 두려워하지 않는다고 하지만, 각각의 내용은 다르다. 정하사가 시간을 두려워하지 않는 것은 그것이 그에게 주어진 유일한 삶의 내용이기 때문이다. 사형을 예상했던 그는 무기 징역을 선고 받고 '만세'를 부른다. 죽음을 면한 댓가로 '무의미한 시간의 다발'을 얻은 것이다. 그러나 '선생'의 경우, 그가 원하는 것은 '무한한 시간의 다발'이 아니다. 그에게 문제가 되는 것은 '죽느냐 사느냐'가 아니라 '어떻게 사느냐'이고, 자신이 원하는 삶을 어떻게든 살아낼 수 없을 때의 바로 그 닫힌 상황이다. 위 인용문에서 진술하고 있듯 '선생'이 군을 이탈한 것은 기존의 고정관념을 깬 적극적인 선택이고 자유를 향한 도전이었다. 그러나 그 결과는 군보다 더 나을 것이 없는 '감옥'이었다. 닫힌 상황에서의 목숨을 건 탈출, 그러나 그것의 참담한 실패. 자유를 향해 나아갔으나 결국 다시 갇혀버리고 말았다는 이 무시무시한 모순. 그렇다면 이제 무엇을 할 것인가. 이것이야말로 그에게는 공포이자 절망의 내용이었던 것이다.

「중앙선 기차」에서와 마찬가지로 「선생과 황태자」의 죄수들에게 그 폐쇄된 공간에도 불구하고 그 나름대로의 일상을 이어간다. 그곳에도 감방간의 내밀한 소통이 있고, 몰래 숨어 피우는 끽연의 기쁨이 있으며 '선생'의 '삼삼한 구라'가 있고 통풍구 너머 바깥을 바라보는 '외출'이 있다. 그럼에도 불구하고 감옥의 일상은 군대와 하등 다를 바 없는 철저한 권력관계에 기초한 것이다. '네로'로 지칭되는 중사의 군림 아래 서열 지워진 계급 질서는 죄수들을 더욱 옥죄고 이들을 인간 이하의 존재로 추락시키지만, 누구도 이러한 상황에 대해 문제를 제기하지 않는다. 감방이란 이미 인간의 존엄이나 인권에 대한 질문 자체가 금기된 곳이기 때문이다. 질문이 폐기된 곳, 그곳에서 문제적 개인인 '선생'은 의문의 눈길을 던진다. 그리고 이러한 시선은 앞서 언급한 대로 이미 한번의 좌절이 중첩되어 있기 때문에 더 암울할 수밖에 없다.

　박선생의 우울은 또한 '저항'의 길이든 혹은 적극적인 '순응'의 길이든, 결국은 같은 자리로 돌아오게 되는 현실의 구조에 대한 인식에서 비롯된 것이기도 하다. 앞서 인용문에서 순열은 정하사의 행동이 자유로운 '선택'에 의한 것이 아니라 쫓김의 연속이었을 뿐이라고 맹렬히 비난한다. 그러나 순열은 결과적으로 이 둘 사이에 차이가 없다는 것을 알고 있다. 가장 대립되는 두 사람은 그 각각의 극단적인 행동을 통해 결국 '감옥'에서 하나가 된다. 어떻게 이 원환적인 구조가 가능한지를 순열은 도무지 이해할 수 없을뿐더러 "난 내가 갖고 싶은 것을 가지려고 한 것뿐이요. 이게 항명이라는 거요."라고 고백하는 데서 드러나는 것처럼 자신의 현실 또한 불가해한 것이다. 요컨대 그가 파악하는 '현실'이란 개인의 자유의지를 말살하는 폐쇄형 회로로, 어떻게든 벗어날 수도 없는 '갇힌 상황'인 것이다.

순열의 느닷없는 오열은 관조적 태도로 일관하며 감옥의 부조리한 상황에 순응하는 것처럼 보이는 그가 그 내밀한 자유의지를 개시하는 상징적 의미를 띤다. 그의 오열은 그와 줄곧 대립하던 정하사가 담배 한 대를 통째로 주며 '상고이유서'를 부탁하고 난 뒤에 발생한다. '선생'은 평소 그토록 폭력적이고 비정한 '정하사'에게서 '병약한 사내의 어두운 그늘'과 '고통스런 신음소리'를 읽는다. '살인' '광기', 혹은 '무의미한 시간의 다발'이든 죽음이 아니라면 어떻게든 상관없는 것처럼 보이는 정하사의 내면에서 그 자신과 같은 똑같은 열망과 고통을 발견한 것이다. '선생'은 정하사의 연약한 모습에서 자신의 좌절된 욕망, 통풍구의 '파란하늘'처럼 부정할래야 부정할 수 없는 자유에의 열망을 확인한다. 그는 이를 통해 정하사와 동질감을 느낄 뿐 아니라, 어떤 경우에든 이 열망이 인간 존재에게서 빼앗을 수 없는 근원적인 것임을 깨닫게 되는 것이다. 그렇다면 무엇이 가능할 것인가. 또 한번의 탈출, 혹은 더욱 투철한 신념? 순열의 오열은 이렇듯 여전한 열망과 절망의 공존에서 발생한다. 그의 긴 오열은 갇힌 상황에서 벗어나고자 하는 열망과 그것이 불가능한 현실의 간극 사이에서 빚어지는 절망, 그것에 대한 오롯한 '간증'을 의미하는 것이다. 감방의 죄수나 간수들이 "어깨를 들먹이며 거리낌없이 마구 울고 있는"

모습을 어처구니없는 표정으로 "물끄러미 내려다" 보는 것은 순열의 이 천진한 울음에서 그들이 은폐하고 있는 순수 열망과 좌절을 보았기 때문이다. 그들은 순열의 울음에서 자신들의 평정과 체념, 혹은 위악적인 표정 뒤에 숨어 있는 순수 열망, '파란 하늘'로 표상되는 자유와 구원에의 열망을 확인한다. 순열의 오열은 곧 그들 자신의 울음이기도 한 것이다.

송영의 이상주의는 이렇듯 현실에 대한 '부정'의 시선에 의해서 출발한다. 앞서 두 작품에서 살펴보았듯『선생과 황태자』에서 송영이 일관되게 보여주는 것은 '평균적 일상성'으로 치부되는 지금-현실의 비인간적인 실상이다. 무허가 건축물을 짓다가 결국 철거당하고 만다는 소박한 해프닝을 담고 있는「미화작업」에도 이러한 작가의식이 일관되게 표출되고 있다. 주인공 '나'는 고참 인부 '김씨'의 만류에도 불구하고 '두 자짜리' 창틀을 고집한다. '비록 방 한 간'이지만 그것은 '나의 방' '나의 집'이기 때문이다. 그러나 그는 동사무소 서기로부터 '창'을 블록으로 막으라는 권고를 듣게 되고 이에 반항하다가 결국 철거를 당하고 만다. "창고에서 사람이 사는 것은 무방하다는 얘긴가요?"라는 항변에서 알 수 있듯 주인공이 맞서 싸우는 것은 '서기'가 아니라 인간을 비인간적 상황으로 강제하는 부조리한 '법질서'이다. 이를 통해 작가는 '실정법'으로 표상되는 '현실'이라는 것이 얼마나 비인간적인 메커니즘으로 구조화되어 있는지를 폭로하고 있는 것이다.

부조리한 현실에 대한 소묘는 종종「미화작업」에서처럼 블랙유머의 형태로 형상화되는데, 이들 단편은 그 소재의 단순함과 소품적인 성격에도 불구하고 현실에 대한 풍자와 알레고리로서 예리한 통찰을 드러내고 있다. 예를 들어 「생사확인」은 '형'을 장사지낸 뒤 23년이 흐른 뒤에도 여전히 형의 죽음을 믿지 않는 나와 나의 가족들의 거짓말 같은 이야기를 담고 있다. 그러나 이를 단순히 허황된 얘기라고 치부할 수 없는 것은, 이 해프닝에 어두운 역사적 현실이 배음으로 깔려 있기 때문이다. 형의 사망은 전쟁 후 무장 공비들과 경찰의 대치 속에서 발생한다. 열일곱 살의 형은 어느 날 책을 사기 위해 집을 나섰다가 공비에 의해 살해되는데, 그의 시체를 매장하고 난 뒤에도 가족들이 그 진위의 여부를 두고 논쟁을 벌이는 것은, 사실상 그의 죽음을 '받아들일 수 없기' 때문이다.

> 그렇지만 이 정도의 이야기로 셋째 형이 타살된 것을 곧 납득하기는 어려웠다. 가령 그들이 평소에 살기등등해 있고 누군가에 대한 원한으로 이지러진 무리라고는 해도 무고한 젊은이들을 십여명이나 죽일 수 있었을까? 그렇게는 믿어지지 않았다.
>
> —「생사확인」, 165쪽

위 인용문에서 단적으로 언급되는 바, 형의 죽음은 어떠한 이유로도 납득될 수 없는 성질의 것이다. 어떠한 필연성도 논리도 없는 형의 죽음, 따라서 그들 가족에게 그것은 '사실'이 아닌 것으로 판명

된다. 그들이 보기에 한 인간의 목숨이 이렇듯 어떠한 합당한 이유도 없이 그렇게 사라질 수는 없는 것이다. 형의 죽음을 받아들이지 않는 이 비극적인 가족 이야기는 결국, 좌우 이데올로기 대립 속에 이뤄진 동족상잔의 그 불가해한 비극성을 겨냥하고 있다. 형의 죽음이 사실일 수 없다는 것은 결국 그 비극적 사건이 도저히 현실일 수 없다는 것, 즉 광기의 그것이라는 폭로인 것이다.

「삼층집 이야기」의 하숙집의 일상 또한 작가의 시선에 의해 '마땅하지 않은' 현실로 그려진다. 작가의 비판의 시선은 주로 하숙집 여주인인 '오여사'를 향한 것이지만, 주인공을 비롯한 다른 이들도 여기에서 열외가 될 수는 없다. 자기 집 식객들을 '그 놈' '그 새끼'라고 함부로 말하는 오여사, '윌슨'에게 다짜고짜 "당신의 직업이 뭡니까?"라며 천박한 호기심을 들이대는 고창석, 이들은 모두 인간에 예의는 커녕 자신의 인간적 존엄마저 상실한 채 살아가는 인물이다. 작가 송영이 『선생과 황태자』에서 일관되게 보여주고 있는 것은 이렇듯 평균적인 일상 속에서 최소한의 인간적 가치와 자유의지를 잃고 살아가는 이들의 비인간적인 상황이다. 「투계」에서 외부와 철저히 단절하고 닭싸움에 몰두하는 위악적인 인물 사촌형이 전도사의 내방을 그토록 완강하게 거부하는 것은 그 외부의 시선에 의해 그 자신의 위악의 실상이 폭로되기를 두려워하기 때문이다.

『선생과 황태자』에서 송영은 70년대 당대 현실과 사회를 '갇힌 상황'으로 묘파함으로써 부정적인 현실 인식을 보여준다. 그러나 이를 통해 '개시적 존재 가능성'과 열어보일 수 있었던 것은 이 현실을 바라보는 작가의 집요한 응시 속에 자유에 대한 갈망이 깃들어 있기 때문이다. 그것은 앞서 분석한 대로 대체로 상황을 바깥에서 바라보는 외부자의 시선으로 구체화되는데, 이 문제적 개인들에 의해 '지금의 현실'은 본래적 인간다움을 상실한 문제적인 상황으로 제시된다. 이 문제적 개인들의 '저곳'에 대한 열망이 유토피아의 구체적인 모습을 보여주고 있지 않다는 점에서 송영의 이상주의는 막연한 동경과 낭만의 성격을 띤다. 그러나 그럼에도 불구하고 이러한 문제 제출은 아무도 문제 삼지 않는 당대의 폭압적 현실, 질주하는 '중앙선 기차'에 대한 제동을 의미한다는 점에서 강인한 저항의 힘을 내장하고 있는 것이다. 탈출이 불가능한 현실과 그럼에도 불구하고 끊임없이 벗어나고자하는 불굴의 신념, 송영의 이러한 저항적 태도는 그의 실존적 생의 부침과 더불어 그의 첫 창작집인 『선생과 황태자』를 추동하는 엔진이었다고 할 수 있다. 자유와 이상에 비춰 '지금의 현실'을 닫힌 상황으로 규정하고 새로운 가능성을 열어 보이는 송영의 『선생과 황태자』는 "개인적 정열을 이야기하든가, 사회 제도를 공격한다하더라도, 자유인들에게 호소하는 '자유인 작가'에게는 오직 하나의 주제가 있을 뿐인데, 그것은 '자유이다'"[7]라고 한 사르트르의 말의 진정한 실천이라고 할 수 있다.

---

7   장 폴 사르트르, 김붕구 역, 『문학이란 무엇인가』, 문예출판사, 1999, 85쪽.

틈새, 그 영원한 불화의 세계

권여선, 『푸르른 틈새』(문학동네, 2007)

크리스토퍼 프라이의 「희극」이라는 짧은 글에는 다음과 같은 이야기가 담겨있다.

어떤 친구가 한번은 내게 이러한 말을 한 적이 있다. 그가 에테르에 마취되어 있었던 때 그는 위대한 책의 책장을 넘기고 있는 꿈을 꾸었다는 것이다. 꿈 속에서 그는 그 책 마지막 장에서 삶의 의미를 찾게 되리라는 사실을 알고 있었다. 그 책장은 한번은 비극적이고 한번은 희극적인 것으로 번갈아 이루어져 있었으며, 한 장 한 장 넘길 때마다 그의 흥분은 고조되었는데 이유는 그 해답에 가까워지고 있었기 때문이 아니라 그가 도달할 때까지 책장의 어느 편이 마지막 장이 될 수 있는가를 알아낼 수 없기 때문이었다.

—김미예 역, 「희극」, 『비극과 희극, 그 의미와 형식』, 고려대 출판부, 1995

권여선의 소설을 읽다 보면 이러한 비극과 희극으로 이루어진 책의 한 장 한 장을 넘기고 있는 듯한 느낌이다. 어느 평자의 말처럼 '상처와 고통을 극적인 웃음으로 뒤집어놓는 고도의 수사법'이 돋보이는 『푸르른 틈새』도 그렇지만, 그 뒤 발표된 일련의 작품들에서 희극과 비극의 세계를 넘나들면서 보여주는 작가의 소설적 변신이 자못 흥미롭게 다가오기 때문이다.

　　작가 권여선은 1996년 상상문학상을 수상하면서 등단한 후, 지금까지 수상작인 장편 『푸르른 틈새』 이외 일곱 편의 단편소설을 발표했다. 등단 시기와 작품 편수에서 드러나듯, 비교적 과작에 속하는 이 작가는 아직 등단작의 그 빛나는 후광에서 다 벗어나지 못한 상태에 놓여있다고 할 수 있다. 『푸르른 틈새』와 등단 시기에 주로 집중되어 발표된 단편소설들은 한편으로는 고통과 치욕으로 점철된 삶에 진지한 성찰을 비극적 리듬 속에, 한편으로는 그럼에도 불구하고 이를 딛고 비상하려는 낙관적 태도와 삶의 아이러니를 희극적 리듬 속에 담고 있다. 이들 작품이 보여주는 소설적 변신은, 작가의 길지 않은 소설적 여정이 아직 다양한 비전과 리듬 속에 '삶의 의미'를 탐색해나가는 모색 단계에 있음을 의미한다. 따라서 이 글은 결산과 조망의 차원에서보다는 기대의 지평 위에 있는 한 신예작가의 가능성에 대한 탐색의 글이 될 것이다.

유폐된 공간에서의 '이름' 찾기

등단작인 『푸르른 틈새』는 한 여성이 성숙의 고통과 상처를 통해 진정한 자아를 모색해가는 여정을 담고 있는 성장소설이다. 개인이 그가 속한 사회와 제도에 편입해가는 과정에서 넘지 않으면 안되는 통과의례의 항목으로 소설 속 화자는 '성'과 '정치'를 들고 있다. 따라서 이 소설은 한 편에서는'여성'으로서의 정체성의 혼란과 방황을, 또 다른 한편에서는 80년대 진보운동 속에서의 한 개인의 좌절을 그리고 있다.

이야기는 주인공이 위의 두 가지 관문을 통과하는 데 실패한 뒤인, 현재의 시점과 '젖은 방'이라는 유폐된 공간에서 시작된다. 화자의 독백이 펼쳐지는 무대로 설정된 반지하의 '젖은 방'은 세상으로부터 멀찌감치 물러선 주인공의 내면 풍경을 암시하고 있다. 그 안에서 그녀가 펼쳐보이는 독백은 현재의 '나'를 있게 한 밑그림인 탄생과 기원, 그리고 어찌할 수 없는 성숙의 좌절과 상처를 안고 있는 대학 시절에 대한 회상으로 뻗어간다. 그런데 이러한 화자의 고백 속에 드러나는 나의 기원과 성장의 기억은 '나'를 긍정하는 차원에서가 아니라, 현재의 당연한 실패를 추인하는 일종의 좌절의 징후, 자기 존재의 부당성의 징후로서 드러난다. '또 딸'을 출산한 부모님이 어찌할 수 없는 수치심을 가장하여 꾸민 '나'의 탄생에 얽힌 파랑새 신화는 자기존재의 부당성에 대한 오랜 기원을 밝히는 하나의 예시가 되고,

외척들의 습격에 의해 '문 밖'으로 내몰린 나의 허기와 질투, 그리고 반항과 도벽으로 이루어진 나의 성장과정은 성숙에서의 좌절을 예견하는 전조이다.

이렇듯 실패를 이미 성장 과정에서 선취한 '나'는 성숙의 관문에 이르렀을 때, 또 한번의 실패와 좌절을 체험한다. 주인공 화자는 노미혜로 대변되는 '여성스러움'을 욕망하지만, 이 욕망은 '중성성'을 강요하는 운동권의 분위기와 다른 곳을 향하는 남자들의 시선 속에서 좌절된다. "나는 더 이상 허기진 얼굴로 우아하고 아름다운 여성의 자리를 기웃거리는 짓을 하지 않기로 했다"라는 결심은 애초에 주인공이 호감을 가졌던 명호와 미혜와의 연애를 확인한 후에 이루어진다. 그 뒤 씩씩한 중성적 어른 뒤에 감춰졌던 '여성스러움'의 발현은 휴학과 칩거를 끝내고 복학하면서 시작된 한영과의 연애에 이르러서야 비로소 가능해진다. 그러나 자신의 여성성과 가장 행복스러운 만남을 의미하는 한영과의 연애는 또다시 미혜라는 더 강력한 '여성성'에 의해 끝나게 되고 만다.

한편 '정치'적 성숙의 실패는 80년대의 진보운동의 한복판에 있던 주인공의 정치적 좌절로 그려진다. 여성스러움을 대체한 중성성은 운동권의 조직 운동에서 열렬히 지지받으며, 사회적 정체성의 성공적인 획득과 성적 좌절의 보상을 예고한다. 그러나 고된 육체 노동에 익숙지 않은 내가 결국 '공활'을 포기하게 되자, 종태와의 동지적 연대는 물론 조직으로 상징되는 사회적 연대도 끝이 나고 만다.

흥미로운 것은 이러한 정체성의 혼란과 방황을 추적하는 주인공의 반성적 성찰이, 많은 부분 자학과 죄의식에 바쳐진다는 것이다. 예를 들어, 한영과의 연애의 실패는 그와의 결별을 선언한 경솔한 '나'의 행동 탓이고, 정치적 실패는 공활을 포기할 수밖에 없는 나의 유약한 육체 탓이라는 인식이 그러하다. 자학과 죄의식의 습벽은 타자와 대상에 대한 비판적 성찰을 가로막는다. 자학은 타자와 대상이 부여하는 임무와 역할을 제대로 수행해내지 못한, 자기를 향한 비판이기 때문이다.

따라서 『푸르른 틈새』에서 80년대의 변혁운동은 90년대를 풍미했던 '후일담 소설'에서와는 다른 방식으로 존재한다. 『푸르른 틈새』의 80년대는 공동체의 연대의식에 그리움이나 '후일'의 객관적 성찰의 대상이 아니라, '나'의 사회적 자아가 통과해야하는 일종의 관문이었던 셈이다.

현실 세계가 부여하는 당위에 대한 주인공의 예민한 자의식은 '이름'과 '시선'에 대한 집착에서 잘 드러나고 있다. '이름이 불려지는 걸 듣기 좋아하는' 주인공의 취향과, 한편 "누군가 나를 '에구 귀여워라'하는 시선으로 바라봐 주기를 열망"하는 태도, 혹은 한영과 서로 나체를 오랫동안 응시하면서 느끼는 희열에는 타인에게 사랑받고 인정받고자 하는 나의 욕망이 들어있다. 따라서 이 시선과 호명에의 열망은 "욕망은 대타자의 욕망이며, 욕망은 그것이 구성되었을 때만 즉, 다른 사람 앞에서 이름 붙여졌을 때만 그 온전한 의미에서 인정된다"라는 라깡의 욕망의 현존방식을 입증한다. 한편 타인의 시선에 대한 열망은 당위와 존재로 분열되는 복수적 자아의 혼란과 방황을 예견하고 있다. 이러한 분열된 자아의 모습은 유폐된 공간에서의 "잘 들어, 응?"으로 시작되는 무수한 자기 명명의 유희 속에 가장 잘 드러 나는데, '아기를 쑥쑥 잘 낳는 건강한 옛날 여자' '질투하는 여자', 혹은 '고통받는 천재'로 탈바꿈되는 자기 명명의 유희는 '일반명사'가 지닌 보편적 가치에의 열망이기도 하다.

'보편적 일반명사'는 '법과 규범 혹은 가치'를 상징하는 아버지의 다른 이름이다. 따라서 아버지의 몰락과 죽음에 뒤이은 주인공의 자살 시도는 당연한 수순이 된다. 유년시절 그녀의 존재를 가장 적극적으로 합리화시켜주었던 아버지의 죽음은 한편에서는 주인공의 실패를 더욱 공고히 하고, 한편으로 보편적 가치의 폐기와 자기존재의 부당성에 대한 완전한 승인을 암시한다. 그러나 혈통의 존속을 끝내려는 주인공의 자살 시도는 끝내 실현되지 않고 결국은 자신의 좌절을, 상처를, 삶을 긍정하는 것으로 이야기는 끝난다.

자해와 자학, 자폐로 점철된 기억의 서사 뒤에 이은 이러한 갑작스런 상처, 혹은 삶의 긍정은 얼핏 보면 다분히 감상적이고 억지스러운 결말로 비춰질 수 있다. 그러나 이 작품의 첫 장에서부터 두드러지고 있는 유폐된 자아의 또 다른 진지한 목소리는, 이 작품이 상처와 고통, 삶을 긍정하기 위해 무엇을 질문해왔고, 그 질문에 얼마나 성실하게 천착해왔는지를 보여준다. 『푸르른 틈새』의 도입부에는 '말하는 냄비'에 관한 민담이 나온다. 암소를 팔러갔던 한 사내가 얻은 '말하는 냄비'의 이야기는 '말을 한다는 것이 그토록 무한한 가능성을 약속하는 담보물이 될 수 있을까'라는 이 작품의 가장 중요한 문제의식을 암시한다. 그러므로 이 작품은 성장소설인 동시에, 한편에서는 '소설의 서사성에 대해 성찰을 시도하는, 즉 소설에 대한 자의식적 글쓰기인 메타픽션인 것이다. 이 메타픽션의 작가는 답한다. '상처는 이야기를 불러일으키고 이야기는 상처를 환기시키는' 무한한 순환 속에 망각과 치유와 구원이 실현된다고. 상처에 대한, 삶에 대한 긍정은 이러한 기억과 서사의 힘에 의해서이다.

우스꽝스러운 사내들과 우울한 情夫

자폐와 자학은 윤리적 주체의 자기 반성이다. 따라서 고통스런 자기 응시를 통한 상처의 치유는 이러한 윤리적 주체에 반하는 고유한 자기 욕망의 승인, 즉 복수적 자아의 상호 승인을 통해서이다. 이러한 분열된 자아를 끌어안은 『푸르른 틈새』의 작가는 이후, 유폐된 자기만의 공간을 벗어난 이들이 펼쳐보이는 생활세계에 대한 두 가지 상이한 모습을 제시한다. 하나는 과거의 진정성의 기억을 안고 있는 인물이 일상에서 펼쳐보이는 우스꽝스러운 풍광이고, 또 하나는 『푸르른 틈새』에서 주변부를 서성거리던 여성의 또 다른 분신인 '질투'하는 여성의 내면 풍경이다.「트라우마」,「오늘」,「12월 31일」이 순정한 주인공을 내세워 이들의 모험과 좌절을 통해 삶의 아이러니와 희극성을 성찰하고 있다면,「수업시대」,「처녀치마」는 여전히 타인의 시선과 호명을 갈구하는 여성의 '허기'와 욕망을 보여주고 있다.

「트라우마」는 과거 철거반대 시위에서 '턱의 가로 몇 센티가 깊이 파이는' 외상을 지니고 있는 주인공이 철거 현장에 솟은 아파트에 입주해 살다가 결국, 한밤중의 고성방가와 수위와의 우스꽝스러운 싸움을 통해 쫓겨나고 만다는 이야기를 담은 작품이다.「오늘」은 사랑하는 여인을 향한 욕망을 엉뚱하게 다른 여인들을 향해 투사하는 주인공이 겪는 좌충우돌과 어긋남을 그리고 있다. 이 두 작품은 현대성의 모순과 아이러니의 모험을 주로 '돈키호테'적인 남성인물을 초점화하여 객관적 서술방식으로 그리고 있다. 이들의 희극성은 주로 순정한 자아가 세속적인 일상에 편입되어가면서도 무의식적으로 잠재된 진정성과 사랑에 대한 열망 때문에 일으키는 우발적 사건들 속에 발생한다. 우연과 우발적 사건 속에 오히려 자신의 진정성을 배반하는 결과를 빚는 주인공들의 환란과 모험은 진정성을 완전히 폐기하지 못한 인물이 세계와 불화하는 한 방식과 그 당연한 실패를 의미한다.

한편 아내가 있는, 혹은 다른 여인을 호명하는 남자의 연인을 내세운 「수업시대」과 「처녀치마」는 '가건물의 배회'로 비유되는 여인의 욕망의 좌절과 고독을 주로 여성의 심리적 추이에 따른 주관적 서술방식으로 그리고 있는 작품들이다.「수업시대」는 아내와 '나' 사이를 오가며 이중생활을 하고 있는 '그'에 대한 사랑과 미움의 양가감정은 소파수술이라는 고통과 치욕을 통해 제시된다. 「처녀치마」는 두 번의 이혼한 경력이 있는 남자로부터 배척당하는 여성의 황폐한 심경을 어머니의 상처와의 대비를 통해 묘사하고 있다.

이 두 작품은 크게 보면, 세상이 '인정'하지 않는 방식의 사랑을 그린 일종의 불륜의 서사들이다. 그러나 이 두 작품이 기존의 불륜을 주제로 한 소설들과 변별되는 지점이 있다면, 이들의 불온한 사랑이 안온하고 권태로운 일상에서의 탈출을 꿈꾸는 여성들의 실존적 욕구와 맞닿아 있거나, 혹은 이상화한 낭만적 사랑의 공식을 담고 있지 않다는 점이다. 차라리 사랑의 탈낭만적 전략이라 할 수 있는 권여선의 불륜의 서사는 가장 치열한 열정의 존재방식인 불륜마저 고착화된 후의 그 지리멸렬함과 끔찍한 일상성을 주목한다. 불륜의 일상성과 통속성은 작품 속에 등장하는 여성 화자들의 수동적이며 수세적인 태도와 맞닿아 있다. 그의 '두번째' 여자들인 여성 화자는 낭만적이며 열정적인 사랑의 열도를 지닌 인물이 아니라, 대개 '어디로 가야할지 모르고', '부반장 하기 싫어!'로 상징되는 끔찍한 악몽에 시달리면서도 현재를 벗어나지 못하는 인물들이다. 그들이 적극적으로 선택하지 않았으나 거부하지도 않은 이러한 사랑의 방식은 그녀들에게 또 다른 자학과 자기연민의 길만을 보여줄 뿐, 아무런 탈출구도 제시하지 못한다. 아마도 『푸르른 틈새』의 또 다른 '손미옥'은 내면화된 타자의 시선 속에서 고유한 자기 정체성을 모색해야하는 모든 인간들의 어쩔 수 없는 숙명적 과제를 여전히 떠안고 있는 듯하다.

이상에서 살펴본 권여선의 작품들은 대체적으로 개인의 내면, 혹은 개인과 타자 사이에 존재하는 불화의 방식과 그 양상을 보여준다. 불화는 욕망과 대상, 개인과 사회, 나와 타자, 자아와 또 다른 자아 사이에 놓여있는 간극인 일종의 틈새를 의미한다. 이러한 '틈새'는 때로는 다양한 욕망 속을 부유하는 분열된 자아의 내면적 고투로, 때로는 일상에서 개진되는 진정성의 우스꽝스러운 모험과 좌절로, 또는 사랑의 '권좌'를 얻지 못한 여성의 자기연민과 결핍감 등으로 표출된다. 그러나 이러한 불화의 다양한 형태에 대한 작가의 응시는 '상처로 열린 우리의 몸'처럼 치유와 화해와 긍정을 마련해둔 밑그림임을 암시한다. 그리고 그 가능성은 '말을 믿고, 기억을 믿는' 작가의 글쓰기에 대한 믿음에서 출발한다. 그 출발은 이제껏 작가에서 두 가지 방향을 지시했다. 하나는 삶의 아이러니와 비극성을 희극적인 리듬 속에 형상화하는 객관적 서사의 세계이고, 또 하나는 개인의 욕망과 상처를 비극적 정조 속에 담아내는, 보다 내밀한 자기반영적 세계이다. 앞으로 어떤 방향을 취하든, 아마도 작가는 더 지독한 불화와 더 치열한 격투를 견뎌야 할 것이다. 그 끝이 어떻게 펼쳐질지 자못 궁금하다.

소음의 주저흔들

박금산, 『생일선물』(랜덤하우스코리아, 2005)

『생일선물』은 2001년 『문예중앙』 신인상을 수상하며 등단한 박금산의 첫 창작집이다. 첫 작품집인만큼 이 책에는 신예작가의 나름의 소설세계를 구축하기 위한 모색이 다양하게 펼쳐져 있다. 환상과 일상의 공간을 오가며 인간의 어두운 심리 세계를 묘파하고 있는 「공범」에서부터 완강한 일상에 갇힌 지식인의 곤혹스러움을 전통적인 리얼리즘 서사로 밀도 있게 담아내고 있는 「경계에서 잠들다」, 그리고 '육구'라는 한 인물의 인생유전을 희극적 터치로 그리고 있는 「쌍」, 맹인 안마사와 한 여자의 해프닝을 4·4조의 가사 형식의 유장한 가락으로 풀어내고 있는 「춤의 결과」에 이르기까지 이 작품집에 수록되어 있는 총 아홉 편은 전통서사문법과 새로운 형식 실험의 무한 스펙트럼 위에서 각각의 좌표를 그리고 있다. 그럼에도 불구하고, 이 다양한 모색 뒤에서 우리는 박금산의 독특한 창작방법론에 해당하는 그만의 개성적인 사유의 틀, 혹은 소설로 길을 내는 작가의 고유의 감각을 발견할 수 있다.

눈 감고 길을 나서다

박금산의 많은 작품에는 앞을 보지 못하는 맹인, 귀머거리, 혹은 이와 유사한 장애인들이 등장한다. 대표적으로 「귓속의 길」의 맹인 '재의'와 귀머거리 '달옥'이 그러하고, 「생일선물」의 당뇨성 망막증으로 실명한 어머니, 「춤의 결과」의 맹인 안마사, 「맹인식물원」의 귀머거리였던 충남이, 고막이 손상되어 음감을 상실한 「티슈」의 정이, 치매성 착란증을 보이는 「공범」의 어머니, 기차 사고로 다리를 잃은 사진가 윤이(「생일선물」)에 이르기까지 많은 인물들은 정도를 달리하여 감각기능을 상실한 사람들로 등장한다. 그러나 이들을 통해 작가가 의도하는 것은 소수자들의 특수한 고통과 상처는 아니다. 오히려 이들을 통해 온전한 감각으로는 결코 볼 수도 없고 들을 수도 없는 것들, 즉 눈 감고 귀 닫았을 때만 보이고 들리는 것들의 내밀한 세계로 안내함으로써, 이들의 특수한 감각들은 은폐된 삶의 진실로 안내하는 길잡이가 된다. 따라서 이들은 일상적이고 진부한 감각안에 갇혀 있는 일반인들을 대신하여, 삶을 새롭게 더듬어가는 열린 감각의 소유자들이라고 할 수 있다. 자신의 운명과 진실에 무지했던 '오이디푸스 왕'의 후예들이라 할 수 있는 이들이 나선 길은, 명명백백한 객관 세계, 즉 범속한 일상과 사실의 세계가 아니라, 마음의 어두운 지도 위에 난 길이다.

이청준의 「병신과 머저리」를 연상케 하는 「맹인식물원」은 환자와 정신과 의사의 내면을 중층적으로 그리고 있는 작품이다. 이 작품에서 '환자'는 '현실을 지나치게 열심히 살고 있지만, 그것을 과거로 보내고 나면 너무나 끔찍한 모습으로 돌변해 돌아온다'고 호소한다. 환자인 '그'는 외형상으로는 화목한 가정을 일구고 사는 평범한 가장이지만, 9일마다 여자를 사지 않으면 견디지 못하는 증세로 인해 고통 받는다. 그의 고통 또한 '눈'이라는 감각을 통해 환유되는데, 7일이 지나기 시작하면 '권투 글러브'가 망막을 강타한다고 하는 이러한 증상을 의사인 '나'는 '권태'로 진단한다. '하기 전에만 의미 있고, 하고 나면 불안해져버리는' 어떤 심리로 인해 사랑하는 여자와의 관계를 연기했던 기억, 즉 첫경험을 반추하고 있는 환자의 원고에서 의사인 '나'는 지속적으로 새것, 혹은 새로운 존재를 만들지 않으면 안 되는 환자의 '권태'를 읽어내지만, 사실 그것은 자신의 것을 투영한 것에 불과하다는 것을 깨닫게 된다. 이를 계기로 '나'는 '아프지 않으려고 눈을 감'았던 자신의 허위, 즉 '허전함을 지우기 위해 첫사랑을 늘 두 번째라고 생각해왔던' 자기기만을 되돌아보게 된다. 그리고 원고에 등장하는 '조영'과 '야앙'이 맹인식물원에서 눈을 감고 나무와 식물을 더듬었듯, 그들이 서로를 '온몸으로 알아갔듯이' '나'는 외면했던 첫사랑을 온몸의 떨림으로 기억하기 위해 원고를 써내려가는 것이다.

「맹인 식물원」은 여전한 미지 혹은 새로운 것이 아니면 안 되는 심리, 즉 확정된 모든 것, 지나간 '현재'에서 리비도를 상실하게 되는 권태의 심리를 환자와 의사라는 두 겹의 이야기를 통해 보여주고 있다. 그리고 이에 대한 치유책은 '또 다른 새로운 것'이 아니라 '과거'로 치부했던 것들, 확정적인 것이라 인식했던 것들을 다시 '감각'하는 것임을 얘기하고 있는 것이다. 이것은 한때 작가 지망생이었던 조영이, '모든 진실은 위대한 작가들에 의해 다 밝혀졌다'고 절망했을 때, 야앙이 했던 다음과 같은 말을 통해서 다시 한번 독자에게 그리고 작가 자신에게 전해지는 것이다.

> 남이 진실이라도 자기가 생각해서 진실이며 자기 진실이 되는 거잖아. 정말로 진실이라고 생각되는 거에 한 표. 그러면 그 진실이 더 커지는 거잖아. 자기가 훌륭한 작가 돼서 그 진실을 이야기하면 한 표가 아니라 백 표 만 표가 될 거 아냐? (…중략…) 봐. 만져봐. (나무 하나를 정성껏 쓰다듬는다. 조영을 바라보며, 나무 만지던 손을 가슴으로 가져간다. 그리고 쓰다듬는다) 봐. 만져보라구. 이 겁쟁이.

이렇듯 감각하는 생의 실체는 「생일선물」에서 더욱 명증하게 얘기되고 있다. 「생일선물」의 주인공인 '나'는 조각가로 물에 빠져 죽은 윤이의 익사체를 조각하고 있다. 그것은 당뇨병성 망막증으로 실명한 어머니에게 동생의 죽음을 말해주기 위한 것이기도 하지만, 한편 '내' 안에 윤이라는 존재를 지우고 떨쳐내기 위한 것이기도 하다. 그에게 '초상조각'이 '깎아내고 떨쳐냄으로써 누군가를 지우는 이별의식'이라면, 동생 윤이에게 있어 사진은 순간을 포착하려는 열망의 표현이다. 그런 윤이가 스스로 목숨을 버린 것은 기차 사고로 다리를 잃은 불구의 운명 때문이 아니라, 이러한 자신의 예술적 열망을 완성시키기 위한 것으로 드러난다. 동생 윤이는 사고 후 사진을 찍으면서 '빛으로 어둠을 찍고 싶다'는 불가능한 꿈에 매달린다. 어둠 속에 앉아있는 눈먼 어머니를 사진에 담지만, 결코 빛으로는 어머니를 가두고 있는 어두움을, 또한 어머니가 보고 있는 어둠을 담아낼 수 없음에 절망하는 것이다. 그러던 어느 날 윤이는 '명이도의 절벽 끝'에서 우연히 한 여자의 흔들리는 모습을 사진에 담아내고 그로 인해 성공적인 데뷔를 하지만, 그 사진에 붙힌 제목 '미수(未遂)'처럼 완성되지 않은 어떤 움직임과 펄럭임에 사로잡혀 절벽에서 몸을 던져버린다.

동생의 죽음을 어머니에게 감히 말하지 못하고 혼자 처리해버린 나는 눈 먼 어머니를 위해 필사적으로 조각에 매달린다. 그러나 그의 조각은 단지 동생의 죽음을 말하는 데 그치는 것이 아니라 어머니가 보지 못하는 생의 전면적 진실, 작품의 비유를 빌자면, '치마 속에 가려진 유관순의 허벅지를 드러내는' 일을 의미한다. 동생이 목숨을 던져, 순간이 영원이 되는 사진의 진실, 혹은 하나의 원근법만 존재하는 평면적인 회화를 선택했다면 살아남은 주인공은 조각을 통해 생의 입체를 추구한다. 생의 입체, 그것은 순간의 찬란한 아름다움에 비하면 비루하고 지난하기 짝이 없는 것이지만, 삶의 진실이 그러할진대 그 고통과 비루함을 감내하는 것이야말로 소설가의 임무라고 작가는 암시적으로 얘기하고 있다. 어쩌면 알고도 애써 외면했던 어머니 혹은 죽은 윤이로부터 받은 생일선물인 '조각도'는 생을 바라보는 이러한 작가의 태도와 글쓰기에 대한 생각을 상징적으로 드러내고 있다는 점에서 이 표제작은 작가에게도 매우 의미 있는 작품이라고 할 수 있다.

「맹인 식물원」의 충남이 귀수술을 받고 난 뒤에 한 첫 말이 '세상이 왜 이리 시끄러워'였듯, 온 몸으로 감각하는 세상은 소음 그 자체이다. 그러나 바다의 절대적 고요와 평정이 죽음이라면 어쩔 수 없이 소란스러운 삶 가운데서 무수한 소리들을 견뎌야 하는 것이 인간의 운명이다. 「티슈」는 이렇듯 소리로 세상을 감각하는 자의 청춘의 기억과 상처를 형상화하고 있는 작품이다. 작품의 주인공인 서른 세 살의 '나'는, 어느 날 이어폰에서 발생한 '소음'을 계기로 12년 전에 만났던 한 여자를 떠올린다. 거의 잊혀지고만 '정이'라는 여인이 유독 어떠한 소리에 의해 되살려지는 것은, 그녀 또한 '소음'으로 상징되는 상처와 아픔을 지닌 인물이기 때문이다. 아마도 주인공과 정이가 공유하고 있는 상처는 가족사적 내력을 지닌 것으로 짐작되는데, 특히 정이는 그러한 심리적 외상 이외에 고막 손상에 의한 음감 상실이라는 물리적인 상흔을 안고 있다.

음악을 하고 싶었던 정이는 아버지의 반대와 청각 장애로 인한 절망과 고통 속에서 손목에 무수한 '주저흔(hesitation mark-자해 혹은 자살을 기도한 흔적)'을 새긴다. 음감을 상실했음에도 음악을 포기할 수 없었던 정이는 끊임없이 음악을 듣지만, 그 자폐적인 감각 안에서도 유년의 상처와 기억은 '아픈 할큄'으로, 고막을 때리는 소음으로 그녀를 괴롭힌다. 그러나 모든 것을 묻어버리고 페테르부르크로 도피하는 나와는 달리 정이는 상처와 주저흔들을 극복하는데, 그것은 그 소리를 듣는 것이 온몸으로 땀을 흘려야하는 고통임에도 불구하고 '그 소리가 사라질 때까지' 그 소음 안에서 견디는 것을 통해서 가능해진다. 「티슈」는 이렇듯 '소리'를 매개로 정이와 그녀를 사랑한 청춘의 어두운 기억을 음울한 정조에 담아내고 있다.

공모된 삶의 진실

앞선 작품들이 눈 감고 떠난 자들의 '상처의 풍경, 내면의 기억'이었다면, 「공범」은 한층 더 내밀하고 불가해한 인간의 무의식과 유년의 상흔을 담고 있다. 작가의 데뷔작이기도 한 이 작품은 중편임에도 불구하고 다른 작품들에 비해 군더더기 없는 치밀한 구성과 문체로 끝까지 소설적 긴장을 늦추지 않는 수작이다. 다소 통속적인 면이 없지는 않지만, 쉽게 타협하지 않고 균열과 대립을 끝까지 밀고 가는 치열함은 그것을 뛰어넘어 작품을 생생하게 만들고 있으며, 더불어 이 작품에 담겨있는 녹록치 않은 작가의 통찰은 다른 작품들에서 엿보이는 긍정적인 삶의 태도의 어떤 근간을 이루고 있다고 볼 수 있다.

「공범」의 주인공 '나'는 어느 날 미국에 있는 아내로부터 다른 남자의 아이를 임신했다는 편지를 받고 홧김에 다리미로 어머니를 내리쳐 죽이고 현장에서 뛰쳐나온다. 존속살해라는 끔찍한 현실을 외면하고 나온 '나'는 자신의 눈을 가린 맹인과 다를 바 없다. 그렇듯 눈을 가린 주인공이 무작정 차를 몰고 경주 등지를 배회하다가 당도한 곳이 무사시(無詐猜)라는 마을이다. 존속살해가 직접적인 사실의 세계가 아니듯, '속임과 새암이 없는 마을'이라는 이 무사시라는 마을 또한 주인공의 무의식을 상징하는 심층 공간이다. 그곳에서 그는 죄를 짓고 속세에서 떠난 여자들과 함께 어떤 의식을 행하게 된다. 그 의식은 그의 두상의 석고상을 뜨는 것에서 시작하여 몽정, 그리고 한 여인의 고백을 거쳐 그 자신의 '고해 성사'에서 절정에 이르는데, 그녀들에게 그의 죄를 고백하자, 그녀들은 죄의식조차 욕망에서 비롯된 것이라며 그를 다시 세상으로 돌려보낸다. 그러나 주인공이 무욕의 절대적 경지를 환상적으로 체험함으로써 진정한 참회와 용서를 구한 것은 아니다. 마찬가지로 이를 통해 허무와 초월의 경지로 나아갈 수도 없었던 주인공이 결국 이곳에서 얻은 것은 금색 사리의 펜던트로 상징되는 자신의 업보, 자신의 죄를 증명하는 일종의 '카인의 표식'이다. 따라서 '그녀'들은 자신의 죄를 단지 알고도 눈감아 주었던 아내와 마찬가지로 또 다른 공범들, 죄를 교환함으로써 얻은 굴레에 불과하다. 이 작품에서 그와 그녀들, 그리고 그와 아내는 어머니와 내가 그렇듯 이러한 공범의 관계로 얽혀있다. 과거 사람들을 속이고 몸까지 얹어 보험을 팔았던 어머니에게 나라는 존재 자체가 기생으로써 묵인하는 생의 공범이듯, 그녀들과 아내는 나의 범죄에 대한 공범자들이며, 나 또한 아내의 외도와 그녀들의 죄를 묵인함으로써 죄를 저지른 공범자가 된다. 하여 다른 남자에게서 낳은 아내의 아이를 기르는 것은 그의 당연한 업보이자, 죄과인 것이다. 그리고 그것은 어머니를 죽인 주인공 뿐 아니라 크고 작은 치부들을 안고 살아가는 모든 인간에게 해당되는 것이기도 하다. 그들이 이렇듯 공범의식을 통해 결국 공모하는 것은 그 모든 치욕과 치부에도 불구하고 살아내야하는 '삶' 그 자체라고 할 수 있다. 살아남는 것 자체가 부끄러움일 수밖에 없다는 이 공모의식은 따라서 서로에 대한 분노와 적개심, 원망을 안은 채, 함께 공존해야하는 삶의 전면적 진실을 드러낸다. 그러나 이러한 공모의식에는 적개심이 은폐되어 있는 것만이 아니라 서로를 용서하고 나아가 스스로를 용서하는 화해와 포용의 차원이 존재한다는 측면에서 또 다른 삶의 진실을 담고 있다.

그리고 작가의 이러한 통찰은 「귓 속의 길」에서 맹인 재의와 농아 달옥이 그들의 결함에도 불구하고 각자의 감각으로 더듬어 가는 사랑의 이야기를 통해, 그리고 「춤의 결과」의 맹인 안마사와 윤락녀의 사랑 이야기와 「쌍」의 육구의 희비극적 인생유전을 통해 다시 한번 변주된다. 뿐만 아니라 그것은 지식인의 비루한 일상을 그린 「경계에서 잠들다」, 「일요일의 열람실에서」의 리얼리즘에서 드러나는 견인주의와 포용의 태도의 기저를 이루고 있는 것이기도 하다. 삶은 영광의 나날이기보다 더 많은 어리석음과 치욕의 순간으로 이루어져있다. 그런 의미에서 작가 박금산이 '조각도'가 새기는 삶의 비루함과 인간 의식의 초라함은 입체적 삶의 어두운 진실을 담으려는 산문정신의 결과이다. 그러나 그것을 단지 '들춰내는' 데 머무르는 것이 아니라, 이를 통해 궁극적으로 화해와 용서의 차원에 이른다는 점에서 박금산의 '조각도'의 칼날에는 언제나 따뜻한 연민을 스며있다. 이렇듯 삶의 복잡다단한 지점들에 대한 작가의 어른스러운 통찰은 다음과 같은 작가의 말을 통해서도 다시 한번 드러난다.

미움에게 한 가지 미덕이 있다면 그건 만남을 더 깊게 만든다는 점이다. 만나지 않을 거면서 계속 미워하는 것을 본 적이 없고 이별 후에 자라나 점점 더 무성해졌다는 미움에 대해서 나는 들어본 적이 없다. (…중략…) 내가 소중하다고 여기는 것 중 하나는 미움을 자꾸만 드러낼 수 있는 그런 용기이다. 미워하기 전에, 공개했을 때 부끄러워질 미움이 내 마음에 있는지 없는지부터 따져보는 데에서 용기는 시작된다. 멋지게 미워하려면 언제라도 미움의 원인을 공개할 수 있어야 할 것이다. 그리고 보니 마음은 미움과 참 많이 닮았다. 위대한 혁명에서부터 사소한 공모에 이르기까지 두 사람 이상이 함께 지른 환호성은 모두 한결같이 미움의 결과였다.

—「작가의 말」, 『생일선물』

같이 한다는 것이 단지 애정의 연대가 아니라 미움, 나아가 고통의 연대라는 것, 그것은 삶이 죽음과 한 짝이듯 모든 관계들이 애증이라는 모순된 감정과 공모에 기초하고 있음을 의미한다. 하여 박금산의 소설은 아름다운 선율이 아니라 단일하지 않은 소음의 주저흔들, 애정과 미움 사이, 삶과 죽음의 사이, 의식과 무의식의 사이, 과거와 현재의 사이, 저곳과 이곳의 일상의 경계에 있는 삶의 진실들을 새기면서 더 넓은 성찰로 나아가는 그러한 작업이 되는 것이다. 그러나 이러한 작가의 어른스러움과 포용력이 늘 바람직하다고만은 볼 수 없다. 소설, 나아가 문학은 여전히 불온한 정신의 산물이어야 한다는 측면에서 손쉬운 화해와 용서, 그리고 어찌할 수 없음에 대한 수락은 이 젊은 신예 작가에게는 때론 치열한 작가 정신의 퇴보일 수 있으며, 너무 많은 것을 보고 담는다는 것 또한 작품의 밀도를 떨어뜨릴 수 있기 때문이다. 미움과 연민, 나와 너, 삶과 죽음의 그 경계의 아슬아슬한 '줄타기'에서 멋지게 비상하는 여전히 젊은, 박금산의 다음 작품을 기대해본다.